레이드 《전생》

림자 깃털의 암살자로 이름을 떨친 마인. 강사를 사용하는 암살 기법이 특기. 사룡 토벌 뒤 마신과의 전투서 목숨을 잃고, 동료의 딸로 다시 어난다.

니콜 《현생》

용사 라이엘과 성녀 마리아의 딸이자, 다시 태어난 레이드. 청은색 머리와 오른쪽이 심홍색, 왼쪽이 파란색인 오드아이를 지닌, 절세의 미소녀.

이허억!

라이엘

육영웅의 일원.
성검을 보유한 인간 용사.
사룡 토벌 뒤 성녀 마리아와 결혼해,
마을의 위사가 되었다.
최강 레벨의 전투력을 자랑하지만,
집안일은 꽝이다.

어머머......

마리아

육영웅의 일원.
죽지 않는 한 모든 상처를 치유하는 인간 성녀.
사룡 토벌 뒤 용사 라이엘과 결혼해 니콜을 낳았다.
항상 부드러운 웃음을 머금은 왕가슴 미녀지만,
실은 육영웅 중에서 가장 음흉하다.

「니콜, 괜찮아?」

「으랴앗!」

미쉘

니콜의 소꿉친구이자 절친.
천진난만하고 발랄한 마을 소녀.
[사격]의 기프트가 있어 우수한
사냥꾼으로 성장 중.

「아이한테 무슨 소리를 하는 거야!」

「이 녀석은 쑥스러움을 감추려고 레이드를 차 놓고서, 실은 미련이 철철 넘쳐서 말이다.」

코르티나

육영웅의 일원.
말재간 하나로 천 명의 목숨을 앗아갔다고 하는 묘인족 현자. 레이드에게 호감이 있었지만, 레이드의 구혼을 쑥스러움 때문에 거절하고, 오해를 풀지 못한 채로 사별하고 말았다.
여전히 레이드를 마음에 두고 있다.

맥스웰

육영웅의 일원.
모든 마술을 습득한 엘프.
사룡 토벌 뒤 마술학원 이사장이 되어 라움에서 지낸다. 위엄이 있게 생겼지만 성격은 털털한 호호할아버지.

영웅의 딸로 환생한 영웅은 다시 영웅을 꿈꾼다

1

Author
카부라기 하루카
Illustration
아키타 히카

CONTENTS

본문 · 권두 일러스트/아키타 히카
본문 · 권두 디자인/무카데야 유우코＋아오키 테츠야
(무시카고 그래픽스)

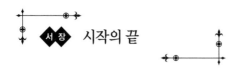

서 장 시작의 끝

"죽으면 안 돼!"

온 얼굴이 눈물과 콧물, 침으로 범벅이 된 어린 엘프 아이가 소리쳤다.

작은 단풍잎 같은 손은 쓰러진 청년의 가슴에 올라가 있다. 거기에서는 끊임없이 피가 흘러나오고, 배까지 갈라진 상처에서는 내장도 일부 삐져나와 있다.

그것을 누르고, 조금이라도 청년의 목숨을 붙잡기 위해 발버둥 친다.

"죽으면, 싫어…… 레이드 님!"

청년은 어린아이의 눈물을 왼손으로 닦으려다…… 단념했다.

이미 왼팔은 부서져서 움직이지 않기 때문이다.

유일하게 남은 오른손으로 어린아이의 뺨을 쓰다듬었다. 눈물 대신에, 피가 흠뻑 칠해지고 말았다.

그 피는 청년의 것이기도 하고, 동시에 쓰러트린 적의 것이기도 했다.

청년의 시야에는 조금 전에 그가 쓰러트린 마신의 시체가 희미하게 보였다.

반대쪽에는 힘없이 주저앉은 아이들. 산 제물 의식을 간신히 피할 수 있었던 아이들이다. 그중에서 유일하게 이 어린아이만이 움직여 청년을 치료하기 위해 달려온 것이었다.

더욱이 다른 방향에는 이미 늦어서 산 제물이 되어 목숨이 끊긴 아이들과 그 원흉인 신부의 모습도 있었다.

"울지…… 마……, 괜…… 찮아."

괜찮을 리가 없다. 청년은 이미 자기의 죽음을 각오하고 있었다. 그래도 괜찮다고 선언한 이유는 한 가지.

이 장소에 있었을 터인, 그의 동료가 모습을 감췄기 때문이다.

항상 정답을 끌어내고, 현자로까지 불리던 소녀. 그런 그녀가 모습을 감췄다.

그녀는 마법을 그다지 잘하지 못했다.

그래도 일반적인 사람보다는 잘하지만, 이 자리에 머물러 있어도 청년을 구할 정도의 역량은 없었다.

그렇기에 그녀에게 전력이 될 사람을 불러오라고 해서 이 자리를 벗어나게 했다. 그렇게 명령한 것은 다른 누구도 아닌 레이드 본인이었다.

"그러니까…… 괜찮, 아……."

피를 토할 정도로 힘을 쥐어짜──실제로 다량의 피를 토했지만──어린아이를 달랬다.

아마도 자신은 죽을 것이다. 만에 하나의 가능성에 걸고 동료에게 도움을 요청하러 보내기는 했지만, 제때 올 가능성은 거의 없을 것이다.

자신이 죽으면 이 자리에 아이들만 남는다. 그렇기에 이 어린아이를 안심시키고 싶었다.

"나——는, 죽지…… 않으, 니까……."

지킬 수 없는 말.

그것을 남기고, 청년——'그림자 깃털의 암살자'로 불린 영웅, 레이드는…… 죽었다.

그곳은 밝기도 하고 어둡기도 한, 신기한 공간이었다.

흰지 검은지도 인식할 수 없고, 그러면서 회색도 아닌 색채로 시야가 가득 차 하늘과 땅의 구별도 공간의 파악도 할 수 없다.

오랜 세월 암살을 생업으로 삼고, 만년에는 다른 영웅들과 함께 모험하는 나날을 보내며, 척후 능력을 극한으로 갈고닦았다. 그런 나의 지각 능력으로도 전혀 상황이 파악되지 않는다.

"헬~로~우."

"누구냐?!"

갑자기 들린 맥빠진 목소리. 정체를 묻는 말을 날렸지만, 어디서 울린 것인지 판별이 되지 않는다.

하지만 목소리의 상대는 스스로 내 눈앞에 모습을 드러냈다.

마치 희고 검은 구름을 가르는 것처럼 작은 인영이 상을 맺었다.

눈앞에 서 있는데도, 그 기척은 전혀 느낄 수가 없다.

아니, 그뿐만이 아니라 여자라는 것만은 알 수 있지만, 얼굴을 전혀 인식할 수가 없는 것이다.

"누구냐, 너는……."

"나 말이냐~? 나는 신이시다."

신이라고 자신을 밝힌 것치고는 전혀 위엄이 느껴지지 않는 목소리로 그렇게 말했다.

아니, 그 목소리의 특징조차 기억에 남지 않는다. 아름다운 목소리라는 것만은 알 수 있는데, 인상에 남지 않는 것이다.

"이것은 어떻게 된 일이지? 어째서 기억할 수 없지……?"

"아~ 그거? 내 탓이에요. 왜냐면 신이니까 말이죠~. 직시해버리면 제정신을 잃을 거예요."

"제정신을…… 뭐라고?"

"아니, 이쪽 사정이니까 신경 쓰지 마요. 즉, 내가 그런 식으로 인식을 막고 있다고 생각해 주면 돼요."

"이 공간도 말인가?"

"그야 물론이죠."

자신을 신이라고 밝힌 존재를 눈앞에 두고, 인식을 방해받았다. 원래라면 눈곱만큼도 신뢰할 수 없는 그 사실을, 나는 그냥 그렇게 믿기로 했다.

왜냐면 나는 죽음의 경계에 있었기 때문이다. 죽은 뒤라면 신과 만나게 되더라도 이상할 일이 없지 않은가.

"그렇다면 나는 죽었다는 거겠지?"

"응, 맞아요. 틀림없이, 철저하게, 더할 나위 없을 정도로 완벽하게, 죽었어요!"

"그 단언은 하지 않기를 바랐을지도 모르겠어."

옛 동료인 마리아라면 죽지 않는 한은 모든 상처를 회복시킬 정도의 치유 마법을 쓸 수 있다.

하지만 죽은 자를 되살리는 것은 금단의 술수로 지정되어 봉인 당했다. 영혼은 항상 순환하는 것이니, 부자연스럽게 현세에 붙잡아두는 것은 교리가 용서하지 않는다고 말했던 것을 떠올렸다.

즉, 마리아는 그 술식을 모른다. 나아가서는 내가, 살아 돌아가는 일은 불가능하다는 사실로 이어진다.

"그렇군. 그렇다는 말은 나도 영혼의 순환 속으로 돌아간다는 소리군."

"뭐~ 그렇다고도 말할 수 있지만요~."

재미있다는 듯이 재잘거리며, 빙글빙글 춤을 추는 신.

하지만 거기에서 들려오는 대사는 실로 의미심장한 암시를 느끼게 했다.

"대체 뭐야. 왠지 소생할 수 있다는 듯한 소리나 하고."

"실은 말이죠, 소생은 불가능해요. 하지만 그것과는 다른 수단이 없는 것은 아니니까요. 상당히 우수한 동료를 지니고 있네요."

"뭐?"

의문을 떠올리는 나에게, 신은 입을 손으로 가리고 음흉하게 웃었다.

"아니요, 별거 아니에요~. 그저 제가 말할 수 있는 것은 한 가지뿐이에요."

"대체 뭐야?"

"새로운 지평에 잘 왔다! 환영해 주마, 성대하게!"

"뭐어?"

뜬금없는 소리를 떠들어댄 신을 보고, 나는 저도 모르게 말을 잊었다. 하지만 그 직후, 급격하게 현기증을 느끼고 눈앞에 새하얗게 변해간다.

서 있던 것인지 앉아 있던 것인지 알 수 없지만, 시야가 완전히 커피에 우유를 따른 것처럼 마블 무늬를 그리기 시작했다.

"이, 이건 뭐지?"

"슬슬 술법이 시작한 모양이네요. 아니, 이런 샛길을 파고드는 것은 저도 좋아해요."

"그러니까 대체 무슨 일이?!"

"원래 세계로 돌아가는 거예요. 뭐, 성공률에 살짝 간섭해두었지만요."

"그러니까——."

"아, 간섭한 김에 한 가지 덤을 붙여둘게요~."

의미를 알 수 없는 소리를 계속하는, 자칭 신.

내 의식은 거기서 뚝 끊기고, 어둠 속으로 가라앉았다.

과거에 세계의 위기가 있었다.

하나의 대륙에 아홉 개의 왕국.

그것들이 절묘한 군사적 균형으로 일시적인 평화를 유지하던 세계. 그것이 무너진 것은 고작 10년 전이다.

북쪽의 가장 끝에 있는 땅에 사룡(邪龍)이 나타난 것은, 그 무렵이었다.

북방에 있는 한 나라에 내려온 사룡은 코르키스라고 불리며 두려움을 받았다.

그 용은 마치 벼를 베는 것처럼 가볍게 사람을 먹어치우고, 왕국을 멸망의 위기에 몰아넣은 것이다.

그 위기에 여러 나라가 힘을 합쳐 토벌군을 보냈다.

하지만 평원에서 사룡은 무적의 존재였다.

강철로 착각할 것처럼 검게 빛나는 비늘은 강철보다도 단단해, 발리스타의 화살마저도 튕겨냈다.

그리고 검도 창도 닿지 않는 높이에서 강철마저 녹이는 작열하는 숨결을 토해내, 사람들을 순식간에 재가 될 때까지 불태운 것이었다.

너무나도 일방적인 유린으로 끝난 싸움이지만, 이 사건으로 사룡은 분노로 미쳐 날뛰었다. 식량이자 장난감인 인간이 자신에게 적의를 드러냈다는 사실을 용납할 수 없었던 것이다.

사룡은 곧바로 왕국의 수도로 날아가, 성과 함께 위정자들을 전부 불태웠다.

더욱이 주변국에도 날개를 펼쳐, 눈에 보이는 사람들이 모여 사는 곳을 모조리 짓밟아버렸다.

이 사건으로 북부에 있는 세 나라가 순식간에 멸망했다.

이 일을 당하고 다른 여섯 나라는 세계의 위기를 실감하지 않을 수가 없었다.

하지만 전혀 손쓸 방법이 없었다.

대군을 동원해도, 사룡에게는 상처 하나 입힐 수가 없었다. 그렇다면 어떻게 하면 사룡을 토벌할 수가 있는 것인가?

게다가 실패하면 보복으로 나라가 통째로 불태워지고 만다.

나라의 군대를 움직이면 보복당한다. 하지만 군대가 아니면 전력이 부족하다.

고민에 고민을 거듭한 각국 중진들은, 마침내 하나의 해결책을 찾아냈다.

각국에서 최대의 전력을 지닌 자를 선출해, 나라와는 관계없는 방랑자로 만들어 팀을 짜고, 사룡에게 맞붙이려고 한 것이다.

나라와 관계가 없으니까 보복당할 걱정이 없다. 또한, 군대가 움직이는 것도 아니니까 방심을 유발하기 쉽고, 더불어 은밀하게 행동할 수 있다.

적은 인원이라는 불리함도, 사룡이 둥지로 삼은 동굴 안에서라면 해소할 수가 있다. 오히려 하늘을 날 수 없는 만큼, 동굴 안에서 싸우는 편이 대응하기 쉽다고 생각한 것이다.

　그리하여 각 왕국에서 여섯 명의 영웅이 선출되었다.

　어떤 나라는, 성검을 지닌 인간 용사, 라이엘을.
　어떤 나라는, 성스러운 방패를 지닌 드워프 전사, 가들스를.
　어떤 나라는, 모든 마술을 습득한 엘프, 맥스웰을.
　어떤 나라는, 죽지 않는 한 모든 상처를 치유하는 인간 성녀, 마리아를.
　어떤 나라는, 입 하나로 천 명의 목숨을 날려버렸다고 하는 묘인족의 현자, 코르티나를.
　어떤 나라는, 그림자 깃털의 암살자로 이름을 떨친 반마인, 레이드를 선출했다.

　그들은 권력자의 의도대로, 치열한 싸움 끝에 사룡 코르키스를 토벌해 보였다.
　누구 한 명 죽는 일 없이, 전인미답의 공적을 세운 그들을──
그러나 고향 나라들은 어떻게 대할지 난감해했다.
　라이엘과 가들스의 명성은 옥좌마저 흔들었고, 마리아와 코르티나의 인망은 교황과 당대 권력자마저 뛰어넘었다.
　여섯 영웅은 전원이 앞으로 어떻게 살아가야 할지를 정하지 못하고 있던 것이다.

따라서 영웅들에 의한 보복을 권력자들은 두려워했다. 그리고 무엇보다, 레이드에 의한 암살을——.

영웅 레이드는 여섯 영웅 중에서도 이질적인 존재였다.

그는 암살자이기는 했지만, 절대악은 아니었다. 그는 항상 자신의 정의에 따라 싸우고, 죽이고, 두려움을 받았다.

그 선악의 기준은 어디까지나 자기 내부에서 세운 기준을 따른 것이고, 권력자의 판단과는 일선을 그었다.

원래라면 그런 폭거는 통할 리가 없다. 하지만 그 전투력은 그것을 밀어붙일 만큼의 힘이 있었다.

그렇기에 영웅으로서—— 인류의 비장의 카드로 선택되었다고도 말할 수 있다.

결국 그들은 황폐한 세 나라의 부흥이라는 명목으로, 고향에서 추방당했다.

하지만 그것 또한 그들이 예상한 일이었다. 현자 코르티나는 그 사태를 사전에 예측하였으니까.

물론 반감을 품지 않도록, 각국에서 내놓을 수 있을 만큼의 상을 주어서 반감을 억누르려 했다.

권력자의 진의를 아는 영웅들은 굳이 그것을 입에 담지 않고, 얌전히 변경으로 이주했다.

그들은 권력에 흥미가 없고, 그저 권력 다툼에 얽히는 일 없이 평온하게 여생을 보내고 싶었기 때문이다.

하지만 그들에게도 이윽고 종언이 찾아온다.

사건의 시작은 라이엘과 마리아의 결혼이었다.

그들이 맺어지면서 파티는 해산하게 되었다. 그것에 관해서는 아무런 문제가 없었지만, 그 뒤가 문제였다.

탁월한 기량을 지닌 그들은, 다른 모험가들과 친해질 수 없었고, 그 힘을 주체하지 못한 것이다.

게다가 가들스는 자신의 가게를 갖는다는 꿈을 이루고 은퇴하고 만다.

파티의 주력이 거의 은퇴하고, 맥스웰도 고향으로 돌아가 국정과는 거리를 두고 교육자로 다시 시작해서 이미 없다.

갈 곳이 없어진 레이드와 코르티나만이, 계속 모험가로 남은 것이다.

이윽고 레이드가 단독으로 마신에게 도전할 수밖에 없는 사건이 발생하고, 그도 목숨을 잃었다.

제시간에 맞춰 돕지 못하고, 홀로 남겨진 코르티나도 실의에 빠져 은퇴.

맥스웰은 새롭게 마술학교에서 이사장에 취임하는 것으로 자리를 잡았다. 즉 영웅들은 모두 바깥 무대에서 사라졌다.

그리고 시간은 흘러…… 10년의 세월이 지났다.

제1장 영웅재탄

어둡고, 어두운 어둠 속에서…… 나는 천천히 눈을 떴다.

눈을 떴다…… 고 생각했다.

열린 눈은 상을 맺지 못해서, 세계가 흐릿하게 일그러져 있었다. 그것만이 아니다. 팔다리도 전혀 말을 듣지 않고, 힘이 들어가지 않는다.

아니 팔다리만이 아니다. 머리도…… 몸 전체가 전혀 움직이지 않았다. 당연하다. 생각해 보면 의식을 잃기 전의 상태가 심각했기 때문일 것이다.

고아원의 신부가 마신 소환에 뛰어들어, 몇 명의 어린아이를 제물로 바쳐 소환을 성공시키고 말았다.

하지만 우리가 방해한 덕분에 신부는 목적을 이루지 못하고 내 손에 쓰러졌다.

그것은 그것으로 좋았지만, 소환자를 잃고 자유롭게 된 마신을 방치할 수는 없었다.

그때 내 등 뒤에는 힘없이 주저앉은 아이들이 있었고, 접근전을 할 줄 모르는 코르티나도 함께 있었기 때문이다.

싸우지 않을 수가 없었다.

바로 코르티나가 도망칠 수 있도록—— 동료를 데리고 오라고 명령하고, 나는 단독으로 마신과 전투를 시작했다.

코르티나도 상황을 순간적으로 파악하고, 반드시 지원군을 부르겠다고 말한 뒤 자리를 이탈했다. 아니 이탈하게 했다.

힘이 없는 그녀는 아이를 안고 도망치는 것도 어려웠을 것이다. 살아남은 아이는, 아직 열 명 정도 있었으니까.

간신히 마신을 토벌할 수가 있었지만, 나는 왼팔과 오른쪽 다리가 부서지고, 가슴에서 배가 크게 찢어졌다.

그 몰골로—— 아직 숨이 붙어 있는 것만으로도 다행일 것이다.

자칭 신이 한 말에 의하면, 나는 다시금 이 세계로 돌아왔을 텐데…… 목소리도 나오지 않고, 팔다리도 움직이지 않는다.

——무슨 일이 벌어진 거지?!

"응애애애애애애애?!"

그 목소리마저 말로 나오지 않고, 새끼 고양이의 울음소리 같은 기묘한 비명밖에 지를 수가 없었다.

이윽고 얼굴을 따뜻한 무언가로 닦는 듯한 감촉이 나고, 입가로 부드러운 무언가가 다가와 눌러대고 있다.

나는 본능적으로 그것에 달라붙어, 거기에서 흘러나오는 달콤한 무언가를 삼켰다.

그리고 포만감이 드는 것과 동시에, 다시금 수면 속으로 빠져들었다.

무슨 일이 일어났는지는, 그 뒤로 며칠이 지나고 마침내 파악할 수 있었다.

나는—— 갓난아기로 다시 태어난 것이다.

그 신이 말했던 샛길. 즉 소생시키는 것은 금기에 저촉되지만, 신생아로 다시 태어나는 것이라면 가능하다는 소리였을까.

게다가 시력이 안정되고 깨달은 것인데…….

"잘 잤니, 니콜. 오늘은 빨리 일어났구나."

눈을 뜬 나를 재빠르게 알아채고, 입가로 옷을 풀고 드러난 가슴을 가져오는 청초한 미녀—— 마리아.

그렇다. 한때 성녀로 불린 내 동료다. 그리고 마리아가 니콜이라고 부르고 있는 것은…… 나다.

다시 말해서, 나는 옛 동료의 아이로 다시 태어난 것이다.

리인카네이션(환생) 마법은 최고위 신성술(神聖術)이다.

하지만 이 마법은 쓴 장본인도 술법의 성공밖에 확인할 수 없고, 게다가 어디에서 환생하는지도 모른다는, 효과가 조금 미묘한 마법이다.

즉, 자신의 아이가 옛 동료인 레이드라는 사실은 마리아조차 이해하지 못하고 있다는 뜻이다.

그렇기에 무방비하게 나에게 젖가슴을 들이댄다. 만약 내가 레이드라는 사실을 안다면 말이 되지 않는 행동이다.

어쩌면 따귀가 날아올지도 모른다. 마리아의 정조 관념은 상당히 엄했었다.

과거 라이엘과 엿보기를 감행했을 때 날아왔던 【신벌】^{퍼니시}이라는 공격마술에는, 진심으로 죽는 줄 알았을 정도다.

게다가 코르티나가 우리의 도주 루트를 정확하게 파악해서 간단히 포박되고 말았던 경험이 있다.

젊은 날의 치기라는 것이다.

"으그으으으으."

나는 신음 소리를 내며, 식사를 거부했다.

아직 고개를 움직일 만큼은 근육이 붙지 않았기 때문이다.

게다가 아무리 나라도, 옛 동료의 가슴을 빨 정도로 철면피는 아니다.

무엇보다 들켰을 때가 무섭다. 이번에야말로 죽을지도 모른다.

"으규으으. 흐아아아우."

"어머, 배가 고프지 않은 거니? 니콜은 입이 짧구나. 조금 걱정이네."

나는 자신이 갓난아기로 전생하고 나서 지금까지, 제대로 식사를 섭취하지 않고 있다.

아니, 마리아는 솔직히 대단히 아름다운 여성이기는 하지만, 아무리 그래도 나라는 의식을 지니고 있는 채로, 옛 동료의 가슴에 매달려 빤다는 것은 부끄럽다.

이것이 전혀 모르는 여성이었다면, 모르는 척하고 물고 빨았을 것이다…… 하지만 나인 것이다.

과거 함께 사선을 헤쳐나왔던 동료인 것이다.

덤으로 말하자면, 마리아의 남편은 그 라이엘이었다.

함께 싸웠던 동료이자, 라이벌이자, 그리고 내가 도달할 수 없었던 동화 같은 「영웅의 모습」을 구현한 남자.

그 동료이자 동료의 아내인 여자의 가슴을, 무슨 표정을 지으며 물고 빨아댈 수가 있을까.

그런 이유로 나는 자발적 단식투쟁 상태에 돌입했다.

어머니의 젖을 빨지 않기로 한 것 때문에, 마리아는 내 육아에 대해 심하게 고민하고 고생하게 되었다.

미안하다고는 생각하지만, 이것만큼은 타협할 수가 없다.

결국, 소젖을 적당히 데운 것을 마시게 하는 것으로 간신히 목숨을 이어갈 수가 있게 되었다.

오늘도 천에 머금은 젖을 입에 물고 있자, 라이엘이 잠자리에서 일어나 왔다.

"좋은 아침이야, 마리아. 그리고 니콜도."

그렇게 말하고 나를 안은 마리아를 껴안고, 아침 댓바람부터 뜨거운 입맞춤을 나눴다.

그리고 내 뺨에——징그럽게도——마찬가지로 입을 맞췄다.

"흐아아아아아아아아아으으으으!"

"어머, 화가 났니? 니콜은 파파를 싫어하는 거려나?"

"뭐, 뭐라고?!"

저항의 의사에 직면한 라이엘에게, 마리아는 악의 없이 잔혹한 진실을 전했다.

사실 나는 라이엘을 좋아하지 않았다.

나도 용사라는 지위에 동경이 없었던 것이 아니다. 오히려 남들보다도 훨씬 강하게 동경했다고 봐도 좋다.

강하고, 늠름한, 영웅의 대표격인 검사. 그 강함에 동경했기에 나는 강함을 추구했다.

하지만 나에게는 그 소질은 없었다. 호리호리한 몸에는 근육이 잘 붙지 않았고, 무거운 무기를 들면 반대로 휘둘리는 형편이었다.

그래도 포기할 수가 없었다.

그렇기에 검에 의지하지 않는 전투 방식을 모색하고, 고안하고 궁리해, 원하지 않았지만 잔재주를 통해 자신의 전투 방식을 구축했던 것이다.

강사(鋼絲)를 이용한 기습과 함정. 정면에서의 싸움을 최대한 피한 결과 나오게 된 암살술.

힘없는 정의는 약자의 헛소리에 지나지 않는다. 약자를 구하려면 힘이 필요하다. 그렇기에 절대로 지지 않는, 져서는 안 되는 전투 방식을 몸에 익혔다.

그런 나에게 있어, 내 이상적인 영웅상을 구현한 라이엘은, 대단히 미묘한 감정을 불러일으키게 하는 남자였다.

누구보다도 의지가 되고, 누구보다도 동경하고, 누구보다도 혐오감을 품은 상대다.

그런 상대가 뺨에 입을 맞다니, 등에 소름이 돋는 것만 같은 감각을 느끼는 것이다.

충격을 받은 라이엘은 쓸쓸한 표정을 지으며 연습용 검을 들고 정원으로 나갔다.

창밖에서 일과인 검술 연습을 하는 것이 보였다. 그 움직임은 힘차고, 아름다우며, 날카로웠다.

내가 꿈에서까지 봤던, 용사의 모습이 거기 있었다.

생전에 힘이 없고, 내구력이 부족했던 나로서는 할 수 없었던 전투 방식이다.

하지만 거기서 나는 벼락을 맞은 것처럼 몸을 떨었다.

그렇다, 이 몸은 라이엘과 마리아의 자식.

즉, 라이엘의 강인함과 마리아의 마력을 물려받았을지도 모른다.

이번 생의 나라면, 검사로 대성할 수 있을지도 모른다. 그 길잡이가 될 존재는 눈앞에 있다.

한때 꿈꾸었다가 좌절했던 검사의 길을, 나는 목표로 삼을 수 있을지도 모르는 것이다.

아니, 마리아의 마력도 물려받았다면 마법검사의 길도 개척할 가능성이 있다.

"냐아아우우!"

나는 손을 치켜 흔들어 기쁨을 표했다.

하지만 그 힘은 너무나도 약하고, 짧은 팔은 간신히 얼굴 앞으로 가져오는 것이 한계였다.

"니콜은 아빠의 검을 보는 게 좋은 걸까? 실은 응석을 부리고 싶은 거지?"

그런 내 태도를 오해하고, 뺨을 몰캉몰캉 찌르는 마리아.

그러고 보니 이 녀석은, 이런 착각을 하는 녀석이었지.

우유로 배를 채우고, 누워 있는 사이에 근육을 단련한다. 조금이라도 빨리, 자신의 다리로 일어나기 위해.

짧은 다리를 까딱까딱 움직이고, 팔을 상하좌우로 휘두른다. 몸을 뒤집을 수조차 없는 내가 할 수 있는 운동이라고 하면, 그 정도뿐이다.

"니콜은 정말로 건강하네. 좀 더 밥을 먹어준다면 안심할 수 있겠는데……."

마리아가 훈련을 하는…… 실제로는 단순히 바동대고 있는 내 뺨을 찌르며 미소 짓고 있다. 옆에서 보면 나는 꽤 활발한 갓난아기로 보였을 것이다.

하지만 나는 평범한 아기와 달리, 우유로 영양을 얻고 있다. 즉 대단히 영양이 편중된 상태인 것이다. 그것은 지구력 부족으로도 이어진다.

나는 간단히 과로 상태에 빠져, 이윽고 기절한 것처럼 잠들어 버리고 말았다.

그런 날들이 계속되면서, 마침내 몸을 뒤집고 꼬물꼬물 움직일 수 있게 되었다. 팔다리도 조금씩 원하는 대로 움직일 수 있게 되었다.

그때부터 나는 또 한 가지의 꿈을 이루기 위해, 행동을 일으키기로 했다.

즉, 마법이다.

생전의 나는 아쉽게도 마법 재능이 전혀 없었다.

마법의 전문가인 맥스웰에게 사사한 적도 있었지만, 산뜻하게 재능이 없다고 판정받아 마법의 습득을 단념했던 경험이 있다.

하지만 이번 생의 나는 마리아의 아이이기도 하다. 즉, 나는 마법의 재능을 내포했을 가능성이 크다.

마리아는 신앙심을 바탕으로 하는 신성술을 구사하지만, 신성술도 마법은 마법이다.

나는 마리아에게 사사한 적은 없지만, 맥스웰에게 받았던 지식은 남아 있었다.

눈을 감고 명상에 들어가, 자신의 내부에 있는 마력의 존재를 탐색했다.

그러자 몸 안쪽, 배꼽 아래 부근에 뭔가 뜨거운 에너지 같은 물체를 느낄 수가 있었다.

——오오, 이것이 마력이라는 녀석인가?

과거에는 아무리 발버둥 쳐도 느낄 수가 없었던 미지의 감각에, 나는 자연스럽게 기분이 고양되었다.

이것을 몸 밖으로 방출해서 뇌리에 그린 마법진의 형태로 변형시키고, 위력과 범위를 지정하는 주문을 곁들이는 것으로 마법을 발현하는 것인데…… 이것을 조종하기가 쉽지 않았다.

몸 바닥에 있는 마력에 의식의 손을 뻗어 형태를 만들려 하지만, 마력은 그 손을 싹 빠져나가 흩어진다.

하지만 이것으로 포기할 내가 아니다. 애초에 남들보다 배는 포기할 줄 모르는 성격이다. 게다가 제대로 몸을 움직일 수가 없는 이상, 내가 할 수 있는 일이라고는 이 마법 연습뿐이다.

이전과 달리 마력을 느낄 수 있다면, 적어도 마법을 발현할 수는 있을 것이다.

그리고 검을 쓰는 소질은 라이엘에게 물려받았을 테고, 내 전투 경험도 이 몸에 깃들어 있다.

생각하기에 따라서는 누구보다도 강해질 소질이 있으니까, 여기서 수련을 멈출 수는 없었다.

마리아가 데운 우유를 먹여 주고, 굴욕적인 이야기이긴 해도 기저귀를 갈아주고, 간신히 반년이 지나려고 할 무렵, 나는 다시금 신을 원망했다.

목에도 힘이 들어가 주위를 둘러볼 수 있게 되고, 몸에 힘도 생기기 시작해 윗몸을 일으킬 수 있게 된 나는, 그날 처음으로 자신의 하반신을 목격했다.

마리아의 손에 교환되는 기저귀 밑에서 나타난 것은…… 아니, 나타나지 않았던 것은 나이에 걸맞은 귀여운 남성기…… 가 아니라, 아무것도 없는 평원이었던 것이다. 아니 안으로 파인 골짜기는 있었지만.

 즉, 나는 여자인 것이다.

 "아우우우우우우우우우우우?!"

 "꺄악! 니콜, 왜 그러니? 갑자기 소리를 지르고."

 갑자기 공황상태에 빠진 나를, 마리아는 걱정스러운 표정으로 바라봤다. 하지만 내 몸에는 이변이 없다.

 아니, 나 자신에게는 이변투성이지만. 마리아에게는 그저 평범한 상황이다.

 기저귀 교환도 제쳐놓고, 나는 엎드려서 훌쩍이며 울었다.

 과거 「재앙의 그림자 깃털」이나 「어둠에 숨은 거미」로 불리며 두려움을 받았던 암살자가…… 여자? 무슨 농담이지?!

 성검보다 예리하다고 회자되던 미스릴 강사를 자유자재로 다루고, 사룡 코르키스마저 직접 죽였던 내가…….

 "다아우우우우우우."

 "뭔지 잘 모르겠지만…… 울고 있는 것이려나?"

 내 등을 톡톡 두드리며 다독여주는 마리아. 전생과 같은 그 상냥함이 지금은 슬프다.

 그러고 보니까 니콜이라는 이름은, 남녀 어느 쪽에라도 사용되는 이름이기는 하지만, 어느 쪽인가 하면 여자들에게 많은 이름이기도 하다.

이제까지 알아채지 못했던 내가 얼간이인 건지…… 아니, 그렇다고 해도 갓난아기 상태로는 자신의 성별을 확인할 수가 있을 리도 없다.

즉, 이것은 어쩔 수 없는 일이다.

여자로 태어나고 만 것도. 반년 동안이나 그 사실을 깨닫지 못한 것도.

남자로 태어나, 재능이 부족해 검에 좌절하고, 강사술이라는 전투수단으로 정점을 찍었던 지난 생.

여자로 태어나, 재능 넘치는 부모의 피를 물려받고, 영웅의 영재 교육을 받게 될 이번 생.

완전히 반대가 된 나의 인생이, 이 순간부터 시작되었다고 할 수 있다.

그 뒤로 한동안 시간이 흘렀다.

나는 자신이 여자로 태어난 충격에서 간신이 벗어나고 있었다.

──여자가 어쨌다는 거냐. 약간 가슴이 부풀어 오르고 몸의 굴곡이 반대로 된 정도 아닌가.

반쯤 억지로 자신을 그렇게 납득시키고, 다시금 수련의 나날로 돌아가기로 한 것이다. 팔다리를 까딱까딱 움직여 근력을 단련하고, 잠들기 전에는 마력을 조작하는 수련을 쌓는다.

마력에 관해서는 여전히 반응이 없지만, 그 부분은 맥스웰에게도 '하루아침에 되는 일이 아니다' 라고 충고를 받았었다.

애초에 지금 단계에서도 전혀 마력을 느끼지 못했던 전생보다 월등하게 앞서고 있을 것이다.

"우우우~ 아우~."

"정말, 니콜은 오늘은 눈이 똘망똘망하네. 슬슬 잠을 자 주지 않으면, 이쪽이 먼저 졸리게 된단다."

밤이 되어, 침대 위에서 나는 자기 전에 마력 조작을 연습하고 있었다.

이날은 왠지 모르게 잘 될 것 같은 느낌이 들어서, 살짝 기합을 넣어 봤다.

하지만 마리아는 그런 나를 잠이 들지 않을 뿐이라고 생각해, 얼러 주려고 했다.

"정말이야. 슬슬 잠들어 주지 않으면, 나도 여러모로 곤란한 사태가 될 거야."

"어머, 여보. 니콜이 보고 있잖아요."

"이 정도라면 상관없잖아?"

아기 침대 옆에 있는 더블 사이즈의 침대에서 마리아를 옆으로 안아 들어서 옮기며, 라이엘이 그런 정담을 흘리고 있었다.

이 자식들, 이쪽이 잠들면 할 일을 할 작정이지?

이렇게 되면 억지로라도 먼저 자 주지 않겠다. 커플은 죽어야 한다, 자비는 없다.

그렇게 결심하고──── 어느덧 아침이 되어 있었다.

아기의 몸으로는 밤새우는 것도 마음대로 할 수 없다고, 이때 통감하게 된 것이다.

이 몸으로 전생하고 나서, 나는 불리한 일밖에 없어 풀이 죽어 있었다.

하지만 지금, 나는 '이 몸이라서' 얻을 수 있는 은총이라는 것에 눈물을 흘리고 있다. 그 낙원은 지금 내 눈앞에 펼쳐져 있었다.

나는 지금 아기이고, 게다가 여자가 되어 있다. 즉, 내 앞에서 여성은 무방비하게 피부를 드러내는 것을 싫어하지 않는 것이다.

실제로 눈앞에서 마리아와 고용인 엘프 소녀가 옷을 벗고, 서로 웃음을 지으며 몸매를 칭찬해 주고 있었다.

출산 직후인 마리아는 체력이 떨어졌기 때문에 처음에는 집안일을 못 하는 라이엘이 어찌어찌 노력했었다.

하지만 녀석은 집안일에 관해서는 검만큼의 재능을 발휘하지 못하고, 실수를 연발했다. 접시를 깨는 정도는 사소한 일이고, 나에게 우유를 먹일 때는 끓어오를 정도로 가열하고 나서 먹이려고 하거나 해서, 나도 목숨의 위험을 느끼고 있었다. 그것을 본 마리아가 급하게 아이를 돌볼 줄 아는 사람을 고용하기로 한 것이다.

이것으로 마리아는 부담을 많이 덜어낼 수 있게 되었다.

대략 열다섯 살 정도의 엘프 소녀인데, 이런 벽지에서 고용인으로 전락한 것이 이상할 정도로 미소녀였다. 그 생김새는 나에게는 어딘가 그리운 인상을 느끼게 했다. 어디선가 만났던 적이 있는 것일까? 이런 젊은 아가씨 중에 아는 사이는 없었을 텐데……
아니, 스스로 말하고도 슬퍼졌다.

　호리호리한 미소녀의 가슴에 안기면, 이 또한 참 뭐라 말할 수
없는 좋은 감촉에 둘러싸이게 되어, 실로 횡재라고 할 수 있었다.
육감적인 마리아보다 청초한 요정 같은 분위기를 지닌 이 소녀
가, 내 취향에는 맞았다.

　마리아가 나에게서 눈을 떼야만 할 때는, 엘프 소녀가 헌신적으
로 나를 돌봐주고 있다.

　그리고 지금, 내 눈앞에서 그 두 사람이 옷을 벗어 던지고, 그 알
몸을 아낌없이 보여주고 있었다. 이것은 나와 목욕하기 위해서였
다.

　욕실이 딸린 저택을 사들인 라이엘, 굿잡! 나는 속으로 주먹을
불끈 쥐고, 평소에는 대항심을 불태우는 라이벌에게 드물게 찬사
를 보냈다.

　"마리아 님, 스타일 좋으시네요."

　"어머, 그래? 니콜을 낳고 조금 흐트러진 느낌이 들었는데……."

　"전혀, 그렇지 않아요!"

　전생에서는 그렇게나 엿보기를 감행하려다 실패했던 마리아의
나체가, 눈앞에 훤히 드러나 있다. 그때는 코르티나의 방어진지
에 의해 완전히 방해받고 말았다.

　게다가 그 뒤, 마리아에게 들켜 설교라는 이름의 고문까지 받고
말았다. 나에게 그런 제안을 한 맥스웰이 뻔뻔하게 참가하지 않
았다는 사실을 좀 더 의심했어야 했다.

하지만 때는 이미 늦어. 나와 라이엘은 기세를 타고 엿보기 계획을 실행에 옮겨, 훌륭하게 실패했다.

그렇게나 난관이었던 마리아의 알몸이 지금은 무방비하게…… 그 시절의 고생은 대체 뭐였을까.

시중을 드는 소녀도 마리아와는 다른 방향의 훌륭한 알몸의 소유자였다.

마리아가 육감적인 성인 여자의 선정성이 있다고 한다면, 소녀 쪽은 요정처럼 가련한 아름다움이 있다고 말할 수 있을까. 성적인 매력은 살짝 떨어지지만, 마치 예술 작품 같은 섬세함을 지니고 있었다.

소박한 가슴과 얇고 살집이 적은 허리 등, 노골적으로 어필해 오지 않는 점이 내 취향에 딱 맞아 떨어진다. 그러고 보니까 코르티나도 호리호리한 체형이었지.

으헤헤, 눈이 호강한다.

나는 바닥에 앉혀진 채로 단풍잎 같은 손을 쥐고, 억수 같은 눈물을 흘렸다. 그렇게나 보고 싶었던 광경인데, 눈물에 번져 시야가 확보되지 않는다.

그런 내 목소리를 들었는지, 엘프 소녀가 내 앞까지 다가와 몸을 앞으로 숙이며 얼굴을 들여다봤다.

안 돼, 그 포즈는 너무 자극적이다. 특히 전생에서 그다지 여성에게 인기가 없었던 나에게는, 코피가 터질 광경이다. 황급히 마리아 쪽으로 시선을 돌렸다. 마리아는 이미 라이엘의 아내인지라 죄악감이 강했지만, 이 순수한 소녀를 아래에서 올려다보는 자세

로 있는 것보다는 차라리 낫다.

"니콜 님이 마리아 님의 가슴을 빤히 보고 계셔요."

"어머? 하지만 니콜은 젖을 빨아 주지 않는걸……."

"배가 고픈 것이 아니라, 크기를 부러워하고 계시는 걸지도 모르겠네요."

"니콜도 내 피를 물려받았으니까, 틀림없이 커질 거야!"

그렇다, 지금의 나는 여자의 몸. 눈앞의 광경은── 특히 마리아의 모습은 미래의 자신으로 이어져 있다.

내 흥분은 단숨에 가라앉고 말았다…… 원통하다.

마리아는 내가 죽기 전에 변경의 교회에서 포교 활동을 했다.

사룡 코르키스에 의해 철저하게 멸망한 세 나라는 이미 국가의 체제를 유지하지 못했다.

그래서 각국은 이 세 나라를 하나로 통합해, 그곳을 우리 다섯 명이 통치하게 하려 한 것이다.

물론 우리는 하나같이 권력에 무관심했다.

다행히 세 나라 중 한 나라 왕실의 피를 이은 소년의 생존이 확인되었기 때문에, 그 소년을 왕으로 옹립하고 살아남은 귀족들을 그 보좌로 붙이는 것으로 국가 재건을 내팽개친 것이다.

하지만 그런 우리라고 해도 관계가 없다는 태도를 보일 정도로 비정하지는 않다. 그들에게 구원을 요청받으면, 곧바로 달려가 힘을 빌려줄 생각이었다.

맥스웰은 엘프들이 사는 자기 나라가 있으니까 이 땅에는 없지만, 그래도 우리 다섯 명이라면 어지간한 사태에는 대응할 수 있었다.

애초에 우리의 이름을 꺼내고 해결하지 못하는 문제라는 것은 거의 존재하지 않는다.

내 죽음의 원인이 된 고아원 시찰도, 그런 경위로 넘어왔던 일 중 하나였다.

하지만 지금은 다르다.

내 죽음으로 충격을 받은 코르티나가 이 땅을 떠나고, 마리아가 아이를 낳으면서 영웅들은 거의 해산 상태였다.

하지만 소년왕은 그렇게 되기 전에 간신히 국가 체제를 재건해, 라이엘과 마리아는 걱정 없이 은퇴할 수가 있었다. 예상 밖으로 유능한 소년이었던 모양이다.

즉, 라이엘과 동료들은 평범하게 은둔생활을 만끽하고 자빠진 것이다. 내 마음도 모르고.

──버텨라, 나. 지금 여기서 일어서지 않으면, 대체 언제 서겠다는 것이냐!

나는 지금, 아기 침대의 울타리에 필사적으로 매달려, 다리를 부들부들 떨며 일어나려 하고 있었다.

엉금엉금조차도 넘겨버린, 혹독한 운동의 성과였다.

마리아라고 해서 온종일 나만 지켜보고 있을 수는 없다. 그래서 지금은 식료품을 사러 외출했다. 그 대신에 고용인 소녀가 나를 돌봐주고 있다.

하지만 그런 그 소녀도 지금은 기저귀를 세탁 중이라서 나는 혼자 있었다. 아이에게서 눈을 떼다니 아이를 돌보는 사람으로서는 그다지 칭찬받을 일은 아니지만, 지금의 나로서는 고마웠다.

나는 누구의 눈에도 닿지 않는 이 시간에 걸음마를 떼고 싶은 것이다.

"아우아~ 느아~!"

기합을 한 번 넣고, 다리에 힘을 줘 곧게 선다.

이미 이 세계에 태어나고 거의 1년이 지났다. 지금까지는 기는 것이 한계였는데, 아직 서지 못하는 것은 평범한 아기와 비교해도 살짝 늦다.

보통 갓난아기보다도 훨씬 이른 단계부터 근력 트레이닝을 해왔는데도 이렇다니, 한심스럽기 그지없다.

이 모든 것이 내가 끝까지 편식을 고집한 탓이기도 하다.

태어나서 지금까지 마리아의 젖을 완고하게 거부한 나는 몸이 매우 약하고 성장도 살짝 뒤처지고 말았다.

덕분에 빈번하게 열을 내서 부모가 걱정하게 한 것은 죄송스러울 따름이다.

라이엘 자식은 아무래도 좋지만, 마리아에게 걱정을 끼친 것은 마음이 아프다.

그런 내 몸 상태도 간신히 안정되기 시작해, 마리아도 안심하고 눈을 뗄 수 있게 되었다.

아무튼 지금이 몇 안 되는 사람의 시선이 없는 시간이라는 것은 틀림없다.

비틀거리면서도 어찌어찌 똑바로 선 나는 짧은 팔을 치켜들고 기쁨의 포효를 터트렸다.

"다우우!"

하지만 이것은 내 최초의 한 걸음에 지나지 않는다, 말 그대로. 여기서부터 나에게는 수많은 미션이 기다리고 있는 것이다.

우선은 마리아의 방으로 가서 그녀가 가진 마도서와 성서를 닥치는 대로 읽어 마법 지식을 쌓을 필요가 있다.

마력을 감지한 지 반년, 나는 아직도 마력 조작을 성공하지 못했다.

내 수련 방법에 잘못이 있을지도 모른다.

마법 적성에 문제가 있을지도 모른다.

그것들을 조사할 방법을 알아야만 했다.

그 임무를 수행하기 위해, 나는 아기 침대의 테두리를 따라 걸어 잡고 서기 연습을 시작한 것이다.

갓난아기의 청각이라는 것은, 어른이 생각하는 것보다도 예민한 부분이 있다.

나는 복도를 걷는 발소리를 듣고, 곧바로 침대 위로 드러누워 잠든 척을 했다.

잠시 뒤에 방문이 열리고, 엘프 소녀가 안을 들여다봤다. 아마 세탁물을 전부 널고 내 상태를 보러 왔을 것이다.

아이를 돌보는 사람으로서는 대단히 고맙기 그지없지만, 나로서는 조금 더 방치해 주길 바랐다.

하지만 타이밍은 나쁘지 않았을지도 모른다.

고작 30분 정도의 잡고 걷기였지만, 내 다리는 부들부들 떨리며 아픔을 호소하고 있었다.

"후후. 잘 자고 계시네요, 니콜 님."

엘프 소녀는 내 곁까지 걸어와, 얼굴을 들여다보고 잠든 얼굴을 확인했다.

물론 나는 자는 척하는 중이지만, 소녀가 그것을 알 방법은 없었다.

그러고 보니까 이 소녀의 이름은 뭐였더라? 마리아가 고용한 것은 좋지만, 나에게 자기소개를 해 주지 않았다.

아니, 말도 모르는 갓난아기에게 자기소개를 하는 것은 이상할지도 모르지만…… 보통은 하지 않나?

마리아는 저렇게 보여도, 얼빠진 부분이 많은 타고난 덜렁이이니까 어쩔 수 없다. 이 소녀도 어디선가 본 적이 있는 듯한 기분도 들지만, 도무지 확실하게 떠오르질 않는다.

소녀는 내 뺨을 상냥하게 몰캉몰캉 찌르고, 그 감촉을 만끽하고 있다. 살짝 몸집이 작기는 하지만, 내 뺨은 천사의 감촉이라는 모양이다.

짜증스럽게도 라이엘이 가장 그 감촉의 노예가 되어서, 틈만 나면 찔러댄다. 이 소녀도 그것을 흉내 냈을 것이다.

계속해서 잠든 척하고 있자, 소녀는 두리번두리번 주위를 둘러

보고, 아무도 없는 것을 확인하고 있다.

지금 이 저택에는 우리 이외에는 아무도 없다. 그것을 알고 있는데, 노골적으로 그런 동작을 반복한다.

그리고 아무도 없는 것을 확신하고 나서, 내 뺨에 상냥하게 입맞춤을 하고, 파닥파닥 발소리를 내며 방에서 달려 나갔다.

어째서 도망치는 것인지 이상하게 생각했지만…… 생각해 보면 고용주 딸의 뺨에 키스를 한다는 것은, 고용인으로서는 실격일지도 모른다.

나는 남자…… 정신적으로 남자니까, 엘프 미소녀가 보여준 친애의 정이 오히려 기쁘기 그지없었지만.

그날부터 나는 어찌어찌 자립보행이 될 때까지 훈련을 이어 나갔다.

그리고 또 한 가지, 이 시기의 갓난아기라면 슬슬 할 줄 알아야 하는 일이 있다. 그것을 오늘, 부모의 앞에서 피로하고자 결심하고 있었다.

"마리아, 지금 돌아왔어~."

살짝 나른한 목소리와 함께 라이엘이 저택으로 돌아온다. 라이엘은 고용 기사로 이 지방을 다스리는 영주에게 고용된 신분이었다.

이 지방은 특히 지독하게 사룡에게 유린되었기 때문에, 몬스터의 번식이 왕성하다. 치안을 지키기 위해서는 라이엘의 실력이 필요했다.

그 대가로 일정의 급료와 저택을 받아 나를 기르고 있었다.

주방에서 식사를 만들고 있던 마리아가 서둘러 마중을 나갔다. 나는 그 모습을 거실에서 바라봤다.

그러자 엘프 소녀가 나를 안아 들고 현관으로 향했다. 이 아이는 마리아의 요리를 거들고 있었을 텐데.

"다우우?"

"라이엘 님을 마중 나가요. 니콜 님."

꽃이 핀 것처럼 싱긋 웃음을 지어 보이는 소녀.

나는 그 웃는 얼굴에 저도 모르게 말을 잊었다. 아니, 말은 할 수 없지만.

"오오, 니콜도 마중을 나와 주었구나. 피니아도 고생했다."

"아니요! 저 같은 건 아직 맡은 일도 제대로 해내지 못하는걸요! 마리아 님을 번거롭게 해드릴 뿐이지."

"그런 일은 없단다. 피니아가 있어 주어서 얼마나 도움이 됐는지 모르는걸."

그렇군, 이 소녀의 이름은 피니아라고 하는가. 기억해 두자.

그건 그렇고, 뭔가 훈훈한 분위기가 번지고 있는데, 이대로는 내 일대 결심이 흔들리고 만다. 그 전에 강행해서 지금의 분위기를 바꾸는 수밖에 없다.

나는 그렇게 결단하고, 얼굴에 힘을 주었다.

"마아――마?"

"어?!"

그리고 목에서 소리를 쥐어짜, 마리아를 마마라고 불렀다. 그런 내 목소리에 마리아는 경악스러운 표정을 지었다.

마리아가 이토록 놀라움을 드러내는 건 사실 신기한 일일지도 모른다.

"니콜. 지금…… 나를, 마마라고 불렀니?"

"마아마."

"아아, 라이엘! 이 아이가, 니콜이!"

"니콜, 나는? 자 파파란다? 파파라고——."

"라이엘 님, 가까워요, 너무 가까워요!"

피니아라고 불린 엘프 소녀의 가슴팍, 다시 말해 내 곁으로 라이엘이 얼굴을 옮겨 숨 막힐 정도로 들이댔다.

이 자식도 이미 서른을 넘었다. 숨이 막혀 견딜 수가 없다.

게다가 착각하면 곤란하다. 나는 네가 싫다. 그러니까——.

"삐…… 니이아?"

"아앗, 들으셨나요, 마리아 님! 지금 니콜 님이, 제 이름을?!"

"그래, 똑똑히 들었어! 이 아이도 참, 피니아의 이름을 먼저 부르다니."

그리고 보니까 마리아의 이름은 아직 부르지 않았던가. 이것은 실패였을지도 모른다. 이 실수를 곧바로 만회하자.

"마아리, 아~ 마아마?"

"그래! 니콜은 내 이름도 기억하고 있구나. 어쩜 이렇게 머리가 좋니!"

복받쳐 오른 것처럼 마리아가 기뻐했다.

솔직히, 마리아는 평소 가벼운 미소만 지으니까, 이렇게까지 감정을 겉으로 드러내는 일은 그다지 없었다.

역시 친자식의 성장이라는 것은 느낌이 다른 모양이다. 내용물은 나이지만…….

"자, 니콜. 파파의 이름은? 라이엘이라고 해보렴."

"다아우!"

숨 막히는 표정으로 달라붙는 라이엘의 얼굴을 보고, 나는 단풍잎처럼 작은 손으로 뺨을 때려주었다.

물론 공격이라고 부르는 것도 우스운, 톡 소리밖에 나지 않는 타격이었지만.

"으으으, 마리아…… 니콜이 이름을 불러주지 않아."

"당신의 이름은 발음이 많으니까, 갑자기는 무리예요."

그렇게 말한 마리아의 얼굴에는 대단히 드문 일이지만, 우월감이 떠올라 있었다.

그런 마리아의 말에, 라이엘은 풀썩 무릎을 꿇고 고개를 푹 숙였다.

"저, 저, 저기, 라이엘 님도 언젠가는 불러주실 거예요! 정말로, 정말로요!"

"아아, 위로해 주는 것이냐. 피니아는 착한 아이구나."

"어머, 제 앞에서 바람인가요?"

"농담이라도 하지 마! 피니아는 분명히 착한 아이지만, 그런 대상으로는 도저히 볼 수 없어."

"후후, 물론 알고 있어요."

라이엘의 등을 두드리며 마리아가 격려했다.

그리고 식당으로 데려가 그날 저녁 식사를 먹었다.

참고로 그날 저녁은, 조금…… 아니, 매우 호화로워졌다는 것을 덧붙여 두겠다.

내가 말할 수 있게 되고 나서, 다시 2년이 조금 더 지났다.

나는 세 살이 되었고, 그사이에 알게 된 것도 많다. 예를 들면 내 겉모습에 대해서다.

갓난아기였을 때는 목을 움직이는 것조차 마음대로 할 수 없었기 때문에 몰랐지만, 내 머리카락은 상당히 가는 은실 같은 청은색이었다. 그 머리카락을 어깨를 넘길 정도의 길이까지 기르고 있어서, 남자라고 잘못 보는 일은 없을 것이다…… 슬프게도.

게다가 거울로 봤을 때, 피부의 색은 병적이라고 해도 좋을 정도로 하얗고, 무엇보다 두 눈의 색이 다른 것이 특징적이었다.

오른쪽 눈이 빨강, 왼쪽 눈이 파랑으로 색이 다르다. 라이엘의 파란 눈, 마리아의 붉은 눈을 각각 물려받았다는 말이다.

그 특징적인 겉모습과 더불어 상당히 눈에 띄는 풍모라고 할 수 있다. 얼굴 생김새는 내가 봐도 대단히 사랑스럽고, 어리지만 장래 미소녀로 성장할 것이라는 미래를 손쉽게 예상할 수 있었다.

물론 그것 말고도 몸이 성장하고 있다.

하지만 그 뒤로 마법과 몸을 단련하고자 이것저것 열심히 해 보았지만, 그 효과는 그다지 순조롭지가 못했다.

마력은 여전히 체내에 존재하기는 하지만, 해방하려고 하면 의식의 손안에서 날뛰어, 아직도 생각한 대로 방출하는 것도 할 수가 없었다.

몸을 단련하는 쪽도, 이 몸은 어느 쪽인가 하면 마리아를 닮은 모양이라, 또래 아이와 비교해도 약간 허약하게 느껴진다.

아니, 마리아도 가혹한 모험을 극복한 강자였다. 그 신체 능력은 일반인보다 월등히 뛰어나다. 그래도 같은 경험을 쌓은 우리 중에서는 단연코 허약했다.

나로서는 용사인 라이엘을 닮길 바랐지만, 아무래도 마리아의 피를 진하게 물려받은 모양이다.

오늘도 몰래 하루의 훈련을 마치고, 가족이 난로 앞에서 모여 단란한 시간을 즐기고 있다.

세 살이 된 나는, 다리도 상당히 튼튼해지기 시작해서, 집 안을 자유롭게 걸어 다닐 수 있게 되었다.

하지만 이 밤은 바닥에 앉아, 손가락 스트레칭을 열심히 하고 있었다.

체력은 이미 소모했지만, 이런 자잘한 부위의 스트레칭이라면, 체력을 소모하지 않고도 할 수 있다.

"으으~."

손가락을 꼬거나 뻗거나 하는 나를, 등 뒤의 소파에 앉은 라이엘이 훈훈한 미소를 지으며 바라보고 있다.

난로 옆에는 열심히 뜨개질 공부를 하는 마리아와 그 곁에 피니아가 있다.

나는 궁둥이를 바닥에 딱 붙여, 무릎을 모으고 뒤꿈치를 엉덩이 옆으로 가져오는, 흔히 말하는 여자아이 앉기를 하고 있었다.

　남자는 골격 구조상 힘든 자세라는 모양이지만, 이 몸이라면 어렵지 않게 앉을 수가 있다.

　아무래도 이 몸은 근력과 지구력에서 문제가 많지만, 손재주와 유연성은 제법 있는 모양이다.

　나는 슬쩍 왼쪽 다리를 벌리고, 오른쪽 다리를 살짝 찼다. 이것으로 몇 센티, 나는 왼쪽으로 미끄러졌다.

　이것을 몇 번인가 반복해, 슬금슬금 왼쪽으로 이동하고 있었다.

　하지만 그런 나를 라이엘이 등 뒤에서 안아 들고 자기 무릎에 앉혔다.

　"시러, 나~줘~!"

　"그렇게 싫어하지 말렴, 니콜. 가끔은 파파랑 놀아 주지 않을래?"

　"므으~."

　나는 몸을 비틀어, 라이엘의 무릎에서 뛰어내렸다.

　나로서는 좀 더 확실하게 '하지 마, 놔줘.' 라고 발음하려고 했지만, 성대가 아직 발달하지 못했기 때문에, 아무래도 유아어가 되고 만다.

　그대로 나는 보호해 줄 곳을 순간적으로 식별했다.

　뛰어내린 나를 보고, 마리아가 팔을 벌려 맞이해 주려 한다.

　하지만 옛 동료의 가슴에 뛰어드는 것은 아무리 그래도 쑥스럽다.

　그때 나는 마리아의 옆에 선 피니아의 가슴으로 뛰어들었다.

몸집이 작은 소녀이기에 가슴까지 뛰어오를 수가 있었다. 갑자기 뛰어든 나를, 피니아는 황급히 안아 올렸다.

피니아는 엘프답게 살집이 적은 체형을 하고 있지만, 가는 허리나 부드럽고 푹신한 가슴이 분명하게 여성이라는 것을 느끼게 해준다.

그리고 희미하게 꽃향기가 나서 마음이 편했다.

나는 냄새를 근원을 따라가 보니, 그것은 피니아의 허리춤에 달린 작은 주머니에서 나고 있었다. 아마도 들풀로 만든 포푸리(향주머니)일 것이다.

그런 소박한 향기를 두르고 있는 피니아는 향수를 뿌린 귀족 자녀보다도 호감이 갔다.

나는 피니아의 허리로 손을 뻗어, 포푸리를 떼서 속을 확인하려고 했다.

그것은 딱히 포푸리를 빼앗으려고 한 행위가 아니다. 그 소박한 향기의 근원을 확인해 보고 싶다는, 대수롭지 않은 생각이었을 뿐이다.

하지만 그런 내 행동을 보고, 마리아는 싱글거리며 웃음을 머금고 있었다.

"니콜도 역시 여자아이네. 향주머니에 반응하고 있어."

"별로 신기한 것은 아닌데요."

"그래도 좋은 냄새가 나는 물건은 신경 쓰는 법이니까. 치마를 입고 싶어 하지 않는다거나, 라이엘에게 검을 가르쳐달라고 하거나, 하는 것을 보면 마치 남자아이 같았는데."

"니콜 님은 귀여우신 데요? 마을의 다른 아이보다도 훨씬!"

피니아는 나를 안아 든 채로 역설했다. 확실히 나는 마리아를 닮아, 대단히 청초하고 얌전한 겉모습을 하고 있다.

게다가 같은 세대와 비교해도 상당히 몸집이 작고 힘이 없기 때문에, 마치 귀족의 자녀처럼 사랑스럽게 보이는 모양이다.

하지만 내가 꿈꾸는 것은, 저쪽의 밉살스러운 라이엘의 스타일이다.

신장에 필적하는 검을 자유자재로 다루는 용사의 모습. 과거의 내가 목표하고, 도달하지 못했던 모습.

하지만 이 몸으로는 이번 생에서도 그 모습에 도달할 수 있을 것 같지 않았다.

"그렇지, 피니아. 내일 모두 함께 향주머니를 만들어 볼까?"

"모두 함께, 말인가요?"

"그래, 마을 서쪽이 초원이었지? 슬슬 따뜻해지기 시작했으니까, 꽃도 피어나기 시작했을 거야."

"확실히 슬슬 그럴 시기이긴 한데…… 마을 바깥은 위험하지 않나요?"

"그건 피니아가 함께 있어 줄 테니까."

"오히려 제가 마리아 님에게 보호받고 싶은데요……?"

"나는 접근전이 서툴러."

"알고 있어요."

마리아는 접근전도 소화할 수 있는 신관전사가 아니라, 순수한 후방 포지션의 신관이었다.

그 운동 능력은 여섯 영웅 중에서 가장 떨어져서, 마찬가지로 후방 포지션이었던 수인 코르티나나 엘프 맥스웰에게도 미치지 못했다. 물론 그래도 일반인을 능가하는 정도의 능력은 지니고 있었지만.

　뭐, 지금에 와서는 내가 훨씬 뒤떨어진다.

　"결정난 거지? 그러면 내일은 도시락을 싸서 초원으로 가는 거야."

　"하아, 알겠습니다."

　"얼마 후면 세례 의식이 있으니까, 그 전에 기분 전환을 하도록 하자."

　세례 의식이란 태어나서 3년이 지난 아이가 받는 의식으로, 그 아이가 받은 능력을 알아보는 의식이기도 하다.

　이 세계에서는 기프트(축복)라고 불리는 능력을 받은 아이가 있다. 그리고 그 기프트가 낳는 은총은 압도적인 효과를 소유자에게 부여해 준다.

　예를 들어 모든 물건을 이공간에 수납할 수 있는 이공간 창고나 불로불사, 매료 같은 신화급 능력부터, 라이엘이나 마리아가 지닌 것 같은 전투술이나 신의 기적처럼 전투에 도움이 되는 것, 하다못해 가위바위보 재능이라는 별로 도움이 되지 않을 듯한 것까지 있다.

　이능을 부여해 주는 것은 물론이지만, 검술 같은 기능을 갖는 것만으로도, 그 효과는 크다.

기프트를 보유하기만 해도 일반인이 10년에 걸쳐 오를 경지에 고작 1년 만에 도달하거나 하는 일도 있는 것이다.

물론 기프트가 없어도 검은 쓸 수 있다. 하지만 그 유무에 따라 수행하면서 얻을 수 있는 성장 속도에 현격한 차이가 발생하고 만다.

그것을 알아보는 의식인 만큼, 이 세계의 주민은 매우 진지한 표정으로 세례에 임한다.

참고로 라이엘이 지닌 기프트는 전투술과 터프니스.

이것은 전투 기술과 지구력의 한계를 높여 주는 것이다.

이것 덕분에 라이엘 녀석은 끝없는 체력을 발휘해서 멈추지 않고 싸울 수가 있다.

가들스가 지닌 기프트는 방패술과 강건(剛健).

이것으론 방패로 적의 공격을 받아내고, 또한 방패로 적을 밀쳐 내는 공격도 가능하다. 그리고 강건은 적의 공격에 견디는 능력이다.

이 두 가지로 가들스는 파티의 생명선이라고도 할 수 있는 방어력을 발휘할 수 있던 것이다.

마리아는 신성 마법과 고속영창을 지녔다.

이것은 신성 마법을 효율적으로 습득할 수 있는 재능과 그것을 순간적으로 발동할 수가 있는 능력이다.

이것으로 곧장 신성 마법을 날리는 것이 가능했다.

1초 이하의 공방을 되풀이하는 싸움에서 마리아의 마법은 가들스의 방어력과 어깨를 견줄 생명선이었다.

맥스웰의 기프트는 전속성 마법 적성과 마력 강화.
모든 마법을 다룰 수 있는 능력과 그 마법의 효과를 강화하는 능력이다.
강대한 마력으로 광범위공격을 날리는 맥스웰은, 가들스와는 대극인 공격의 핵심이었다.

코르티나는 신산귀모(神算鬼謨)와 고속연산.
신산귀모는 적의 책략을 간파하고 전략과 전술의 가장 올바른 답을 끌어내는 능력이고, 고속연산은 그 이름대로 순식간에 계산하는 능력이다.
이 두 가지 기프트의 조합으로 시야에 들어온 정보를 곧바로 처리해, 우리에게 가장 좋은 행동을 지시해 주었다.
그런 코르티나이기에 내가 죽었던 그때, 내가 살아날 수 없다는 사실을 누구보다도 빨리 이해하고 말았을 것이다.
그리고 그런 의뢰를 가져온 가들스를 용서하지 못하고, 무엇보다도 나를 구할 책략을 끌어내지 못했던 자신을 용서할 수가 없어 이 땅을 떠나고 말았다.

그들과 비교하면, 나는 실로 수수한 기프트였다.
지니고 있던 것은 실 조작과 은밀.

누구에게도 들키지 않고 행동해, 강사를 이용한 공격으로 적의 숨통을 끊는 암살 스타일.

그렇기에 정면으로 맞붙는 전투에서는 불리한 적이 많다. 마신과 비길 수가 있었던 것은 행운이었다고 말할 수 있다.

다시 태어나서 그 기프트가 어떻게 되었는지는 아직 모르겠지만, 손재주가 좋거나 피니아 등에게 들키지 않고 몸을 단련하는 점에서 그 일부는 이어받은 모양이다.

다음 날. 우리는 도시락을 챙기고 서쪽 초원으로 하이킹을 나서기로 했다.

하지만 라이엘만은 순찰 일이 있어서 따라올 수가 없었다.

아침부터 눈물을 줄줄 흘리며 오열하는 라이엘은 너무 숨이 막혀 보고 있을 수가 없었다.

"니콜, 파파가 따라오지 못해서 아쉽네."

"아닌데."

"안 그런 척하기는."

내 태도를 착각하고, 마리아는 평소의 미소를 짓고 있었다.

마리아의 눈에는 내 태도가 아빠와 함께 놀러 가지 못해서 토라진 것처럼 보이는 것이다.

실제로는 일과인 단련을 할 수 없어 토라진 것이지만.

하지만 생각해 보면, 최근의 단련으로 피로가 축적된 것도 사실이다. 오늘은 몸을 쉬게 할 생각으로 느긋하게 보내는 것도 좋을 지도 모른다.

옛 동료인 마리아는 물론이고, 피니아도 상당히 미소녀. 마리아가 유부녀라는 사실을 생각하지 않으면, 양손의 꽃인 하렘 상태인 것이다.

물론 나도 여자가 되고 만 것이 난점이라고 하면 난점이기는 하다.

"보세요, 니콜 님. 이것이 제 향주머니에 쓰는 꽃이에요."

피니아가 작은 보라색 꽃을 꺾어서, 내 코끝으로 가져왔다. 그러자 어제 맡았던 꽃향기가, 어제보다도 강하게 풍겨왔다.

"이것을 건조해서, 몇 가지인가의 꽃과 조합해서 주머니에 넣으면 향주머니가 되는 것이에요."

"헤에~."

나는 향주머니에 별로 흥미가 없어서, 피니아의 설명에 건성으로 대답했다. 하지만 즐거워 보이는 피니아의 표정은 보기만 해도 행복한 기분이 들기 시작한다.

그런 행복한 시간도 금방 끝났다. 목소리 톤이 높은 침입자가 나타난 탓이다.

"앗, 마리아 님이다! 안녕하세요~."

"마리아 님, 안녕히~ 지내셨어요~."

마을 방향에서 아이들 몇 명이, 마리아를 향해서 뛰어 다가왔다. 그 뒤로 인솔하는 어른들도 따라온다. 순식간에 마리아가 아이들에게 둘러싸이고, 손을 잡혀서 빙글빙글 돌았다.

피니아도 함께, 아이들의 먹잇감이 되어 있었다.

"아, 이 아이는 누구야?"

"언니 동생?"

"머리카락 이뻐～. 팔 가늘어～."

"우와, 우와?!"

이번에는 아이들이 내 쪽으로 몰려왔다.

순식간에 주물리고, 머리카락이 헝클어지고 말았다.

내 머리카락은 등 중간 정도에 닿을 정도로 길다. 나로서는 머리카락은 짧게 하고 싶었지만, 마리아와 피니아가 강경하게 반대하니까 어쩔 수 없다.

울 것 같은 표정을 지으니, 나도 완강하게 주장할 수는 없었던 것이다.

그 머리카락은 마리아에게 물려받은 청은색으로, 빛처럼 윤기가 났다.

게다가 내 눈은 마리아의 빨강과 라이엘의 파랑을 동시에 계승해서 좌우 색이 다르다.

아이들의 거침없는 호기심을 자극하기에는 충분한 것들이었다.

"눈 색이 달라～."

"이상해～."

"이～거～봐～!"

마지막에는 뺨까지 잡아당겨서, 나도 저항하지 않을 수가 없었다.

손을 떨쳐내고 피니아의 뒤로 숨어서 버렸다.

"자자, 장난치면 안 돼. 이 아이는 내 딸인 니콜이란다. 모두 사이좋게 지내주렴."

"헤~ 니콜이라고 하는구나."

"친구~."

"같이 놀자~!"

"잠깐, 기다려――손 잡아당기지 마."

방약무인과 거의 차이가 없는 아이들에 의해, 나는 피니아에게서 떨어졌다.

그대로 억지로 붙들려 들판을 뛰어다니게 되었다.

"저쪽에 라벤더 꽃이 있어. 향주머니를 만들려면 잔뜩 필요하잖아?"

"에~ 저쪽에서 나무딸기 따기 하자~! 간식도 되니까."

"진짜, 남자아이는 금방 먹을 걸로 간다니까. 그래서는 니콜에게 미움받을 거야."

"어째서야~."

나에게는 주도권이 전혀 없다.

그리하여 나는 해가 저물 때까지 마을 아이들과 어울리게 되었다.

다음 날부터, 나는 하루가 멀다 하고 아이들에게 습격받게 되었다.

생활에 변화가 없는 마을 아이들에게, 내 청은색 머리카락과 색이 다른 눈동자, 사랑스러운 용모는 호기심을 자극하기에 충분했던 모양이다.

게다가 이 마을에는 아이가 10여 명밖에 없다. 물론 여러 마을을 통괄하는 교구(敎區) 단위로 보면 이보다 몇 배는 있지만, 변경에 있는 마을과 마을은 손쉽게 오갈 수 있을 정도로 가깝지 않다.

그렇게 폐쇄된 공동체라서 그런지, 새로운 친구인 나는 꼭 끼워 넣고 싶은 존재였던 모양이다.

내가 사는 저택은 마을에서도 상당히 큰 편이다.

하지만 그것은 세계를 구한 영웅인 라이엘과 마리아의 자택으로는 검소하기 그지없다고 말할 수 있을 것이다.

2층짜리 석조 건물.

방은 각 층에 네 개씩. 1층에는 그 밖에 식당, 거실, 주방, 욕실, 서재가 있다.

2층에는 대신 발코니가 있어서 세탁물을 말리거나 할 수 있도록 되어 있었다.

작지만 뒤뜰도 있고, 그 한쪽에는 마구간이 설치되어 두 마리의 말이 묶여 있었다.

정원에는 라이엘이 훈련할 때 만든 발자국이 단단히 다진 자국으로 선명하게 남아 있어, 그것이 녀석의 고지식한 성격을 증명하고 있었다.

날이면 날마다 여기서 같은 동작으로 검술 연습을 하며 바닥을 밟아 다졌을 것이다.

정원과 도로의 경계는 높이가 낮은 가로수와 조잡한 울타리만 쳐서, 그럴 마음만 먹으면 아이라도 넘어올 수 있을 정도밖에 되지 않는다.

치안이 좋은 마을이기에 가능한 어설픈 처치다. 그 울타리의 빈틈을 타고 넘어온 아이들이 습격을 감행하게 된 것이다.

이제까지는 영웅의 집이라는 이유로 이곳에 몰래 들어오는 아이들이 없었다.

게다가 나도 남의 눈을 피해서 훈련을 했기 때문에, 존재가 마을 사람들에게 알려지는 일은 없었다.

물론 내가 있다는 사실은 마을 사람도 알지만, 실제로 직접 본 적은 거의 없었을 것이다.

아무튼 그런 내가 자신들과 다름없는 어린아이라는 것을 알게 되어, 그들은 그 경계심의 벽을 무너트리고 말았다.

낮부터 당당히 울타리를 넘어와, 나를 데리러 온 것이다.

"니콜~ 놀자~."

"마을 외곽에 있는 나무에 버찌가 열렸어, 먹으러 가자~."

"진짜, 남자들은 꼭 먹을 거 이야기만 한다니까. 맨날 그거뿐이잖아!"

이 집의 주인인 라이엘은 순찰 일이 있어서 낮에는 저택에 없다. 또한 마리아도 교회 일이 있어서 저택에 없다.

최근에는 나를 돌보는데 손이 가지 않게 되어서, 교회 일을 재개한 것이다.

물론 세 살짜리 아이를 혼자 저택에 남겨둘 수는 없으니까, 고용인인 피니아가 나를 돌봐주고 있다.

그 피니아도 지금은 저택 청소 때문에 나에게서 눈을 떼고 있다.

고용인으로서는 그다지 칭찬받을 일은 아니지만, 저택 관리와 아이 돌보기를 동시에 떠맡고 있으니까, 많은 것을 바라는 것도 가혹하다 싶다.

애초에 평범한 세 살 아이는 나처럼 활발하게 돌아다니거나 하지 않는다. 아니 돌아다니기는 하지만, 문고리에 손이 닿지 않기 때문에 다소는 안전하다.

나처럼 받침대 등을 활용해서 자력으로 방문을 열어서 돌아다니는 아이는 별로 없을 것이다.

아이들의 권유는 나로서는 원래라면 달갑지 않은 친절이다.

하지만 지금의 나는 평균적인 유아보다도 훨씬 허약했다. 그들과 노는 것만으로도 충분하게 체력 단련이 되는 것이다.

"응. 그러면 피니아한테 말하고 올게."

"알았어, 기다릴게~."

되도록 어린아이 같은 음색을 만들며, 나는 그렇게 대답했다. 그들과 노는 일은 고독을 즐기는 나를 걱정하는 부모를 안심시키는 것으로 이어진다.

라이엘은 그렇다 치고, 생전부터 신세를 졌던 마리아에게는 걱정을 끼치고 싶지 않다.

게다가 놀다 지치면 밤에 일찌감치 잠들기 때문에, 집에 돌아온 뒤에 성가시게 구는 라이엘을 피할 수가 있는 것이다.

그렇다고는 해도 아무리 내가 괜찮다고는 생각해도, 말없이 모습을 감추면 피니아가 걱정한다. 자칫하면 라이엘에게 연락이 가서 숨 막히는 사태가 벌어질지도 모른다.

그렇게 되지 않도록 사전에 연락해 둘 필요가 있었다.

피니아는 조금 걱정스러운 표정을 지었지만, 다른 아이들과 함께이기도 해서 외출을 허가해 주었다.

물론 마을 밖으로 나가는 것은 엄금하였지만.

나는 아이들 다섯 명과 동행해서 마을 외곽에 있는 나무까지 찾아왔다.

이 마을 주위에는 다양한 나무를 심어서 계절마다 과일을 수확할 수가 있다.

이 나무는 누구의 소유인 것도 아니라서 아이들 간식으로 이용되는 일이 많다. 목적이던 벚나무도 아이들의 즐거움 중 하나가 되어 있었다.

벚나무는 높이가 별로 높지 않고 가지도 잘 뻗어서 아이들이라도 간단히 타고 올라갈 수가 있을 것 같았다.

푸릇푸릇하고 울창한 잎사귀 사이에서 붉고 작은 과실이 얼굴을 드러내고 있다. 잡초도 튼튼하고 무성하기 때문에 떨어지더라도 크게 다칠 일은 없어 보인다.

바로 아이들이 3인조로 나뉘어서 나무를 타기 시작했다.

한 명은 밑에서 버찌를 받는 역할. 한 명은 만약을 대비해 떨어지면 받는 역할. 나머지 한 명이 나무를 타서 버찌를 떨어트리는 역할이다.

아이는 여섯 명밖에 없으니까, 두 팀밖에 만들 수 없다. 나는 또래 아이들과 버찌 모으기에 착수했다.

"그러면 내가 나무에 올라가서 버찌를 떨어트릴게."

"어, 니콜, 괜찮겠어?"

"괜찮아, 이렇게 보여도 몸은 가벼운 편이야."

환생 전에는 나도 영웅의 일원이었다. 지난 생에서부터 근력과 지구력에는 문제를 지니고 있었지만, 반사신경과 몸이 가벼운 것으로는 보통내기가 아니다.

나무 타기라면 거저먹기다. 나는 짧은 팔다리를 열심히 뻗어, 쑥쑥 나무를 타고 올라갔다.

그 속도는 세 살 아이라면 있을 수 없는 속도였다. 하지만 지구력은 역시 치명적인 문제다. 나무를 전부 올라갔을 무렵에는 숨을 헐떡이고 있었다.

"어~이, 니콜, 정말로 괜찮아?"

"괘, 괜찮아…… 맡겨 줘."

한심한 일이지만, 숨이 차올라 손끝이 떨리고 있다.

하지만 과일을 따는 정도는 문제가 없다. 나는 천천히 가지 끝으로 이동해 버찌 열매를 따서는 지상에 있는 아이에게 떨어트렸다.

이윽고 따기 쉬운 곳은 전부 따버렸기에, 지상으로 내려갔다.

거기서 모두와 함께, 신선한 버찌의 새콤한 맛에 입맛을 다시며 봄의 맛을 즐겼다.

나로서는 충분히 배가 찼다. 버찌 자체는 양이 상당히 많았지만, 성장기 어린아이 다섯 명의 배를 채우기에는 조금 부족했던 모양이다.

특히 남자아이들은 부족한 표정을 짓고 있었다.

"있잖아, 저쪽 나무에도 달렸으니까 따러 가지 않을래?"

남자아이 한 명이 한 그루의 큰 나무를 가리키고 그렇게 주장했다.

"어, 저 나무는 울타리 너머 쪽인데?"

그것은 몬스터 방지 울타리 건너편에 있는 벚나무. 아마도 새가 열매를 물고 가서 씨가 떨어져 싹을 틔웠을 것이다. 하지만 그곳은 약간이라고는 해도 마을 밖이다.

"위험해. 아빠한테 혼날 거야."

"괜찮아! 왜냐면 저긴 아주 가깝잖아? 몬스터가 나와도 뛰어서 돌아오면 도망칠 수 있거든."

"그러려나."

남자아이들의 주장에 나와 같은 여자아이 한 명이 밀리기 시작했다. 이것은 좋지 않은 경향이다.

"안 돼. 분명히 마을 안이라면 괜찮다고 약속하고 여기에 왔는걸."

"쳇, 그럼 됐어. 우리끼리만 갔다 올 테니까!"

태도가 미적지근한 여자아이들을 보고 답답함을 견디지 못해 남자아이가 울타리 밑을 파고든다. 몬스터를 가로막는 것이 목적인 울타리는 빈틈이 커서, 어린아이라면 간단히 빠져나갈 수가 있다.

"아~ 정말!"

아무리 그래도 아이들만 밖으로 나간다는 폭거를, 두고 볼 수는 없지 않은가.

나는 땅을 한 번 차고 짜증을 표명한 뒤, 그 뒤를 쫓아 달려갔다.

마리아, 피니아와 얼마 전 마을 밖에 나가 봤지만, 역시 폐쇄된 분위기가 있는 마을 안과는 개방감이 다르다.

하물며 앞에는 새콤달콤한 열매가 기다리고 있다면, 아이들의 다리가 가벼워지는 것도 납득이 갔다.

금방 원하던 나무에 도달해, 따는 역할이 앞다투어 나무를 오르기 시작했다.

"잠깐 기다려!"

"니콜도 올라갈 수 있잖아? 빨리 와!"

도발적으로 그렇게 말을 거는 남자아이를 보고 살짝 울컥하면서도 나는 재빠르게 나무를 타기 시작했다. 날렵하게 가지 끝까지 나아가, 열매에 손을 뻗으려 한 그때——.

거기서 나는 시야 끝에 움직이는 그림자가 있는 것을 알아챘다.

그것은 서쪽 초원을 몸을 숨기듯이 이동해, 마을로 접근하고 있었다.

"저건—— 코볼트, 인가?"

코볼트, 이 세계에서도 가장 약한 몬스터. 이족보행을 하는 개 같은 모습을 하고 있지만, 그 본질은 야수에 가깝다.

그러면서 멍청한 인간과 비슷한 정도의 지성이 있으니까, 질이 안 좋다.

잔학한 살인귀의 기질과 인간의 약삭빠름을 함께 지닌 개라고 하면 이해가 쉬울까?

　그런 몬스터가 무리를 지어 마을로 접근하고 있었다.

　어른이라면 문제없이 쫓아낼 정도의 위험성밖에 되지 않는 몬스터. 하지만 문제는 녀석들의 체격이 어린아이와 큰 차이가 없다는 사실이다.

　평소라면 마을에 들어와도, 밭이나 집 앞의 채소를 훔쳐가는 정도의 피해에 지나지 않는다.

　하지만 어린아이들만 있는 우리에게는──충분히 위험한 존재가 된다.

　"큰일이야, 코볼트야! 애들아, 어른들에게 알려야 해!"

　나무 위라는 높은 시점이 있으니까 발견할 수 있었지만, 그렇지 않았다면 기습을 당했을지도 모른다.

　이 마을에는 라이엘이라는 최종병기가 있기 때문에, 큰 피해가 발생할 일은 없을 것이다. 하지만 그것은 마을 안쪽에 한정된 이야기다.

　지금 우리는 저 코볼트를 쫓아낼 능력이 없다. 내 말을 듣고, 마을 아이들이 겁을 먹고 뛰기 시작했다.

　원래라면 진실인지 아닌지 의심하겠지만, 이 마을에서 몬스터란 평상시에도 드러나는 위협이다.

　이런 거짓말을 하더라도 아무런 이득도 되지 않는다.

　"아저씨, 코볼트가 나왔대요! 라이엘 님을 불러와요!"

　마을에서 조금 벗어나 있는 곳이라고는 해도, 이곳은 아직 마을의 근처에 있다. 한동안 달리면 마을 사람은 빈번하게 마주칠 수 있었다.

그 마을 사람에게 말을 거는 아이의 목소리를 나는 듣고 있었다.

하지만 나는 아직 나무에서 내려오지 않았다. 코볼트는 확연하게 마을의 감시망을 피하듯이 행동하고 있다.

감시하는 눈을 떼었다가 놓치게 되면 귀찮은 일이 발생할지도 모른다.

"니, 니콜, 빨리 도망치자."

"안 돼, 나는 여기서 감시할 테니까. 너는 빨리 마을로 도망쳐."

"어떻게 그럴 수가 있어!"

다섯 명 중에서 유일한 여자아이가 그렇게 말하고 고집스럽게 피난을 거부했다.

그것은 친구를 버릴 수가 없다는 의미인지, 아니면 내 부모인 라이엘과 마리아를 두려워한 것인지 알 수 없다.

하지만 소녀는 나를 위해 이곳에 남겠다고 결심하고 있었다. 그것은 나로서는 솔직히 말해 쓸데없는 각오다.

"쯧."

나는 아래에 있는 아이—— 소녀에게 들리지 않도록, 살짝 혀를 찼다.

이곳은 마을 바깥, 다시 말해 코볼트에게 가장 가까운 장소다. 코볼트에게 습격당한다면 나무 아래에서 기다리는 소녀가 가장 먼저 공격받게 되는 것이다.

"이 나무에 올라올 수 있어?"

"으, 응——."

"그러면 빨리 올라와. 밑에 있으면 위험해."

코볼트는 갯과의 성질을 지니고 있다. 발톱을 넣고 빼는 것이 서 툴러, 나무를 탈 수가 없다. 나무 아래에 있는 것보다는 안전할 것 이다.

소녀가 흠칫거리며 나무를 타기 시작했다.

하지만 아이들의 목소리에 반응해서, 코볼트들도 이쪽을 알아 챈 모양이다. 더는 은밀하게 몸을 숨기는 것도 잊고, 포효를 터트 리며 이쪽으로 쇄도하기 시작했다.

"빨리!"

"기, 기다려…… 나, 나무 타기는 잘 못해서."

"적은 기다려 주지 않아!"

이대로는 소녀가 완전히 올라오기 전에 습격당하고 말 것이다. 코볼트의 발을 멈추지 않으면 목숨은 없다.

"그대로 계속 올라와!"

나는 그렇게 말을 걸고, 가지를 타고 지상으로 뛰어내렸다. 무 성한 풀이 쿠션이 되어 뛰어내려도 타격이 없다.

나는 명색이 용사를 꿈꾸는 몸이다. 이곳에서 소녀를 내팽개친 다는 선택지는 존재하지 않는다. 지금의 몸으로는 코볼트 정도라 도 쓰러트리는 것은 불가능할 것이다.

하지만 무리해서 쓰러트릴 필요 따위는 없다. 시간을 끌면 라이 엘도, 마리아도 올 것이다.

무기가 없는 것이 불안하지만, 버찌 이외의 나무 열매를 딸지도 몰라서, 작은 나이프를 갖고 왔다. 이것으로 싸우는 것도 어떻게든 가능할 것이다.

마을 사람이 뛰어오는 것보다 빨리, 코볼트들 쪽이 먼저 다가왔다. 입에서 침과 혀를 늘어트리며, 이쪽으로 덤벼든다. 숫자는 세 마리. 그 후방으로 또 세 마리.

코볼트를 가까이서 목격하는 바람에 나무 위 소녀가 비명을 터트린다. 뒤에 있는 코볼트가 알아챈 모양이지만, 녀석들에게는 그곳에 도달할 수단이 없다.

"즉, 내가 여기서 버티면 너희는 마을에 피해를 줄 수 없다는 거군."

생전의 시선을 떠올리고, 나는 입꼬리를 올리며 웃었다.

거의 동시에 선두의 코볼트가 덤벼들었다.

지금의 체력으로는 정면에서 코볼트를 받아낼 수도 없으니, 사이드로 피하며 목덜미를 나이프로 그었다. 하지만 악력이 약한 탓인지, 두꺼운 피부를 가를 수가 없다.

그래도 상처가 나지 않을 수는 없었는지, 코볼트는 고통으로 몸을 비틀며 비명을 터트렸다.

물러난 틈에 다른 한 마리에게 대응한다.

첫 코볼트를 피했을 때, 다른 코볼트와 멀어지는 쪽으로 피했기 때문에, 공격에 시간차가 발생했다. 그 엇갈림을 이용해서, 다른 한 마리에게 나이프를 휘둘렀다.

역시 공격은 털가죽을 가를 수는 없다. 그래도 시간을 벌 수는 있다. 그것이야말로 지금의 내 목적이다.

하지만 상대는 다섯 마리. 이쪽은 한 명. 시간을 번다고 해도 한계가 있었다. 이미 반쯤 포위되고 있었다.

나는 벚나무를 이용하며 사각을 만들지 않도록 유리한 위치를 조정했다. 코볼트들도 뜻하지 않은 반격을 받아서 공격을 망설이고 있었다.

"그르르르……."

위협하며 으르렁대는 코볼트.

이 눈싸움 시간마저, 나에게는 감사하다. 이미 내 팔다리는 한계를 넘은 움직임에 저리기 시작했다. 이대로는 오래 버틸 수가 없다.

"하지만 무리해서라도 오래 버텨야 한단 말이지……."

자세를 낮춘 한 마리를 놓치지 않고, 바닥을 풀을 차올려 시야를 막는다. 무성한 들풀이 나에게 유리하게 작용해 주었다.

그 틈에 반대쪽을 향해 몸통박치기를 감행한다. 이것으로 적의 포위를 돌파하고, 그 뒤로는 이리저리 유도해서 시간을 벌어 지원군을 기다린다는 계산이다.

하지만 내 의도는 순식간에 무너졌다.

너무나도 어린 작은 몸으로는, 코볼트를 밀쳐 쓰러트릴 수가 없었던 것이다.

반대로 내가 밀려나고 바닥을 구른다.

그 틈을 놓칠 정도로 코볼트들도 어리석지는 않았다. 내가 자세를 바로잡지 못한 사이, 코볼트들이 내게 덮쳐들었다.

쓰러진 나에게 덮쳐드는 코볼트.

두 다리로 선 개, 그것이 쇄도한다. 순식간에 시야 전부가 코볼트로 가득 찼다. 이대로는 나는 코볼트에게 물어뜯겨, 간단히 죽게 될 것이다.

하지만 나도 수많은 사선을 헤쳐나온 몸이다. 이대로 겁먹은 채로 앉아서 죽음을 기다릴 뿐인 어린아이가 아니다.

가만히 있어서 잡아먹힌다면, 피하면 그만이다.

왼다리로 바닥을 박차고, 왼팔을 내려치듯이 바닥으로 내민다. 그대로 오른쪽으로 코볼트의 밑을 파고들어 포위를 벗어날——예정이었다.

풀썩, 팔에서 힘이 빠졌다.

쭉, 다리가 미끄러졌다.

피할 수 있었을 공격을, 정면으로 맞았다. 이제까지의 전투로 내 몸은 예상보다 훨씬 피폐해진 것이었다.

그 탓에 팔다리가 미끄러지고, 공격을 피하지 못하고 말았다.

덮쳐드는 코볼트의 입, 내 머리보다도 크게 벌려진 아가리는 충분히 목 위를 뜯어낼 수 있을 것이다.

간신히 몸을 비튼 덕분에 치명상만은 피했지만, 그 입이 내 왼쪽 어깨를 깊이 깨물었다.

코볼트의 이빨이 내 왼쪽 어깨의 살을 파고든다.

뿌직뿌직 살을 찢고, 끝이 뼈까지 닿는다. 그대로 으드득으드득 뼈를 깎아내고 있다.

그 소리가, 감촉이, 아픔이—— 단숨에 내 몸을 침식했다.

"아아아아아아가아아아아아아아아아아아아악?!"

전생에서는 이 정도의 상처를 몇 번이나 입은 적이 있다.

코볼트 따위의 무는 공격은 개의치 않고, 물린 채로 전투를 이어 가다 떨쳐냈던 적도 있다.

그런데 이 몸은 그 공격에 견딜 수가 없던 것이었다.

어린 몸은 아픔에도 내성이 없었던 모양이다.

유일한 무기인 나이프마저 내던지고, 팔다리를 버둥거려 아무렇게나 날뛰었다.

그래도 어깨를 깨물린 왼팔만은 조금도 움직이지 않았다.

"아아아아아아아아아아, 우와아아아아아아아아아아아악아아아아아아아아!"

울고, 날뛰고…… 하지만 물고 있는 코볼트는 떨어지지 않는다.

끈적끈적한 감촉이 팔을 타고 흐른다. 아니, 분출하고 있다. 명확하게 중요한 기관이 상처 입었다. 이대로는 오래 버티지 못한다.

죽음을 각오한 그때, 코볼트의 등으로 돌이 날아왔다. 몬스터에게 대미지를 줄 정도의 투척은 아니다.

그래도 두 번, 세 번 하고 투척은 이어졌다. 던지고 있던 것은 나무로 올려보내 피난시켰을 터인 그 아이. 어느샌가 땅으로 내려와 돌을 던지고 있었다.

"어, 어째서——."

"니콜을 놔줘~!"

새된, 비명으로 착각할 것 같은 목소리로, 눈물을 글썽이면서도 있는 힘껏 돌을 투척하고 있다.

물론 코볼트에게 그 목소리는 새로운 사냥감의 존재를 알려주는 것에 지나지 않는다.

내 주위를 둘러싸고 있던 몇 마리, 그 목소리에 반응해서 방향을 바꿨다.

"그르르아아아아아아아아아아!"

"꺄아아아아아아아아아아아아아아아악!"

소녀를 덮치는 코볼트. 순간적으로 얼굴을 보호한 것이 주효했는지, 팔을 물려 치명상만은 피할 수 있었던 모양이다.

하지만 그대로 밀려 쓰러져, 이윽고 비명마저 끊긴다. 그리고 내 의식도 어둠으로 물들어 간다…….

어둡고, 붉게 물든 시야.

심하게 흐트러지고, 산산이 부서져 가는 의식.

여기서…… 나는 다시 죽는 것인가? 다시 태어나, 라이엘, 마리아와 재회했는데, 아무것도 전하지 못한 채로?

코르티나도, 맥스웰도, 가들스도, 아직 만나지 못했는데.

다시 태어나고, 겨우 경지에 이를 길이 보였는데, 아무것도 이루지 못한 채로 죽음을 맞이하는 것인가?

이미 아무것도 들리지 않는다. 아니, 개가 으르렁대는 소리가 들린다는 것은, 나도 소녀도 비명조차 지르지 못할 정도로 약해져 있다는 것인가.

그것이 소녀가 생명을 다한 증거인가………… 안 된다, 그런 것은 용납될 리가 없다.

나는 소녀를 살리려고 목숨을 걸었을 것이다. 그런데 헛수고로 끝나는 것인가?

아니──지금, 죽을 지경에 이른 소녀를, 나는 내버려도 되는 것인가?

이대로…… 아무것도 하지 못하고, 코볼트에게 잡아먹혀…… 두 사람 모두 죽고…………

"그딴 것을…… 용납할 수 있을, 리가, 없잖──아아아아아아아!"

나는 절규하고 나 자신을 채찍질한다. 산산이 흩어진 의식을 억지로 끌어모아, 통합해, 사라질 것만 같은 자신을 재구축한다.

붉게 물든 시야 그대로, 의식을 암살자였던 당시의 것으로 바꾸어 간다.

원래 나는 힘이 부족했다. 그렇기에 힘에 의지하지 않는 전투 방식을 극한으로 갈고닦았다. 숙련된 무기 하나 없는 정도로 투정할 만큼, 수가 적은 것도 아니다.

그 소녀의 비명은 더는 들리지 않는다. 소녀는 당장에라도 죽을

지도 모른다. 그렇다면 한시라도 빨리, 구해내야만 한다.

그 정도도 하지 못하는 주제에…… 무슨 영웅을 꿈꾸냐!

나는 유일하게 움직이는 오른팔로, 코볼트의 오른쪽 눈을 손가락으로 찔렀다.

"꺄앙?!"

깊숙이 찔린 손가락을 그대로 안쪽에서 돌리고 눈구멍의 뒤를 긁었다.

몸을 뒤집으려는 코볼트의 코끝에 모든 힘을 쥐어짜 박치기를 때려 박았다.

"거기서── 비켜어어어어어어!"

"꺄아르르아아아아아아아아아아아아아아아?!"

두개골에 남은 충격에 현기증이 나지만, 지금은 그게 중요하지 않다. 다행히, 내 다리는 아직 멀쩡하다. 소녀를 구하러 달려가는 정도는 할 수 있다.

코볼트는 직립한 개처럼 생겼다. 그것은 인간보다도 목이 길다는 소리다. 그리고 목은 급소이기도 하다.

내 몸에 올라탄 코볼트에게 다시금 박치기를 먹여 몸이 뒤집어지게 했다. 그 목에 다리를 감고, 이번에는 앞으로 잡아당기면서 남은 오른손으로 주둥이를 잡아 돌린다.

긴 목이 다리로 고정되고, 어린아이라고는 해도 모든 체중이 목에 걸린 코볼트는 그대로 앞으로 고꾸라져 간다. 그런 코볼트와 내 체중이, 주둥이가 돌아간 목에 걸려 있었다.

우득. 허벅지 사이에서 징그러운 감촉이 전해져 온다.

"그 아이를, 놔!"

간신히 한 마리. 처리한 코볼트를 밀치고, 나는 일어났다.

땅에 굴러다니는…… 소녀가 던졌던 돌을 주워, 나는 소녀를 덮치고 있는 코볼트의 등을 향해 달려들었다.

어린아이의 몸으로는 제대로 때리더라도 대미지를 주지 못한다. 그래서 등 뒤에서 달라붙어, 눈을 노리고 계속 때렸다.

눈은 생물이라면 싫어도 보호하는 급소다. 등 뒤에서 공격받는 공포감도 더해져, 나를 무시하는 것은 어려울 것이다.

팔을 물고 있던 입을 떼고, 오른팔을 휘둘러 나를 떨쳐내려 한다. 하지만 그것은 내가 예상했던 움직임이다.

타이밍이 언제가 될지 알 수 없지만, 등 뒤에서 공격하는 상대를 떨쳐내려면 그렇게 움직일 수밖에 없다. 차이가 생긴다고 한다면 오른쪽인지 왼쪽인지 정도밖에 없다. 엎어치기를 시도할 만한 지능이나 기술은 코볼트에게는 존재하지 않는다.

나는 그 팔을 파고들어 코볼트의 앞으로 돌아간다. 떨쳐내는 움직임을 이용해서 자세를 무너트린 코볼트의 다리를 걸어, 적을 떼어낸다.

자세가 무너진 상태라면, 내 힘으로도 어찌어찌 코볼트를 떼어낼 수가 있었다.

거리가 벌어진 틈에 소녀의 상태를 확인했는데, 깨물린 고통과 출혈로 기절했을 뿐인 모양이다. 치명상이 될 만큼 심각한 부상은 아닌 것 같았다.

하지만 이것으로 우리가 살아난 것이 아니다.

코볼트는 아직 한 마리밖에 쓰러트리지 않은 것이다. 기절한 소녀를 안고 도망치는 것은, 이 몸으로는 불가능하다.

그렇다면 여기서 버티고 견딜 수밖에 없다.

그것은…… 솔직히 말해서 절망적이다.

나 혼자라면 계속 견딜 가능성도 있을 것이다.

물론 소녀를 버린다는 선택지는 나에게 존재하지 않는다.

"결사 항전밖에 없어."

왼팔은 움직이지 않는다.

무기도 없다.

출혈도 방치해 두면 위험한 양이다.

그래도 내가 물러날 수는 없다. 구조가 올 때까지 버텨내야 하지만, 그 구조가 언제 올지 모른다.

"살아남기 위해서는…… 전부 죽일 수밖에 없나."

싸우기만 해서는 안 된다. 살아남는 것만으로는 안 된다. 시간을 끄는 것만으로도…… 안 된다. 내가 움직일 수 없게 되기 전에, 코볼트들을 쫓아내거나 몰살한다.

죽이지 않으면, 죽는다. 전생에서 죽기 직전에 경험했던, 그 싸움이다.

"와라, 개새끼들아!"

나는 자신을 고무하기 위해 최대한 큰 소리로 위협했다.

좌반신을 피로 물들인 모습에, 어리지만 무서움을 느낀 모양이다. 코볼트들은 순간 주춤한 모습을 보였다.

코볼트는 원래 잔학하면서도 겁이 많다. 그래도 정신을 차리고 나를 둘러싸, 덮칠 태세를 취한다.

그 움직임에 호응하듯이 나도 자세를 낮추고 대응했다.

서로 달려들려고 한 그 찰나── 우리 사이로 뛰어드는 그림자.

"내 딸에게 무슨 짓을 하는 거야아아아아아아아아아!"

고함과 함께 질주하는 은빛.

그 빛은 압도적 질량과 파괴력으로, 코볼트 한 마리를 분쇄해, 산산조각이 나서 흩어지게 했다.

우리를 등지고 씩씩하게 가로막은 뒷모습은, 내가 꿈꾸는 영웅의 모습 그 자체였다.

그것은 달려온 이번 생의 내 아버지, 라이엘이었다.

"라이── 파파?"

"무사하냐, 니콜?"

"으, 응── 뒤!"

무방비하게 우리를 돌아봤던 라이엘의 등으로, 코볼트들이 덤벼들었다.

그것도 당연한 이야기다. 사투를 벌이는 자리에서 당당하게 등을 돌리거나 하는 것은, 원래라면 있을 수 없다.

하지만 그래도 문제가 없을 정도로, 라이엘과 코볼트 사이에는 분명한 실력 차이가 있었다.

어깻죽지를 깨문 코볼트를 전혀 개의치 않고 우리가 무사——
하지는 않지만, 아직 살아 있다는 것을 확인하더니 안도하는 한
숨을 내쉬었다.

그리고 천천히 코볼트의 머리를 비어 있는 왼손으로 움켜잡고,
바닥에 내던졌다.

원래라면 부드럽게 받아줄 터인 들판에 내던져진 코볼트의 머
리는, 있을 수 없을 정도의 기세로 박살 나 흩어졌다.

풀의 부드러움 따위는 아무런 의미가 없을 정도의 강한 완력. 라
이엘의 힘을 제대로 받았기 때문이다.

머리가 분쇄된 코볼트가 움찔 떨고, 숨이 끊어진다.

이제야 겨우 코볼트는 실력 차이를 깨달았을 것이다. 나머지 두
마리는 서로 눈짓을 하고 일제히 도망을 획책했다.

하지만 그것마저 이 마을의 영웅 '들'은 용납하지 않았다.

갑자기 빛의 벽이 주위를 둘러싸고, 코볼트의 도망을 저지한 것
이다.

이 마법은 나도 본 적이 있다.

마리아가 쓰는 신성 마법 홀리 제일(신의 감옥)이라는 마법이
다. 신성력에 의한 에너지 역장으로 감옥을 만들어, 적을 가두는
마법이다.

라이엘만큼의 신체 능력이 없는 마리아는 떨어진 장소에서 그
마법으로 적을 가둔 것이다.

평소처럼 생긋생긋 웃음을 띠고서 다가오는 마리아는, 그러나

평소와는 다른 박력을 느끼게 했다.

　반신을 피로 물들인 나를 보고, 그 웃음이 한층 더 진해졌다. 다만 막대한 살의를 담고.

　"마, 마마……."

　"괜찮──지 않구나. 니콜, 잠깐만 기다리렴."

　그렇게 내뱉고 곧바로 마법을 발동시켜, 희미한 빛이 나와 소녀를 휘감았다.

　순식간에 상처가 아무는 것을 보고, 그제야 나는 마리아가 치유 마법을 썼다는 것을 깨달았다.

　마리아의 마법은 고속영창 기프트의 영향도 있어서, 누구보다 빨리 발동한다.

　"남은 코볼트는 두 마리뿐이지?"

　"응."

　"그럼, 여보. 부탁할게요."

　"그래, 맡겨줘. 우리 딸을 물어뜯은 똥개는 지옥에서 제대로 교육을 받게 해야지."

　양손으로 검을 쥐고, 한 번 휘두른다.

　그것만으로 초원이 갈라지고, 흙이 드러나고 말았다. 라이엘의 검의 위력을, 더할 나위 없이 깨닫게 하는데 충분한 동작이다.

　"그, 그르르──."

　"워오…… 깨갱."

　살아남은 코볼트는 가랑이 사이로 꼬리를 말고, 겁먹은 것처럼 귀를 뒤로 쓰러트렸다.

물론 그런 모습을 보였다고 해서, 라이엘이 용서할 리도 없었다.

포효나 마찬가지인 기합을 터트리며 베고 들어가, 실로 손쉽게 베어 쓰러트리고, 때려눕혀, 유린해 간다.

그 모습은 말 그대로 싸움 귀신.

지금의 나도, 과거의 나도 할 수 없는──「용사」가 호쾌한 싸우는 모습이었다.

그것을 보고 나는 절실히 깨달았다. 저 경지에 이르기 위해, 나도 아직 더 단련해야만 한다.

그러기 위해서는 자신만의 힘으로는 무리다.

나는 전생에서 암살자의 경지에 도달했다. 하지만 그것은 내가 바라던 모습이 아니다. 라이엘의 저 모습이야말로, 내가 되고 싶었던 전사의 모습이다.

그러기 위한 지름길은 역시, 녀석에게 사사하는 일부터 시작될 것이다.

거기까지 생각이 이르고, 마침내 나는 긴장을 풀 수가 있었다. 그 직후, 시야가 새까맣게 물들어 간다.

상처는 이미 마리아가 치료했다. 그런데──?

"아, 니콜. 걸었던 치유 마법은 기초적인 것이니까 혈액량까지는 회복시키지 못한단다. 그러니까 지금은 천천히 쉬려무나."

"어, 째서……."

"강제로 조직을 재생했다간 여러모로 몸에 안 좋은 일이 생기는 경우도 있거든. 그러니까 되도록 본래의 체력으로 낫게 하는 거란다."

거기까지 들었을 때, 내 의식은 뚝 끊겼다.

눈을 떴을 때, 나는 저택으로 옮겨져 있었다.

곁에는 라이엘이 붙어 있고, 마리아의 모습은 없었다.

그리고 그 소녀의 모습도 보이지 않는다.

"오, 눈을 떴느냐, 니콜."

"파파……."

"마리아도, 저렇게 보여도 은근히 엄격하단 말이지~. 리프레시(재생) 정도 걸어주면 좋을 텐데."

리프레시는 결손 부위마저 재생해 주는 최상급 치유 마법이다.

이것이라면 빠져나간 혈액마저 보완할 수가 있다.

하지만 이전부터 마리아는 최소한으로 필요한 치유술을 써서 자력 완치를 권장하는 경향이 있었다.

이것은 계속 치유 마법을 받았을 때, 치료된 부위와 그 주변 부위에 모종의 어긋남이 발생해, 오히려 미묘한 장애를 남길 가능성이 선조들의 경험으로 축적되어 결과로 남겨졌기 때문이다.

"하지만 확실하게 치료해 줬잖아. 나쁘게 말하면 안 돼."

마리아는 절대로 다친 사람을 외면하지 않는다. 치료할 수 있는 상처는 끝까지 확실하게 치료한다.

만전을 기하기 위해 재생을 자제하는 것에 지나지 않는다.

그것은 물론 라이엘도 잘 알고 있다. 이 녀석이 드물게 마리아에 대해서 투덜거리는 것은, 내가── 가장 사랑하는 딸이 상처를 입었기 때문이다.

"아아, 그건 알고 있지. 딱히 마마를 탓하는 것이 아니란다."

"응── 그렇지, 파파. 부탁이 있는데."

이 3년 동안, 이 녀석 상대로는 충분히 효과적이라고 알게 된 내 필살기, '아래에서 위로 올려다보기'로 졸라봤다.

예상대로 효과는 발군. 라이엘은 간단히 넘어왔다.

"대체 뭘까! 파파, 니콜이 말하는 것이라면 뭐든지 들어줄 수 있단다!"

드물게 '부탁'을 해온 딸에게, 라이엘은 쓸데없이 의욕이 넘치는 대답을 해왔다. 기세 넘치게 몸을 내밀었기 때문에, 이쪽이 뒤로 물러날 정도였다.

나는 살짝 몸을 뒤로 빼면서도, 애교를 부리는 태도를 무너트리지 않고 말을 이어갔다.

"나에게, 검을 가르쳐 줄래요?"

그 말을 듣고, 라이엘은 전혀 뜻밖이라는 표정을 지어 보였다.

이 몸으로 전생하고 익힌 필살기 중 하나, '아래에서 위로 올려다보기'를 풀지 않고 라이엘을 바라봤다.

그런 나를 라이엘은 난처하다는 듯한 표정으로 내려다보고 있었다.

"그 부탁은…… 들어줄 수 없구나."

"어째서? 파파는 내 부탁, 들어주지 않는 거야?"

침대 위에서 윗몸을 일으킨 내 머리에, 라이엘의 딱딱한 손바닥이 올라왔다.

그 딱딱함은 매일 꾸준한 수련의 증거이기도 하다.

"니콜은 아직 작아. 체력도 없지 않니? 게다가 몸도 약하지. 그런 상태로는 검을 배우는 것은 어렵단다."

라이엘이 말한 대로, 이 몸은 병약하고 체력도 근력도 없다. 그러니까 라이엘은 나에게 검을 가르치는 것을 주저하고 있었다.

생각할 것도 없이, 그 걱정은 당연한 것이다.

이 몸으로는 검을 들어 올릴 수 있을지조차 의심스럽다. 설령 들어 올린다고 해도 계속 휘두를 수가 없을 것이다.

즉, 지금의 나는 검술의 입구에 설 자격조차 갖추지 못한 것이다.

"절대로, 안 돼?"

"으…… 어차피 몸이 만들어지지 않은 상태로는, 검을 가르칠 수가 없단다. 그렇지, 다섯 살 정도가 되면 팔다리도 자라서 검을 휘두를 수 있게 될지도 모르겠구나. 그러니까 그때까지, 니콜은 체력을 단단히 길러두는 거야."

"앞으로 2년…… 알았어!"

나로서는 한시라도 빨리 검을 배우고 싶은 마음이었지만, 서두르다가 몸을 망가트리면 본전도 못 찾는다.

이 녀석이 말한 대로, 체력을 기르는 일을 최우선으로 생각해두는 편이 좋을 것이다.

"그리고 터무니없는 짓을 한 것은 나중에 혼날 줄 알아. 마리아는 화나면 무섭다."

"마마, 화났어?"

"그럼. 틀림없이 이제까지 본 적이 없을 정도로 벼락이 칠 거야."

"으헤엑."

있는 대로 찌푸린 표정으로 라이엘은 그렇게 전해왔다.

웃으면서도 등줄기가 얼어붙는 듯한 압박감을 내뿜는 마리아의 두려움은, 전생에서부터 잘 알고 있다.

라이엘과 함께 여자 목욕탕을 훔쳐보러 갔을 때 화내던 모습은, 조금 말로는 표현할 수 없을 정도였다.

참고로 그 미션은, 다른 동료——코르티나의 철벽 방어에 의해 실패했다. 그 고양이 귀 군사 녀석…… 언젠가 두고 보자. 울 때까지 복슬복슬 해 주겠어.

"지금은 미쉘의 상태를 보러 갔으니까, 조금 있으면 돌아올 거야."

"미쉘?"

"니콜이 목숨을 걸고 지켜주었던 여자아이란다. 터무니없는 짓을 한 것은 잘못이지만, 그 아이를 지킨 것만은 칭찬해 주마."

그러고 보니까 그 아이와는 자기소개조차 하지 않았다. 미쉘이라고 하는 이름인가.

"흉터 같은 거…… 괜찮아?"

"니콜의 몸에 흉터가 남기거나 하는 일은, 마리아가 용납하지 않아."

"내가 아니라, 미쉘."

"아아, 응. 괜찮단다. 그것 때문에 마리아가 따라간 거니까."

그 아이도 여자아이다. 이런 어린 나이에 몸에 흉터가 남는 것은 조금 불쌍하다. 마리아의 치유 마법으로 완치할 수 있다면 그게 제일 좋다.

내가 안도의 한숨을 내쉬었을 때, 방문이 조용히 노크 되었다. 살짝 열림 문틈에서 마리아가 얼굴을 보였다.

"어머, 니콜은 벌써 눈을 떴구나."

"응. 치료해 줘서, 고마워요."

"제대로 감사 인사를 한 점은 칭찬해 줄게. 몸 상태는 어떠니?"

"괜찮아, 전혀 아픈 곳, 없어."

양손을 들어 올려, 승리 포즈를 취해 보였다. 반쯤 물어뜯겨 끊어졌던 왼쪽 어깨도, 문제없이 움직인다. 역시나 마리아의 신성 마법이다.

"그래, 다행이네. 그러면 거리낌 없이 혼낼 수 있겠네?"

싱긋. 시원하게 웃으며 그렇게 물어보는 마리아. 말은 의문형이지만, 가부를 따지지 않는 박력이 있다.

나는 마리아에게 꾸벅꾸벅 고개를 숙이는 것밖에 할 수 없었다.

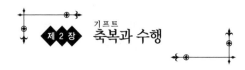

　그 뒤로 며칠이 지나고. 나도 미쉘도, 상처 하나 없이 완전히 회복되었다.

　서로 무사한 것을 기뻐하고, 새삼 자기소개를 나누고 악수했다. 내가 이 몸이 되고 처음 얻은 친구의 탄생이다.

　하지만 그 뒤로 미쉘과 밤낮으로 놀기만 했던 것도 아니었다. 우리는 세 살. 즉, 세례 의식이 기다리고 있었다.

　물론 모든 마을 아이가 받는 의식이다. 거창한 준비 같은 것은 일절 필요 없다. 그래도 아이가 서는 큰 무대이기도 해서, 다소는 차려입는 풍습이 있었다.

　"그런 이유로, 니콜은 이 드레스가 어울린다고 생각해요."

　"아니, 마리아. 니콜은 몸이 튼튼하지 않고, 상처가 치료된 지도 얼마 되지 않았어. 너무 부담이 될 의상은 좋지 않아. 이쪽의 토가 풍 의상 쪽이——."

　"안 돼요, 그럼 손을 들면 가슴이 보여 버리잖아요."

　"아직 어린아이니까 신경 쓸 필요 없지 않겠어?"

　"아니, 나는 평범하게 셔츠랑 바지로……."

　"안 돼!"

그런 식으로, 거의 매일 부모의 의상 고르기에 어울리게 되었다. 어린아이에게는 놀지 못하는 쪽이 스트레스가 되겠다 싶지만, 부모들의 폭주는 멈추지 않는다.

나로서도 한시라도 빨리 몸을 단련하고 싶은 참인데, 이렇게 구속되어 있다.

그런 날이 며칠이나 이어지고, 마침내 세례 의식이 찾아왔다.

세례 의식이란, 지역 교회를 찾아가 그곳에서 식별을 위한 마법진에 올라가 각자가 지닌 기프트를 확인하는 것이다.

일단 프라이버시 문제도 있어서, 식별된 기프트는 본인밖에 알 수 없게 되어 있다. 하지만 식별하는 것은 기본적으로 세 살 아동이다. 기프트를 인식한 아이는 희희낙락해서 부모에게 그 내용을 보고하는 것이 기본이었다.

근방 교회에서 가장 높은 신관이, 세 살이 된 성장을 축하해 주고, 앞으로의 인생에 훈화를 내려준다.

이 마을 교회에서 가장 높은 사람은 마리아이기 때문에 그 훈화를 해 주고 있었다. 나는 마을의 아이들과 함께, 교회 앞 광장에서 그 이야기를 듣고 있었다.

"그러면 이쪽의 마법진으로. 거기서 당신들에게 신의 축복이 있으면, 그것을 인식할 수가 있을 것입니다."

기프트는 기껏해야 백 명에 한 명 정도밖에 갖고 태어나지 않는다. 이 마을의 아이들 수로는, 기껏해야 한 명 나오면 좋은 편일 것이다. 그래도 이 의식이 이어지는 것은 아이의 재능을 키워 주기 위해서. 그리고 권력자가 유용한 능력자를 확보하기 위해서였다.

한 명씩 그 위로 데리고 간다. 올해의 아이는 모두 해서 다섯 명 정도밖에 없었다. 그 수로는 기프트 보유자가 발견될 가능성은 거의 없다.

예상대로 첫 번째와 두 번째에서 기프트를 지닌 아이는 없었던 모양이다.

그리고 남은 것은 내 차례―― 아니, 나와 미쉘의 차례였다.

결국 내 의상은 마리아가 밀어붙여서, 리본과 프릴이 많은 드레스가 되었다. 이것으로 또 레이드라고 이름을 밝힐 수 없는 이유가 늘어나고 말았다.

바스락바스락 옷자락을 차올리며 마법진 위에 올라갔다.

생전의 내 기프트는 실 조작과 은밀이다. 이 기프트가 계승되어 있는지는 아직 알 수 없지만, 남의 눈을 피해 빠져나가는 것은 여전히 특기였다.

게다가 생후 반년 정도 만에 마력을 감지할 수 있었으니까, 마법의 소질이 있어도 이상하지 않다.

마지막으로 내가 마법진에 들어간 단계에서, 마리아가 마법을 발동시켰다.

그것에 반응하듯 내 뇌리에는 세 개의 단어가 떠올랐다.

즉―― 실 조작, 은밀, 간섭계 마법이었다.

이 세계에서는 몇 가지 마법 계통이 있다.

맥스웰이 쓰는 4대 속성을 포함한 속성계 마법, 마리아가 쓰는 신앙심을 바탕으로 한 신성 마법.

그 외에도 죽은 자를 조작하는 영(靈) 속성 마법이나, 내가 죽은 날에 신부가 쓴 마신 등을 사역하는 소환계 마법 등도 있다.

내가 지니고 있던 간섭계 마법은 물질에 간섭하는 마법이다.

단기적으로 무기의 위력을 강화하거나, 갑옷을 다소 단단하게 하는 정도의 일이 가능한 마법이다.

물론 마법이라고 하는 만큼, 끝에 도달하면 상식을 걷어버릴 정도로 무시무시한 효과를 지닌 것도 있지만, 그 영역에 도달할 수 있는 것은 이 마법의 소질 이외에도 마법 행사의 재능을 지닌 사람뿐이다.

나는 일반인보다는 능숙하게 마법을 쓸 수 있는 모양이지만, 그 영역에 도달하기에는 상당한 수련이 필요할 것이다.

생전과 비교해 기프트가 하나 늘어난 것이지만…… 전생할 때, 그 신이 말했던 '덤'이라는 것이, 이 마법을 말한 것일까?

돌아보니, 미쉘도 눈을 반짝이며 주먹을 쥐고 있었다.

"미쉘, 뭔가 갖고 있었어?"

"응, 사격이래!"

역시 그것을 입 밖으로 꺼내는 위험성은 일절 고려하지 않고, 미쉘은 그 말을 입에 담았다.

그러고 보니까 미쉘은 코볼트에게 습격받은 그 긴박한 상황에서도 돌을 정확하게 적에게 맞혔다. 그 정확함은 기프트 덕분이었을 것이다.

"그거, 아빠한테도 말하면 안 돼."

"어, 왜?"

"왜냐면 사격 같은 능력, 너무 강력한걸."

투석만이라면 차라리 괜찮다. 사격이라는 것은 무언가를 발사한다는 행위 전부에 영향을 줄 것이다. 즉, 투석은 물론이고, 활이나 석궁, 종국에는 발리스타까지 효과가 미칠 것이다.

초장거리에서 일방적으로 적을 공격…… 아니, 유린할 수 있는 능력. 그런 것이 알려졌다가는, 나라에서 내버려둘 리가 없다. 그렇게 되면 미쉘에게는 평범한 어린 시절은 두 번 다시 찾아오지 않을 것이다.

틀림없이 유소년 시절부터 나라가 보호해, 피를 토할 정도의 영재 교육을 받게 될 것이다.

물론 언제까지고 감출 수 있는 것은 아니겠지만, 부모 곁에 있는 시간은 긴 편이 본인에게도 좋을 것이다.

"그렇구나. 그럼 비밀로 할게!"

"응, 나랑 약속."

"응, 약속!"

나와 미쉘은 손가락을 걸고 약속했다. 세 살 아이가 하는 말이니까 곧이 믿을 수는 없지만, 얼마간 시간은 벌 수 있을 것이다.

그 사이에 마리아나 라이엘을 움직이게 해서 미쉘을 보호하게 하자.

그날 저녁 식사 때, 마리아와 라이엘이 내 기프트를 물어봤다.

전생의 기프트를 계승하기도 해서, 세 개의 기프트를 품고 있는 나는, 어떤 의미로는 규격 외의 존재라고 할 수 있다.

특히 이 두 사람은 내 전생에 대해 알고 있다.

실 조작과 은밀이라는 기프트의 조합에서 내 정체를 간파할 확률은 상당히 높다. 그러니까 이 두 가지에 관해서는, 두 사람에게 밝힐 수가 없다.

문제는 간섭계 마법의 기프트였다.

이 마법은 상당한 소질을 지닌 사람도 많아, 마법 계통 중에서는 흔한 부류다.

그런 탓에 이것을 라이엘과 마리아에게 알려도, 큰일이 벌어지지는 않을 것이다. 오히려 이들이라면 나를 보호하면서 최적의 교육을 베풀어 줄 것으로 생각된다.

"저기, 니콜. 기프트는 뭔가 있었어?"

"여보, 말하지 않는 걸 보면 눈치를 좀 채야죠!"

드물게 날카로운 목소리로 마리아가 라이엘을 책망했다.

기프트를 얻는다는 것 자체가 좁은 문이다. 게다가 나는 영웅들의 딸이라는 것도 있어서, 주위의 기대는 자연스럽게 커진다.

그렇기에 마리아는 내가 기프트를 지니지 못했을 경우도 생각해서, 라이엘을 책망했다.

"응, 간섭계 마법이래."

"어, 아아! 잘 됐구나, 니콜."

"간섭계인가~ 나는 그다지 자세하지는 않네. 맥스웰이라면 잘 알겠지만."

"그 녀석은 마술 학원 이사장이 됐다는 모양인데 말이지. 여기까지 와줄지 어떨지……."

"그러면, 니콜 쪽에서 찾아가는 편이 좋으려나?"

"그 마술 오타쿠 곁으로 말이야? 우수한 제자라고 판단하면, 그대로 돌아오지 못하게 될 거야."

맥스웰이 기억 그대로라면, 확실히 놔주지 않을지도 모른다.

하지만 그것보다도, 지금은 이야기해야만 할 일이 있다.

"그것보다, 미쉘 말인데――."

"응, 그 아이가 무슨 일 있는 거냐?"

"사격의 기프트가 있대. 굉장하지?"

나는 최대한 순진한 척을 하면 전해 보았다.

그 아이의 부모라면 권력자의 제안을 거절할 수는 없을 것이다. 하지만 이 두 사람이 보호하면, 억지로 부모에게서 떼어내려 하는 자는 없을 것이다.

우리 여섯 명은, 단 한 명이라도 일군에 필적하는 전력을 지니고 있으니까.

"사격…… 그것참 대단하구나."

"원거리에서 일방적으로 공격할 수 있는 스킬이네. 알려지면 귀족들이 그냥 두지 않을 거예요."

"그래. 그 나이에 부모 곁에서 떨어지는 것은, 너무나도 불쌍한데."

"어떡할까요, 여보. 감출까요?"

"그럴까……. 하지만 언젠가는 알려지게 돼. 그때까지 자기 몸은 스스로 지킬 수 있도록 해 주고 싶어."

"그러면……."

"그래, 니콜도 검을 가르쳐달라고 말을 했었으니까, 그 아이도 함께 단련해 주겠어."

"그래요, 그게 좋을지도 모르겠네요."

나와 미쉘의 사이가 좋은 것은 마리아도 안다. 혼자서 수행하는 것보다 친구가 있는 편이 더 든든하다고 느꼈을 것이다.

이렇게 나는 라이엘에게 지도를 받아서 기초 체력 수련을 시작하게 되었다.

기프트를 조사하는 세례 의식이 있은 뒤로, 2년의 세월이 지났다.

그동안 미쉘은 라이엘의 비호 아래, 열심히 체력단련을 했다.

나도 성장해서 그만큼 머리카락도 자랐다. 운동할 때는 등까지 자란 머리카락이 조금 걸리적거리지만, 이것은 적당히 피니아가 묶어 주니까 다소 불편하기는 해도 문제는 없다.

아무리 유용한 기프트 보유자라고는 해도, 세계를 구한 영웅에게 대적하면서까지 손을 대려고 하는 귀족은 없었기 때문에, 비교적 평화로운 나날이 지나갔다.

나도 미쉘이라는 친구를 얻게 되어 수련에 의욕이 생겼는지, 순조롭게 성과를 올릴 수가 있었다.

그렇게 2년. 마침내 나는 다섯 살이 되어 라이엘에게 검을 배울 시기가 온 것이다.

저택 뒤뜰에서 나와 미셸, 그리고 마을의 아이들 몇 명이 모조검을 들고 서 있었다.

나에게 가르치는 겸사겸사, 라이엘이 검술 교실을 열기로 한 것이다.

물론 나도 움직이기 편한 차림으로 참가했다. 마침내 치마에서 해방된 순간이다.

"잘 들어라. 우선은 검을 드는 것, 그것을 계속하는 것이 중요하다. 전사의 역할은 적을 쓰러트리는 것이 아니라, 적을 붙잡아두는 것이야말로 요구되는 역할이다."

라이엘의 강의를 들으며, 아이들이 검을 든다.

나도 거기에 따르기 위해 검을 들어 올리자———.

"흐읍———으ㄱㄱㄱㅇㅇㅇㅇ······!"

내 손에 있는 것은 희망했던 대로 양손검. 하지만 아이들이 쓰는 작은 것이다. 검신의 길이는 일반적인 한손검 정도. 하지만 손잡이를 길게 만들어 양손검을 흉내 낸 것이었다.

중량도 그만큼 실제 검보다는 가벼······울 텐데.

"니콜에게는 조금 무거웠으려나?"

"전혀, 안 그렇———거든!"

그렇게나 몸을 단련했는데도, 내 근육은 거의 발달하지 않았던 것이다.

지구력은 나름 늘었기 때문에, 전혀 헛수고는 아니었지만······

이 몸은 역시 라이엘보다도 마리아를 닮았을 것이다.

그래도 나는 힘들다고 말하지 않는다. 과거의 라이벌 앞에서 우는소리를 낼 수는 없다. 부들부들 떨리는 팔을 억지로 버티고, 천천히 검을 들어 올렸다.

"자, 어, 어──때!"

"오~ 대단해 대단해. 니콜은 근성이 있구나~."

"흐흐~응."

가슴을 펴고 의기양양하게 뽐내고 싶었지만, 긴장을 풀면 그대로 앞으로 자빠질 것만 같았다.

참고로 같은 크기의 검을, 미쉘은 가뿐하게 들었다.

"그러면 우선은 기본인 휘두르기다. 쓸데없는 생각은 하지 않고, 똑바로 치켜들어 그대로 내리쳐 보도록 하자."

이것은 내려친다는 휘두르기의 기본이다. 어디를 벤다는 의식을 갖고 휘두르는 것이 아니라 그저 높이 쳐들고, 큰 동작으로 내려친다. 이 과정을 통해서 검을 휘두르는 데 필요한 근력을 단련하는 것이다.

아이들은 처음으로 손에 든 검──모조검이지만──을 신나게 휘두르기 시작한다.

그것을 본 나도 모조검을 치켜들고…… 그대로 뒤로 자빠졌다.

"어푸?!"

자빠지는 기세로 뒤통수를 강타하고, 머리를 끌어안고 굴러다녔다. 그것을 보고 주위의 아이들은 손가락질하며 웃었다. 두고봐라, 이 꼬맹이들.

"니콜, 괜찮아?"

"으, 응. 괜찮아."

자신의 휘두르기를 중단하고, 달려와 준 미쉘. 좋은 아이구나. 역시나 이번 생의 내 친구 제1호.

우선 무사함을 주장하기 위해 일어나, 다시금 검을 들고 자세를 잡았다. 그것을 보고 안심했는지, 니콜도 단련하러 돌아갔다.

"니콜, 무리하면 안 된다? 몸이 튼튼한 편이 아니니까."

"괘, 괜찮거든!"

유아 시절에 반쯤 거식증에 빠졌던 영향인지, 나는 체력이 대단히 부족한 상태로 자라고 말았다.

그것이 지금 와서 단련에 영향을 주고 있는 모양이다.

하지만 용사를 꿈꾼다는 목표가 있는 이상, 여기서 좌절할 수는 없다. 아직 너무 이르다. 그런 결의는 있지만, 역시나 근력은 따라오지 않는다.

들어 올리는 것까지는 어찌어찌 가능하지만, 머리 뒤로 검을 가져가면 그대로 뒤로 끌려가고 마는 것이다.

그대로라면 뒤로 나자빠지고 마니까, 이번에는 체중을 있는 대로 앞으로 실었다. 그러자 등지고 있던 검이 내 등으로 내려와 그대로 짜부라지고 말았다.

"쿠에엑."

"니콜은 역시 이쪽의 가벼운 검이──."

마치 마차에 밟힌 개구리 같은 모습으로 발버둥치는 나에게, 라이엘이 연민을 담은 말을 던졌다.

그만둬. 너에게만은 동정을 받고 싶지 않아.

"이, 이거면 돼……."

"아니, 하지만 말이지."

"이거면 돼!"

반쯤 오기를 부리는 나는 그렇게 외치고, 일어났다.

그리고 검을 치켜들어, 온 힘을 들여 내려친다. 그러자 팔이, 마치 공기처럼 가벼워졌다.

"으허억?!"

동시에 이상한 비명이 들려왔다. 보니까 라이엘의 등 뒤 땅바닥에 모조검이 꽂혀 있었다.

아니 그의 얼굴 아슬아슬한 지점으로 검이 날아가, 그 등 뒤에 있는 바닥에 꽂힌 것이었다. 그리고 내 손안에서는 검이 사라져 있었다.

"니콜. 역시 가벼운 검으로 바꿔라."

"하지만."

"바꿔라. 알겠지?"

"예……."

전에 없이 진지한 표정의 라이엘에게 설득당해, 나는 어쩔 수 없이 쇼트 소드(소검) 사이즈의 모조검으로 바꿔 들었다.

휴식 같은 것을 중간 중간 넣으며 두 시간 정도의 단련을 마치고, 그날은 해산하게 되었다.

짧다고 생각될 수도 있지만, 아이들의 체력과 집중력으로 이보다 오랜 수련은 위험하다. 모조검이라고는 해도, 다루는 것은 무기다. 집중력이 사라지고, 반쯤 장난으로 임하게 되면 사고가 일어날 수도 있다.

수련을 마치고, 나는 고용인인 피니아와 땀을 닦기 위해 목욕을 했다. 아무리 그래도 익숙해졌다고는 해도, 한창때의 미소녀와 함께 목욕을 하는 것은 조금 쑥스럽다. 그렇다고 해서, 어린아이 혼자 목욕을 하는 것은 위험하다.

어떻게 마리아와 함께 목욕하는 것은 피할 수 있었지만, 그 대가라고 할지, 대신에 피니아와 함께 목욕하게 되었다.

참고로 라이엘도 입후보했지만, 그것은 무자비하게 일축해 두었다.

재빠르게 내 머리를 묶어 올리고, 수건에 비누칠을 해서 부드럽게 내 팔다리를 문질렀다.

두 시간 동안 끊임없이 검을 휘둘렀던 내 팔은, 그것만으로 움찔움찔 경련할 정도로 피폐해져 있었다.

"니콜 아가씨, 역시 검술 수행은 너무 이르지 않을까요?"

"하지만 다섯 살부터 봐준다고, 라이──파파가 말했는걸."

어린아이답게 혀짧은 말투를 연기하며, 나는 그렇게 반론했다.

검을 배우는 것은 내 야망 중 하나다.

언젠가는 라이엘처럼 검을 씩씩하게 드는 용사──는, 아무리 그래도 무리가 있나. 하지만 이 단련도 쓸모가 없지는 않을 것이다.

"실례지만, 니콜 님은 검보다 마법 쪽에 적성이 있지 않을까요? 기프트도 그쪽이었고요."

확실히 내 적성은, 내 바람과 달리 마술사 쪽이다.

그것은 나도 지긋지긋할 정도로 이해하고 있다. 따라서 나는 대화를 다른 쪽으로 돌리기로 했다.

애초에 피니아에게는 물어보고 싶은 것이 몇 가지가 있었다. 이 기회에 물어보는 것도 좋을 것이다.

"하지만 해 보지도 않고 포기하는 것보다는 도전하고 난 뒤에 포기하는 편이 좋잖아? 그것보다 피니아는 어째서 우리 집에 온 거야?"

"저택에, 말인가요?"

피니아는 내가 어린 시기에부터 이 저택에 드나들고 있다.

게다가 급료를 받는 것처럼 보이지 않는다. 사람이 좋은 라이엘과 성녀라는 이름에 부끄럽지 않은 인격자인 마리아가, 다른 사람은 공짜로 부려먹는다고는 생각할 수 없다.

그 존재가, 나에게는 수수께끼 중 하나였다.

"그렇네요. 저는 라이엘 님과 마리아 님께 빚이 있어요."

"빚?"

"예. 저는 그분들의 전우를 죽게 하고 말았어요."

그 이야기는 나도 처음 들었다. 아니, 짐작이 가는 부분은 있다. 전우란 나를 가리키는 이야기일 것이다.

15년 전의 단계에서, 라이엘은 모험가를 폐업하고 마을의 위사로 직종을 바꿨다. 그리고 마리아도 일개 신관으로서 교회를 도

우며 틈틈이 교회 공부방을 열어 아이들에게 읽고 쓰기를 가르치는 정도의 일밖에 하지 않고 있다.

즉, 파티 해산 이후로 그들에게 전우라고 부를 사람은 없었을 것이다.

"예, 그것은 15년 전쯤 되려나요……."

이야기를 시작한 피니아의 말을 듣고 확신을 굳혔다.

15년 전. 즉 내가 죽은 시기였다.

"제가 있던 고아원은 나라의 원조를 받고 있었어요. 하지만 관리하고 있던 신부는 그 지위를 이용해, 마신 소환을 계획하고 있었어요."

"헤, 헤에……."

확신이 안 좋은 예감으로 변해 간다. 그것은 내가 죽은 사건이 틀림없다. 즉, 피니아는 그 사건에 연루된 아이 중 한 명이라는 뜻이다.

생김새는 10대 중반에서 후반으로 보이는 피니아지만, 이것은 엘프의 특성에 따른 것이다.

엘프는 열다섯 살까지 인간과 마찬가지로 성장하고, 그 뒤로는 천천히 나이를 먹어 스무 살 정도에서 성장을 멈춘다. 그리고 그대로, 500년을 넘는 세월을 살아가는 것이다.

즉, 10대 중반을 넘은 것처럼 보이는 피니아는 그 사건 무렵에 다섯 살 정도였다는 뜻이다.

"신부의 계획은 성공해서, 마신 소환은 성공하고 말았어요. 저희는 나타난 마신과 살해당한 동료를 보고 겁을 먹고 떨어, 도망치지도 못하고 힘없이 주저앉아 있었어요."

"아니……."

"무서워하지 않아도 괜찮아요. 그 마신은 이미 죽었으니까요."

아니, 그것은 그렇지 않다고 말하려 했지만…… 피니아는 내가 무서워한다고 판단한 모양이다.

그때, 아이들이 힘없이 주저앉은 것은 단순히 마신의 위압이라는 능력의 영향을 받았기 때문이다. 그 상태에서 아무렇지 않게 움직일 수 있었던 사람은 영웅으로 불릴 정도로 실력을 갖춘 나와 그 동료였던 코르티나뿐이다. 오히려 전투가 끝난 직후 나에게 매달렸던 그 소녀가 정상이 아니었다.

"응……?"

거기서 내 과거의 기억이 되살아났다. 나에게 매달려, 울면서 상처를 막으려 했던 소녀의 얼굴과 피니아의 얼굴이 포개진다.

그 피니아가 내 등 뒤에서 상냥하게 껴안았다.

"우연이겠지만, 그때 레이드 님이 찾아오신 거예요."

"레이드──."

틀림없는 전생의 나다. 역시 피니아는 그때 그 소녀가 맞다.

"그분은 마신과 단 혼자서 맞서며, 동료인 코르티나 님을 도망 치게 해, 다른 동료를 부르도록 지시했었어요."

"헤, 헤에."

"함께 도망칠 수도 있었는데, 저희를 버리는 것도 가능했는데, 그분은 홀로 마신과 맞선 거예요. 그 모습은 사룡을 물리친 영웅 에 걸맞았어요."

그때는 그것이 유일한 선택지였다고 해도 좋다. 그러니까 피니아의 선망은 엉뚱한 착각이다. 운이 좋아서 나 혼자 쓰러트리기는 했지만, 실제로는 코르티나와 둘이서 덤볐어도 기껏해야 3할의 승률이 있을까 말까였다.

그리고 우리가 졌다면, 그 자리에 있던 아이들은 전부 죽게 된다. 그뿐만이 아니라, 갑자기 나타난 마신에 허를 찔린 형국이 되기 때문에, 라이엘과 가들스마저 쓰러졌을지도 모른다.

그러니까 누군가가 시간을 끌고, 태세를 갖추어 반격할 필요가 있던 것이다.

"레이드 님은 도망치지 못하고 뒤처진 저희를 지키기 위해, 목숨을 걸고 싸워 주었어요. 그리고 마신과 서로 치명타를 주고받아 목숨을 잃었던 것이에요."

미묘하게 다르다고 주장하고 싶었지만, 그럴 수가 없었다.

하물며 등 뒤에서 알몸으로 껴안고 있던 소녀에게 '실은 내가 그레이드였어. 헤헤.' 같은 소리를 어떻게 할 수 있겠나.

"저희가 빨리 그 자리에서 도망쳤더라면, 레이드 님도 살아남으실 수 있었겠죠. 그러니까 레이드 님의 죽음은 저희 탓이기도 한 것이에요. 그리고 그것은 라이엘 님의 친구분의 죽음이기도 해요."

"아니, 그건……."

"이것이 제가 라이엘 님에게 진 빚이에요. 그러니까 저는 그분들을 목숨을 바쳐 모실 각오로 이곳에 있는 것이에요. 아직 전혀 부족하지만요."

등 뒤에서 피니아가 슬쩍 혀를 내민 기척이 느껴졌다.

피니아는 베이비시터로서 미숙하지만, 그것도 다 내가 이상한 행동력을 발휘하고 있기 때문이지 딱히 본인에게 과실이 있는 것이 아니다.

게다가 피니아가 결의한 원인은 전생의 나다. 솔직히 가슴이 아프다.

"하지만, 그래도──급료를 안 받는 건 아니다 싶어."

"니콜 님은 상냥하시네요. 하지만 이것은 저의 결심. 속죄하는 데 봉급을 받을 수는 없어요. 마리아 님께서는 무슨 일이 있을 때마다 수당을 주시려고 하시지만……."

죄송스럽다는 듯이 그렇게 중얼거린 피니아. 이것은 안 된다. 더더욱 내 정체를 들킬 수 없다.

지금, 내 얼굴은 수치심으로 새빨갛게 물들어 있을 것이다.

"그, 그래도…… 그때 함께 있던 다른 아이들은 평범하게 생활하고 있잖아?"

"……확실히, 저만이 레이드 님께 깊은 애착을 갖고 있다는 것은 부정할 수 없네요."

"혹시, 좋아했어?"

반쯤 농담하듯이 나는 그렇게 물어봤다. 이 무거운 분위기를 얼버무릴 의도도 있었다. 하지만…….

"그럴…… 지도 모르겠네요."

돌아온 것은, 예상 밖에도 긍정하는 말이었다.

피니아의 고백 이후로 며칠이 지났다.

나로서도 아름답게 성장한 소녀가 내게 호의를 보낸다는 하면 나쁜 기분은 들진 않는다. 하지만 그것도 이런 몸이 아니라는 전제가 필요하다.

솔직히 말해서 지금의 나는 피니아보다도 훨씬 사랑스럽다.

청은색 머리카락과 색이 다른 눈동자는 신비한 분위기마저 자아내고, 유아기의 거식증 덕분에 길러진(?) 허약 체질은, 건드리면 부서질 것만 같을 정도로 허무하고 가련한 분위기를 풍기게 하고 있다.

가늘고 늘씬한 팔다리는 보호 욕구를 자극하고, 마리아를 닮은 풍모는 장래성을 기대하게 했다.

환생 전의 나는 머리카락도 풍모도 평범하기 그지없던 남자였기 때문에, 지금의 모습은 나에게 미묘한 우월감과 곤혹스러움을 가져다주었다.

그런 내가 피니아의 이상인 레이드라고 알려지는 것은, 조금 시끄러워질 수도 있을 법한 사실이다. 이렇게 진실을 알려서는 안 되는 존재가 또 한 명 늘어나게 된 것이다.

그리고 미묘하게 피니아의 시선을 신경 쓰며 생활하던 어느 날, 그 이변은 일어났다.

"………………………."

그날, 귀가한 라이엘은 매우 언짢은 상태였다.

나와 마리아가 말을 걸면 따뜻하게 답해 주지만, 금방 미간에 주름을 잡고 입을 다물고 말았다.

그러한 상황은 식사 시간이 되어서도 이어져, 내 식사 시중을 드는 피니아는 불안함에 어찌할 바를 모르고 허둥거릴 지경이었다.

전생에서 알았던 라이엘은 붙임성이 좋고 온화한 성격 덕분에 이런 표정을 보이는 일은 거의 없었다. 적어도 다시 태어나고서 봤던 라이엘도 이런 태도를 보였던 적은 한 번도 없다.

내가 아무리 매정하게 굴어도 싱글벙글 웃거나, 서글픈 듯이 풀이 죽거나 하는 정도였다.

그것이 명확하게 언짢음을 감추려고도 하지 않는다. 그 상황을 두고 볼 수 없었는지, 마리아가 라이엘에게 말을 걸었다.

"여보. 오늘 무슨 일 있어요? 굉장히 언짢아 보이는데요……."

"응? 아아…… 얼굴에 드러났어?"

"예, 상당히요."

"미안하네. 조금 불쾌한 안건이 올라왔던지라…… 아니, 너희에게도 남 일이 아닌가."

"예?"

너희라는 것은, 마리아만이 아니라 나도 포함된 것인가. 가족 모두의 문제가 생겨났다는 이야기인가?

그런 고찰을 하고 있는 사이에도, 라이엘은 말을 이어갔다.

"오늘, 왕도 쪽에서 연락이 와서 말이지."

"왕도에서요? 그렇다는 건 엘리엇 왕자인가요?"

"그래. 하지만 그 왕자도 대관해서 지금은 임금님이니까 말이야. 제대로 폐하라고 불러줘야지."

"그랬었죠."

"그 엘리엇 왕도 올해로 스무 살이야. 슬슬 왕비 문제도 거론되기 시작해서 말이야."

내가 죽었을 때, 엘리엇 왕자는 아직 어린아이였었다. 근데 벌써 스무 살이라는 말을 들으니, 뭔가 깊은 감회가 느껴지는구나.

그런데 왕비인가. 확실히 이 황폐한 왕국에서, 국왕의 계승자라는 것은 큰 의미를 지닌다.

"그 왕비의 제1후보로 말이지."

"예."

"니콜이 간택되었다는 모양이야."

"푸훗?!"

나는 대화가 이해가 가지 않는 척을 하며 수프를 홀짝거리고 있었지만, 거기서 갑자기 이름이 튀어나와서 저도 모르게 뿜고 말았다.

왕비 후보? 내가?

"제정신이야?"

"그렇지. 나도 처음 이야기를 들었을 때는, 정신이 멀쩡한지를 의심했어."

내 가시 돋친 감상과 비슷한 기분을, 라이엘도 맛보고 있었던 모양이다. 물론 반론한 모양이지만, 돌아온 답변은 슬프기 그지없었다고 한다.

"한 달 정도 전에, 한 번 니콜의 초상화를 보여드렸던 적이 있었는데, 그때 굉장히 마음에 들어 해서 말이지."

"임금님, 어린애가 취향이야?"

"아니, 그쪽이 아니라…… 니콜의 눈이 말이지. 색이 다른 신비로운 눈이 마음에 드셨던 모양이야."

그것을 듣고 마리아는 그럴 만도 하다는 듯이 고개를 끄덕였다.

확실히 그런 '남에게 없는 특징'을 동경하는 마음은 이해가 간다. 대체로 열네 살 정도에 흔히 발병하는 마음의 병이기도 하다.

"나이도 니콜과 열다섯 살 차이니까, 조금 나이 차이가 있지만 지나치게 심한 차이인 것도 아니야. 10년만 지나면 적령이라고 해도 좋다고 하더라고."

"그건 말 같지도 많은 헛소리네~."

"그렇지."

기분 탓인지, 마리아의 말투도 수상한 느낌으로 거칠어지기 시작했다. 이것은 파란의 예감밖에 들지 않는다.

"우리에게서 천사를 빼앗으려고 하다니…… 나라, 멸망시켜 버릴까?"

"그것도 좋겠네."

"아니, 안 좋아요! 제정신으로 돌아와 주세요, 라이엘 님?!"

무서운 소리를 나직하게 읊조리는 두 사람 사이로 황급히 끼어든 피니아.

힘내. 이 두 사람은 나에 대한 일이 되면 사리 분별이 없어져. 너의 양심밖에 의지할 곳이 없어.

"하지만 피니아. 니콜을 빼앗긴다면, 너도 니콜과 헤어져야 할 텐데?"

"윽, 하, 하지만······."

"그야 니콜은 귀족 신분을 계승하지 않았지만, 우리의 공적이 공적이니까 말이지. 반대하는 귀족도 별로 없었다는 모양이야."

"니콜을 거두어들이면, 저희와의 연결점을 더욱 강고하게 할 수 있다는 생각도 있었던 거겠죠."

사실 세계를 구한 영웅들의 딸을 아내로 맞이한다고 하면 반대하는 귀족은 적을 것이다.

그도 그럴 것이 라이엘은 당연하고, 마리아조차 단독으로 일군에 필적하는 힘을 지닌 영웅이다.

그 딸인 나에게 거는 기대는 물론이고, 부모인 그들과 인척 관계를 맺을 수 있다는 사실이 파격의 가치를 지닌다.

"그것만이 아니야. 그것 말고도 문제가 남았는데 말이지."

"어떤 것이죠?"

"미쉘이야. 그 아이의 기프트도 알아채고 있었어. 즉, 니콜의 시녀로 들이겠다고 제안하더라고."

"그건······."

마리아가 드물게 말을 어물거렸다.

이 제안은 미쉘의 신분으로 본다면 파격적인 출세라고 할 수 있다. 본인이 우수한 기프트를 지니고 있다고는 해도, 어차피 일반 시민. 그것이 왕비의 시녀로 고용된다는 것은 있을 수 없는 이야기다.

물론 이것은 표면적인 이야기고, 왕궁에 들어가면 머지않아 사격 기프트에 눈독을 들여 써먹기 좋은 병사가 되거나, 왕족의 경호원으로 삼겠다는 속셈이 훤히 들여다보였다.

그래도 이 변두리 마을에서 촌동네 아가씨로 인생을 마치는 것보다는 훨씬 낫다. 하지만 그것은 위험이 함께하는 인생이다.

"이대로 가면 그 아이는 병사로 소집될 거야. 그것을 생각하면 이 제안은 나쁘지 않아. 하지만 그것은 니콜을 포기하는 것으로 이어지게 돼."

"궁정의 권력 다툼에 이용될 것이 분명하네요."

"틀림없이 그렇게 될 거야."

"저는 반대해요."

"나도 반대해."

두 사람의 의견이 일치한 순간, 동시에 미간에 주름이 생겼다. 원래라면 평화로워야 할 저녁 식사 자리가 단숨에 싸해진 순간이었다.

두 사람 다 식사를 제쳐놓고 인상을 찌푸리고 있다. 쉽사리 좋은 아이디어가 떠오르지 않는다는 것일까.

당사자인 나도, 남 일인 척하고 있을 때가 아니다.

"그렇네요. 아예 나라 밖으로 내보내 버릴까요."

"나라 밖으로?"

"그래요. 다행이라고 할지, 니콜에게는 간섭계 마법의 재능이 있잖아요? 그리고 저희에게는 마법 교육에 관해서는 최고의 인재가 지인 중에 있어요."

"맥스웰과 코르티나 말이야?"

"예."

"하지만 그것도 니콜이 우리 곁에서 떨어진다는 점에서는 차이가 없어."

맥스웰은 대륙 서방에 있는 대삼림에 둘러싸인 엘프 나라의 중진이다. 게다가 그곳에서 마술 학원을 운영하고 있다.

확실히 세상에서 최고의 마법 교육을 받을 수 있는 장소이기는 하지만, 그곳은 이 땅에서 아득히 먼 곳에 있다.

이곳에 저택을 두고 마을 경비를 홀로 담당하고 있는 라이엘은 개인 사정으로 쉽사리 벗어날 수 없다.

그리고 그것은 마리아도 마찬가지다.

"그리고 본인의 뜻도 확인해야만 하겠죠."

"그렇지. 니콜은 어때? 마법을 배우러 맥스웰에게 가 보겠어?"

"그건……."

나로서도 마법을 쓸 수 있게 된다는 것은 바라던 바다.

내 제1 지망은 검사이고, 제2 지망은 마법검사다.

아쉽지만 이 몸으로는 검술 하나로 일류가 되기 어려울 것 같다. 하지만 마법으로 힘이 약한 것을 보완하면 검사로 출세하는 것도 꿈은 아니다. 마력을 검에 두르는 전법도 있기는 하다.

그리고 그 마법의 최고봉이 맥스웰이고, 거기서 강사로 일하는 사람이 코르티나다. 마술사로서는 1.5류라고 할 수 있지만, 그 사고 속도와 폭넓은 술식 운용이 장난 아니다. 그리고 맥스웰은 말할 것도 없이 세계 최고의 마술사.

두 사람에게 가르침을 받을 수만 있다면 돈을 얼마를 내더라도 상관없다고까지 말하는 마술사도 많을 것이다. 나는 그것이 가능한 연줄이 있는 셈이다.

　하지만 즉답할 수 없다.

　지금의 나는 틀림없이 다섯 살 아이다. 그런 내가 부모의 곁을 떠난다는 판단을 즉각 결정하게 되면, 수상히 여기는 것은 피할 수가 없다.

　"응~?"

　그런 이유로 모르겠다는 느낌으로 고개를 갸우뚱하고 고민하는 척을 했다.

　그것을 보고 라이엘은 눈에 보이지도 않는 속도로 내 곁으로 달려와, 수염이 난 뺨을 문질렀다.

　"꺄악~!"

　"아아, 역시 니콜을 보낸다는 것은 생각할 수 없어! 계속 파파가 지켜줄게!"

　"당신만 치사해요."

　반대쪽에서 마리아도 나를 껴안았다.

　마리아는 모를까, 라이엘의 뺨 비비기는 기분 나쁘다는 말밖에 나오지 않는다.

　나는 저도 모르게 몸이 굳어 버리고, 닭살이 돋고 말았다.

　"이~거~놔~!"

　"하하하, 싫어!"

　"<u>흐으으으으읍?!</u>"

　전력으로 라이엘을 밀어내려고 했지만, 기초 체력이 말 그대로 용과 갓난아기급으로 다르다.

내 저항도 허무하게, 까끌까끌한 뺨을 마음껏 비벼댔다.

"정말! 갈 거야! 맥스웰한테!"

"어, 어째서!"

"거봐요, 당신이 괴롭히니까 니콜이 화가 났잖아요."

"내 탓이야?!"

그리하여 나는 맥스웰이 있는 곳으로 마법 수행을 떠나는 것이 결정되었다. 그렇다고 해도 라움 마술 학원에 입학할 수 있는 것은 빨라도 일곱 살부터. 앞으로 2년의 세월이 필요하다.

그 정도라면 왕실의 요구를 버틸 수 있다고, 라이엘은 판단했을 것이다.

그러나 내 수행이 결정되었다고 해도, 미쉘에게도 사정이 있다.

그래서 나는 다음 날 미쉘의 집을 방문해 함께 수행하러 가지 않겠냐고 물어봤다.

미쉘의 부모는 라이엘과 마리아가 설득에 나서고 있다.

그리고 본인을 설득하는 것은 내 역할이다. 나는 지금 미쉘의 방에서 마주 보고서 설득 공작에 힘쓰고 있었다.

"어때? 함께 라움 왕국에 가지 않을래?"

"라움은 엘프가 있는 나라지? 니콜은 거기 가고 싶어?"

"응. 마법을 공부하러 갈 거야."

물론 나 혼자서 유학할 수 있을 리도 없다. 만약을 위해 보호자로 피니아가 따라오기로 했다.

그리고 라움에는 모험가를 육성하는 학원도 있다. 미쉘은 거기서 사격술의 기초를 교육받으면 된다.

미쉘도 이 나라에 남아 있으면 별로 좋은 일이 일어날 것 같지 않은 인재니까.

"하지만 파파랑 마마가 함께 갈 수 없는데……."

"라움에는 기숙사가 있어. 거기서 나랑 피니아랑 함께 살 수 있는걸."

"으~응, 그래도……."

역시 이것이 정상적인 다섯 살 아이의 반응일 것이다. 미쉘은 몹시 망설이는 기색을 보였다.

하지만 나로서도 여기서는 물러날 수가 없다. 내가 유학하는 것은 거의 결정사항. 그리고 유학에서 돌아왔더니 미쉘이 징병되었다 같은 사태도 충분히 생각할 수 있었기 때문이다.

미쉘은 이번 생에서 처음 사귄 친구. 그런 최악의 사태는 무슨 일이 있어도 피하고 싶다.

"그래도…… 그래도 말이야……."

결단을 내리지 못하고, 점차 눈물을 글썽이는 미쉘. 전투계 기프트가 있는 것치고는 마음이 너무 여린 구석이 있다.

성격이 이러지 미쉘이 실전에 나서는 것을 걱정할 수밖에 없다.

"받아들이도록 해라, 미쉘."

그때 남자의 굵은 목소리가 끼어들었다.

아이 방 입구에서, 미쉘의 아버지가 얼굴을 보인 것이다.

"어, 그래도……."

"괜찮겠어요? 이 아이, 혼자 보내도."

"음. 미쉘의 유학에 관해, 라이엘 님께 강하게 요청받아서 말이지. 게다가 아이 혼자서는 무리가 있다고 하니, 우리도 함께 가기로 했다."

"정말?!"

얼굴을 활짝 펴는 미쉘. 하지만 그것은 경제적으로 너무나도 과감한 결단이었다.

내가 걱정스러워하는 것을 알아챘는지, 아버지는 나를 향해 씩 웃어 보였다.

"라이엘 님께 경제적인 지원을 받게 되어서 말이다. 니콜도 돌봐주게 되었다."

"프랑코 씨는 사냥꾼이니까, 숲이 있으면 살아갈 수 있단다."

미쉘의 아버지, 프랑코의 등 뒤에서 마리아가 얼굴을 보이고 말을 덧붙였다. 그러고 보니까 그는 사냥으로 생계를 꾸려가고 있었다. 숲으로 둘러싸인 엘프의 나라라면, 그 실력을 충분히 발휘할 수 있을 것이다.

부모와 함께 떠날 수 있다고 하니 미쉘은 단숨에 얼굴에 기쁨이 가득 드러났다.

물론 금방 떠나는 것은 아니다. 2년에 걸쳐 천천히 기초를 배워야만 한다.

그래도 미쉘이 자기 의지로 미래를 선택한 것은 틀림없다.

미래를 향한 전망은 일단 갖춰졌다.

2년 뒤에 라움 왕국의 마술 학원 입학하는 것을 목표로 공부하게 된 것이다.

나는 간섭계 마법이라는 기프트가 있다.

이것은 무기나 도구 등의 성능에 일시적으로 간섭하는 것으로, 그 공격력과 방어력을 강화하는, 소위 서포트 마법이다.

절대적으로 강한 공격력이 있는 것도 아니고, 또한 강화하는 마법의 효과도 짧으면 몇 분, 길면 하루 정도이기 때문에 영구적인 성질은 없다.

마법의 맛보기만 건드린 술자라도 쓸 수 있는, 간단하고 다루기 쉬운 마법. 그것이 간섭계 마법이다.

"그렇다고 해서, 얕잡아 볼 것은 아니란다. 종이 한 장 차이의 싸움이 되면 이 마법의 효과가 생사를 가르는 일도 있고, 레벨이 오르면 오를수록, 엄청난 효과를 낳는 것이 이 마법의 좋은 점이니까."

교단에 선 마리아가 가슴을 펴고 그렇게 설명했다.

이곳은 나의── 아니 라이엘의 저택에 있는 방 중 하나로, 이곳에서 우리는 마법에 대해 배우게 되었다.

나와 마찬가지로 학원 입학을 바라는 미쉘도 여기서 마법의 기초 지식을 공부하게 되었다.

미쉘이 입학하는 곳은 마술 학원이 아니라 모험가 기초기술학원이라는 다른 계통의 학원이지만, 이사장은 마술 학원과 같은 맥스웰 할아버지였다.

"그런 거야?"

"미쉘은 특히 혜택이 크지 않으려나? 니콜이 미쉘의 활을 강화하고, 미쉘이 적을 쓰러트린다는 콤비네이션도 할 수 있게 된단다."

"그거, 굉장해! 나, 니콜이랑 함께할래!"

미쉘은 팔을 번쩍 들고 활기차게 선언하지만, 그러려면 먼저 내가 간섭계 마법을 다룰 수 있어야 한다.

나는 지금까지 마력을 감지할 수는 있었지만, 그것을 마법으로써 효과를 발휘하게 하는 단계에는 이르지 못했다.

"하지만 마마──."

"선생님이라고 불러야지, 니콜."

그럼 안 된다고 뺨을 손가락으로 찌르며 호칭을 정정하게 했다.

이럴 때 보이는 버릇이다. 묘하게 위엄을 보이고 싶어한다.

후방 포지션인 치유술사여서 기본적으로 보호받는 사람인 마리아에게 솔선해서 지도한다는 상황은 자주 있지 않을 것이다.

"선생님~ 기초 능력을 올리는 것밖에 할 수 없으면, 그다지 극적인 효과는 바랄 수 없지 않나요?"

"좋은 점을 지적했네요, 니콜 양. 하지만 간섭이라고 해도 천차만별. 그중에는 존재 그 자체에 간섭하는 마법도 있어요."

"존재 그 자체?"

"그래. 예를 들면 자신에게 간섭해 몬스터로 변신하는 마법도 있단다."

"몬스터?!"

꽤 진심으로 놀랐다. 맥스웰도 그런 마법 계통은 사용했었지만, 몬스터로 변신하는 장면은 본 적이 없다.

하지만 마리아는 더욱 놀라운 말을 입에 담았다.

"물론 잘 아는 생물이 아니면 변신할 수 없지만 말이야."

"잘 아는……."

그렇다, 잘 알고 있는 생물로 변신할 수 있다. 그리고 내가 이 세계에서 가장 잘 알고 있는 존재, 그것은……,

"레이드의 모습으로…… 변신할 수 있어?"

"레이드……? 아아, 피니아에게 들었구나. 엄마의 옛 동료 이야기를."

"어, 응. 맞아."

무심코 입 밖으로 꺼내고 말았지만, 그 가능성은 충분히 있다.

여자의 몸이 되고 말았지만, 남자의 몸으로 돌아갈 기회는 남아 있는 것이다.

"그 변신 마법, 나도 쓰고 싶어!"

"그건 어려울 텐데~? 왜냐면 간섭계 최상위 마법인걸."

"그래도 할 거야! 아, 효과 시간은 얼마나 돼?"

"그러네. 변신은 육체에 주는 부담이 크니까, 반대로 효과 시간은 긴 편이었던 것 같네. 하루 버텼던가?"

하루나! 즉, 한 차례 레이드로 돌아가면 다음 날까지 다시 걸 필요가 없다는 것이 아닌가.

실질적으로 원래 몸으로 돌아가는 것이나 마찬가지다.

"자자. 아무튼 잡담은 여기까지 하자꾸나. 우선은 몸 안에서 마력을 느끼는 훈련부터 시작해야겠네."

짝짝 손뼉을 두들기고, 마리아의 이야기는 마법의 기초 이론으로 돌아간다.

하지만 나는 아직 흥분이 가시질 않는다. 이 몸으로는 검을 휘두르는 것도 여의치 않다. 하지만 지금 신분을 이용해 라이엘의 검술을 배우고, 원래 몸으로 그것을 쓸 수 있다면…… 내가 꿈꾸는 경지에 도달할 수 있을지도 모르는 것이다.

나는 마력을 감지하는 부분까지는 할 수 있기 때문에 그 뒤로 다소 고생하는 연기를 한 뒤, 감지에 성공한 것처럼 해 보였다.

요령을 잡는 속도에 마리아는 눈이 동그래졌지만, 훨씬 전부터 그런 느낌이 있었다는 느낌의 이야기를 해두자, 납득한 듯한 표정을 짓고 다음 단계로 넘어가게 되었다.

미쉘은 아직 마력을 감지할 수가 없었기 때문에, 일단은 나만 마법 수업을 먼저 진행하게 되었다.

다음 날. 마리아는 저택의 뒤뜰로 나와 미쉘에게 과녁으로 세워 놓은 판자에 활을 쏘라고 지시했다.

미쉘도 고개를 갸우뚱하면서도, 마리아의 지시에 따랐다.

진지한 표정으로 화살을 사위에 걸고, 어린 미쉘에게 맞춘 작은 사냥용 활을 당겨…… 쏜다.

힘이 부족한 탓에 살짝 호를 그리며 비상한 화살은, 중앙에서 살짝 빗나가 표적의 왼쪽 아래에 꽂혔다.

"헤에, 이 나이에 이 거리에서 맞히다니 대단하네. 역시나 사격의 기프트 보유자로구나."

"에헤헤~."

마리아는 미쉘의 머리를 한 번 쓰다듬은 뒤, 우리를 데리고 과녁을 확인하러 갔다.

과녁 왼쪽 아래에 꽂힌 화살은 화살촉이 절반쯤 박힌 상태에서 멈춰 있었다. 이래서는 짐승을 사냥하는 데까지는 이르지 못하는 위력이다.

"우~ 역시 얕아."

"아직 힘이 없으니까 어쩔 수 없어. 오히려 제대로 과녁에 맞힌 것을 자랑스러워해도 된단다."

"그래 맞아, 미쉘은 대단해!"

실제로 미쉘이 활을 쏜 거리는 표적에서 10미터나 떨어져 있다. 미쉘 같은 초심자가 이만큼 떨어진 과녁을 맞힌 것은 의외로 대단한 일이다.

하물며 미쉘의 손에 있는 것은 간소하게 만들어진 어린아이용 활이었다.

"그러면 처음 있던 곳으로 돌아가자. 미쉘, 한 번 더 쏴 보렴."

"아, 예."

원래 장소로 돌아온 미쉘이 다시 활을 쏜다. 하지만 이번에는 마리아가 인챈트(강화 부여) 마법을 걸었다.

후방 포지션에서 서포트를 전문으로 맡았던 마리아는, 간섭계에도 다소 소양이 있다. 물론 그 기량은 맥스웰에게 한참 미치지 못하지만.

화살은 조금 전과 비슷한 궤적을 그리고, 역시 과녁이 왼쪽 아래 부근에 명중했다. 하지만 아까와는 달리, 과녁의 왼쪽 절반이 꿰뚫리는 충격으로 깨져 날아갔다.

"오, 오오?!"

"확인하러 갈 필요도 없겠네. 어때? 간섭계도 굉장하지?"

"으, 응."

"니콜도 마법을 쓸 수 있게 되면, 이 정도는 할 수 있단다."

　나는 과녁으로 총총총 다가가 부서진 과녁을 확인했다. 파편 중에는 판자를 관통한 화살도 남아 있어, 그 높은 위력을 확인할 수 있었다.

　어린 미셸이 쏘아 날린 화살이 나무판을 꿰뚫은 것이다. 간섭계 마법의 위력 강화를 얕잡아 볼 수 없는 증거이기도 하다.

"굉장, 하네."

　나도 생전에는 몇 번이나 인챈트를 받은 적이 있다. 원래부터 숙련자로 파티를 짰기 때문에, 당시의 나는 이미 고위력 공격 수단이 있었다.

　따라서 그 은혜를 실감할 기회가 의외로 적었다.

"그렇지? 니콜도 열심히 하면, 금방 할 수 있게 된단다."

"응."

"아…… 사라졌네?"

　그때 미셸의 목소리가 들렸다.

　미셸은 손에 든 사냥용 활을 빤히 바라보고 있다. 아마도 강화 마법이 사라진 감각을 느꼈을 것이다.

"인챈트는 효과가 큰 만큼 오래 유지되지는 않아. 기껏해야 몇 분 정도지. 사용할 때는 타이밍을 생각해야 해."

"흐~응."

"위력 상승도 초급 마법으로는 기껏해야 이 정도의 판자를 꿰뚫는 정도. 금속 갑옷 상대로는 효과가 희박해. 그래도 모험 초기에는 대단히 도움이 되었던 마법이란다."

"응, 쓰임새가 있을 것 같아."

나무판자를 관통할 정도라고 하는 것은, 인체의 피부를 뚫을 때는 충분한 위력을 발휘할 수 있다는 뜻이다. 핀포인트로 이 마법을 사용하면, 비장의 카드로 기능할 만큼의 스펙이 있다고 말할 수 있다.

먼저 들었던 변신 마법도 그렇고, 그야말로 내 취향의 마법 계통이다.

결국 그날은 마법 발동에 성공할 수가 없었다.

아무래도 나는 마법을 쓰지 못했던 전생의 기억이 발목을 잡아, 발동을 방해하고 있는 느낌이 있다.

마력을 느끼는 것까지는 문제없이 갔지만, 그 앞에 벽이 있다. 마력을 방출하려고 하면 뭔가에 걸린 것처럼 마력의 움직임이 멈추고, 흩어지고 만다.

그리고 그러는 사이 미쉘은 한결같이 과녁에 활을 쏘는 훈련을 하고 있었다. 그 명중률은 어린아이라고는 생각할 수 없을 정도로 높고, 게다가 빠르다.

그렇다고는 해도 어디까지나 초심자. 어린아이치고 잘한다는 전제가 붙는 정도다. 언젠가 내가 그 활에 인챈트를 쓸 수 있게 되면 실로 든든한 파트너가 될 것이다.

"후아~……."

훈련을 마치고, 나는 욕실에서 피로를 풀고 있었다.

저택의 욕실은 나름 널찍하게 만들어졌고, 게다가 마사지용 침대까지 준비되어 있을 정도다.

나는 그 마사지 침대에 드러누워 피니아가 매번 해 주는 마사지를 받고 있다.

솔직히 말해서 나이가 찬 여자에게 알몸으로 마사지를 시킨다는 것은 전생에서 있을 수 없는 상황이지만, 지금의 나는 여자다.

고용인으로 이곳에 있는 피니아에게 사양할 필요는 조금도 없는 것이다.

"이렇게 들키면 위험한 비밀이 점점 쌓이는구나."

"예? 피로가 쌓인다고요? 니콜 님은 아직 어리니까 무리하면 안 돼요."

"아니 아니야, 그런 게 아니라."

하지만 자세히 설명할 수는 없다.

나른하게 침대에 몸을 펴면 피니아의 가늘고 부드러운 손가락이 온몸을 주물러 풀어준다. 따뜻한 수증기에 둘러싸여 전신의 힘을 빼고, 매끄러운 손가락으로 마사지를 받는다. 이 무슨 지고한 행복인가.

"하지만 정말로 괜찮으신가요?"

"응~ 뭐가아~?"

"라움에 가는 것 말이에요. 니콜 님은 2년 뒤에도 아직 일곱 살이에요."

"하지만 피니아도 함께 와 줄 거잖아."

"부모님과 떨어지게 되어서 쓸쓸하지 않으신가요?"

"뭐~ 그야~ 그렇지만~."

나로서도 라이엘에게 라이벌 의식이 있기는 하지만, 딱히 싫어하는 것이 아니다. 마리아에 이르러서는 받은 은혜가 더 많을 정도다. 숨기고 있는 일이 있다고는 해도, 그런 상대와 함께 살면서 싫은 기분이 들 리가 없다.

그런 두 사람과 떨어지게 되는 것에, 다소라도 슬픔을 느끼는 것은 어쩔 수 없는 일일 것이다.

하지만 원래는 서로 다른 길을 갔던 동료다. 헤어지는 것은 이미 각오했다.

문제는 그것을 일곱 살짜리 아이가 납득할 수 있는가 하는 점이기는 하다. 그 부분의 구실을 준비하지 않으면 수상쩍게 여길 것이다.

"하지만 가지 않으면 마마, 파파랑 헤어지게 되잖아. 휴가철에 돌아오면 되는 거고."

"그렇, 네요. 확실히 왕궁에 가버리면, 간단히 만날 수 없게 되니까요."

"어느 쪽이 더 만날 시간을 확보할 수 있는지를 생각하면, 라움으로 가는 편이 좋잖아? 그러니까 그쪽을 고른 거야."

"니콜 님, 때때로 어려운 말을 쓰시네요."

"그, 그런 적 없는데? 마마의 수업에서 잔뜩 공부해서 그럴지도."

공부하다 새로 배운 단어를 썼다고 변명하니, 마지못해 납득해 준 모양이다.

"으……."

"응, 왜 그래?"

내 등을 마사지해 주고 있던 피니아가, 묘하게 평소와는 다른 소리를 냈다.

등을 위아래로 몇 번이나 반복해서 손가락으로 쓰다듬는다.

조금 간지럽다.

"니콜 님, 조금 근육이 붙었나요?"

"정말?!"

"저로서는 말랑말랑한 느낌이 줄어들어서 조금 아쉬워요."

"피니아, 최근에 진심이 줄줄 새고 있어."

검도 마법도, 그다지 진보가 보이지 않았던 만큼, 근육의 증량은 상당히 기쁘다.

이렇게 매일 조금씩 성장하며, 내 유아기는 지나가고 있었다.

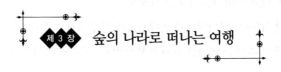

제 3 장 숲의 나라로 떠나는 여행

중후한 떡갈나무 문을, 코르티나는 내키지 않은 기색으로 노크했다.

이곳은 그녀가 근무하는 마술 학원. 그곳의 이사장실 앞. 즉, 그 동료이자 맹우이기도 한 맥스웰을 찾아왔다.

"나 왔어, 맥스웰."

"오, 코르티나냐. 들어와라."

대범하면서도 차분함이 있는 목소리가 실내에서 들린다. 듣는 사람에게 두려움을 줄 정도로 위엄을 띤 목소리지만, 코르티나는 전혀 개의치 않고 문을 열어 입실했다.

축 늘어진, 최근 몇 년의 코르티나 특유의 의욕이 없어 보이는 표정. 흔히 죽은 물고기 같다고 하는 눈.

레이드가 세상을 떠나고 나서의 코르티나는 마치 자신에게 아무런 흥미도 없어진 것만 같은 생활을 보내고 있었다.

집도 간신히 지낼 수 있을 만한 정도. 청소마저 제대로 하지 않는다. 복장도 어딘가 칠칠치 못하지만, 그것을 신경 쓰는 기색도 보이지 않는다.

그런 모습이 다른 사람을 다가오지 못하게 하는 분위기를 발산해, 코르티나는 이 마술 학원에서도 거의 고립된 상태였다.

사이가 좋은 것은 마찬가지로 옷차림을 신경 쓰지 않는 양호선생 정도일까.

"그래서? 오늘은 무슨 볼일이야?"

"단도직입적이로구나. 서론 같은 것을 둘 법도 할 터인데."

"우리 사이에 새삼스럽게……."

귀찮다는 듯한 태도로 책상 맞은편에 있는 의자에 걸터앉아, 무관심한 기색으로 대답했다. 맥스웰로서도 코르티나의 이런 상황을 좋지 않다고 여기고 있었다.

그렇기에 라이엘이 보내온 소식은 구원의 손길로도 생각된 것이다.

"코르티나. 너, 아이를 한 명 맡아 보지 않겠느냐?"

"내가? 제정신이야?"

"아무렴 제정신이지. 그것도 그냥 아이가 아니다. 라이엘과 마리아의 딸이지."

"그 둘의?"

거기서 코르티나는 옛 동료의 얼굴을 떠올렸다.

라이엘과 마리아는 파티를 해산하는 원인이 되었던 두 사람이자, 코르티나의 절친이기도 했다.

레이드가 죽게 된 간접적인 원인이라고도 할 수 있지만, 가들스와 달리 두 사람에게는 이상하게도 원망하는 마음은 생기지 않는다.

"맥스웰, 너도 내 상태는 이해하고 있을 텐데…… 이런 무기력한 인간에게 아이를 맡겨서 어쩌자는 거야."

"무기력하니까 제안해 보는 게다. '그 남자'의 일은 제쳐놓고, 아이가 있으면 북적거리게 되어서 기분도 바뀌게 되겠지."

"무책임한 소리를. 무심코 방치해서 죽어 버려도 나는 몰라."

"그래서 메이드도 한 명 붙여준다고 하더구나. 이름이 분명……
피니아라고 했던가."

"피니아……?"

그 이름은 코르티나의 기억에 있었다. 코르티나와 마찬가지로 레이드가 임종에 함께한 아이의 이름.

설마 동일 인물이라고는 생각되지 않지만, 무언가 운명 같은 이끌림을 느끼지 않을 수가 없다.

라이엘과 마리아의 딸에 레이드의 임종에 함께했던, 말하자면 동료 같은 아이와 같은 이름의 메이드. 그 두 사람이 내 쪽으로 온다……?

"왠지…… 제대로 걸려든 것 같은 느낌이 안 들 수가 없네."

"뭐, 다소는 말이지. 어떠냐, 받아들여 볼 마음은 없는 게냐?"

"그래. 시기가 오면 한번 맡아 볼게."

절친인 마리아의 딸이라면 자신의 딸이나 마찬가지. 대강대강 엉망진창인 생활을 보내왔던 자신이 부모를 대신할 수 있으리라고는 생각되지 않지만, 맥스웰에게는 신세를 지고 있으니 여기서 빚을 갚아두는 것도 나쁘지 않을 것이다.

"그러면 그 성격부터 교정하지 않으면 안 되겠구나. 마리아의 딸이 무기력해지면 못 쓰지."

"어? 잠깐, 무슨 소릴 하는 건지 이해가 안 돼."

씨익. 고약한 웃음을 짓는 맥스웰. 그 얼굴에는 마치 장난에 성공한 소년 같은 친근함을 머금고 있었다.

그제야 코르티나는 맥스웰의 생활 개선 계획에 걸려들었다는 것을 깨달았다.

다시 2년의 세월이 지났다.

나는 일곱 살이 되어, 라움 마술 학원 입학을 목표로 마법 공부에 중점을 두고 수행의 나날을 보내고 있었다.

머리카락도 성대하게 자라서 허리 부근까지 와 있다. 조금 거추장스럽지만, 이것을 자르는 것은 마리아와 피니아가 완강하게 반대하고 있어서 어쩔 수가 없다.

물론 몸을 단련하는 것도 잊지 않았다. 근력, 지구력만은 어떻게 할 수가 없지만, 순발력만은 상당히 붙기 시작한 것을 실감하고 있다.

수험까지 앞으로 한 달이 남은 시기에, 나와 미쉘은 숲속에서 숨을 죽이고 있었다.

나는 최근 2년 동안 고민에 고민을 거듭하고 선택한 시미터(곡도)를 허리에 차고 있다. 이것은 양손검의 길을 단념하고 칼날의 날카로움을 우선한 결과다. 뒤에서 대기하는 미쉘은 조금 큰 사냥 활과 가죽 갑옷. 참고로 나는 힘이 너무 없어서, 가죽 갑옷조차 입을 수 없다.

그리고 내 시선 끝에는 스트라이크 보어(돌격 멧돼지)라고 불리는 몬스터의 일종이 느긋하게 먹이를 먹고 있다. 이 몬스터는 동물계 몬스터로, 그 고기는 식용에 적합하다. 게다가 털가죽은 방한용 재료로 사용되고, 엄니도 장식품으로 인기였다.

즉, 몸을 전부 남김없이 이용할 수 있는 '매우 바람직한 사냥감' 인 것이다. 단 사냥에 성공했을 때의 이야기이기는 하지만.

나는 뒤돌아보고 곁에서 대기하는 미쉘에게 눈짓을 했다.

최근 2년, 착실하게 콤비네이션을 갈고닦은 상대다. 이것만으로 서로가 무엇을 해야 할지를 파악할 수 있다.

"주홍 하나, 군청 하나, 황금 셋. 화살을 날릴 시위에 힘을 부여하라── 인챈트."

내 주문 영창에 호응해서, 미쉘의 활에 빛이 깃들고── 사라진다.

빛은 사라졌지만, 이것으로 그 활의 위력이 매우 상승했을 것이다. 주황은 강화하는 정도를, 군청은 대상의 넓이를, 황금은 효과 시간의 길이를 나타낸다. 이번에는 최소 레벨의 강화를 한 명에게, 3분간이라는 의미다. 거기에 색의 농도 등으로 사용하는 마력의 강함도 변한다.

이것이 마리아 정도의 실력자가 되면 무영창으로 발동할 수 있지만, 나에게는 아직 무리였다. 아니 그보다, 발동할 수 있는 마법은 이것뿐이다. 주홍 둘이나 군청 둘, 황금 넷으로 하면 순식간에 마력이 흩어져 사라지고 만다.

하지만 이것은 이것대로 메리트는 있다. 동료도 내 영창을 듣고, 어떤 마법을 어떤 범위로 얼마만큼의 시간을 거는가를 판단할 수 있기 때문이다.

나는 주문을 작은 목소리로 영창했기 때문에, 스트라이크 보어는 아직 이쪽을 알아채지 못했다. 그 직후. 뿌득뿌득 시위를 당기는 소리가 난 다음에 미쉘이 시위에 메긴 화살이 발사된다.

그 화살은 일직선으로 날아가 스트라이크 보어의 목덜미에 깊숙이 꽂혔다. 본래 미쉘의 힘이라면 지금의 절반도 꽂히지 않았을 것이다.

"부힉?!"

갑작스러운 격통에 스트라이크 보어가 고통의 비명을 터트렸다. 그리고 이쪽을 돌아봤다. 그때는 이미 미쉘은 나무 뒤에 숨어 있었다.

"니콜, 부탁해!"

"맡겨줘."

시미터를 뽑아 멧돼지의 돌격에 대비한다. 스트라이크 보어는 그 이름대로 돌격을 이용한 공격이 주특기다.

반대로 그 공격만 흘려보내면 여유롭게 대처할 수 있는 적이다. 전생에서는 모험을 떠난 곳에서 비상식량으로 자주 사냥했었다. 하지만 지금은 이 녀석도 강적이다.

"부호오오오오!"

포효와 함께 덮쳐드는 스트라이크 보어를 사이드스텝으로 피한다. 후방에 있는 미쉘은 이미 나무 뒤에 모습을 감추었기에 걱정할 필요가 없다.

그리고 엇갈리는 순간에 시미터로 일격.

물론 힘이 약한 나로서는 효과적인 대미지는 주지 못한다. 기껏해야 가죽 표면에 얇은 상처를 내는 정도다. 하지만 그것이면 된다. 이렇게 접근해 버리면, 특기인 돌진은 쓸 수 없다.

그리고 스트라이크 보어는 작은 반경으로는 회전할 수가 없다. 즉——,

"부힉?!"

속도를 늦춘 순간을 놓치지 않고 미쉘의 두 번째 화살이 날아왔다. 그것은 빗나가는 일 없이 다시금 목덜미에 꽂힌다.

곧바로 스트라이크 보어는 미쉘에게 주의를 돌리지만, 내가 그렇게 두지 않고 시미터로 베었다.

공격에 참여할 때는 나에게도 인챈트를 쓰면 좋지만, 나에게는 그럴 만한 여유가 없었다.

"으랴아아아아!"

기합을 지른 것치고는 여전히 칼날이 깊숙이 꽂히지 않는다. 하지만 스트라이크 보어의 주의를 다시 이쪽으로 돌리는 데는 성공했다.

이것이 머리가 좋은 적이라면, 나를 무시하고 최대 화력으로 미쉘을 노리겠지만, 스트라이크 보어는 결국 짐승이다. 가장 가까운 공격자를 우선해서 공격하는 정도의 지성밖에 없다.

작은 반경으로 회전하지 못하는 스트라이크 보어의 공격은 대단히 직선적이라 피하기 쉽다.

머리를 숙이고 공격에 나설 타이밍을 가능하고 옆으로 뛰어 그 넓적다리에 칼질을 한다. 다리 부분에 대미지를 받고 반사적으로 움직임을 멈추는 멧돼지. 거기로 날아드는 화살.

그 뒤로는 이것을 반복하면 쓰러트릴 수 있다.

이렇게 싸우기를 3분. 우리는 두 사람만의 힘으로 스트라이크 보어를 사냥하는 데 성공했다.

로프를 가지에 걸고 스트라이크 보어를 매달아 올린다. 어린아이의 완력으로 몇백 킬로는 될 듯한 멧돼지를 매다는 것은 불가능한지라, 도르래의 원리와 돌로 만든 추 같은 것을 사용해 간신히 매다는 데 성공했다.

그리고 뒷다리의 동맥을 절단하고 목덜미의 동맥도 잘라 피를 뺐다.

그 사이에 미셸은 주위를 경계하고 있었다. 다른 몬스터가 피 냄새를 맡고 올 가능성이 있기 때문이다.

피 빼기가 일단락되고, 나는 가죽을 벗기고 배를 갈라 내장을 처리했다. 먹을 수 있는 부위와 먹을 수 없는 부위를 구분하고, 못 쓰는 부위는 구멍을 파서 묻었다. 남은 대량의 고기는 나뭇가지를 잘라 간이 썰매를 만들어 마을까지 옮길 필요가 있다.

거기까지 준비를 완료했을 때, 우리에게 말을 거는 사람이 있었다.

"자, 거기까지. 전투는 합격이네. 그 뒤의 처리도, 조금 시간이 걸렸지만 괜찮아. 아니 그렇다기보다 니콜은 엄청나게 숙련되지 않았니?"

"그야, 노력했는걸."

사실은 전생의 경험이 있으니까 숙달했을 뿐으로, 이것은 단순 반복작업 수준으로 소화할 수 있을 정도로 자주 했다. 단지 근육이 없기 때문에 가죽을 벗기는 작업이나, 매다는 일에 시간을 잡아먹고 말았다.

이제까지의 전투는, 말하자면 졸업시험이다.

2인 1조로 스트라이크 보어 정도의 몬스터를 사냥해 식량과 유용한 소재를 손에 넣는다. 그 공정이 심사되고 있었다.

"결과는 어때?"

"어디 보자~. 미쉘은 어째서 목덜미만 노린 거니?"

확실히 사격 기프트를 지닌 미쉘이라면, 머리를 노리는 것도 가능했을지도 모른다. 하지만 미쉘은 몸통도 머리도 아니라, 목덜미를 중점적으로 노리고 있었다.

"머리라면 튕길지도 모르고, 몸통이라면 유효타가 되지 않을지도 모르니까."

"확실히 머리라면 튕겨 나올 가능성은 있지만, 몸통이라면 문제없었다고 생각하는데."

몸통에 화살이 꽂히면, 그 통증으로 움직임이 굼떠질 가능성도 있다. 중요 기관에 직격하면, 그것만으로 치명상까지도 될 수 있다. 움직임이 굼뜨면 내 회피도 편해졌을 것이다. 그렇게 마리아는 말하고 싶은 것이다.

"목 쪽이 치명상이 될 가능성이 높다고 생각해서……"

"그래, 나쁘지 않지만 조금 욕심을 부렸네. 스트라이크 보어의 목 주변은 단단하거든. 잘 생각해 보렴, 그 돌격을 지탱하는 목이 잖니?"

"아, 그렇구나."

몇백 킬로의 거대한 몸으로 돌격하는 것이 주특기인 멧돼지. 그 위력을 지탱하는 목이 연약할 리가 없다. 오히려 다른 부위보다도 근육이 모여 있다고도 말할 수 있었다.

"그러면…… 나는 실격?"

"그런 것이 아니란다. 물론 합격! 왜냐면 확실하게 스트라이크 보어를 사냥했잖니. 이것은 오히려, 앞으로는 이렇게 하는 편이 좋다는 충고지."

"정말! 다행이다~."

손뼉을 치며 기쁨을 폭발하는 미쉘. 전투 시의 씩씩함과는 정반대로 사랑스러운 몸짓이었다.

다음으로 마리아는 내 쪽을 돌아봤다.

"다음으로 니콜인데…… 자신의 공격력을 과신해서 인챈트를 쓰지 않은 것은 실수야."

"으윽."

그렇다. 그때 내 기척은 스트라이크 보어에게 포착되지 않았다. 즉, 다시 한번 마법을 발동시켜 자신에게도 강화를 부여하면 내 공격도 유용한 대미지를 주는 것이 가능했을 것이다.

하지만 사냥감을 앞에 두고, 나는 기분이 고양되어 있었다. 빨리 싸우고 싶다는 욕구에 져서 자신에 대한 보조마법을 소홀히 하고 말았다. 즉, 정신적 여유를 잃고 있었다.

"니콜의 대미지도 유효했다면, 전투는 훨씬 빨리 끝났어. 그것은 미쉘에게도 부담이 되었을 거야."

"응."

"앞으로는 주의하렴. 전투에 들이는 시간은 짧을수록 좋으니까. 애초에 코르티나라면 싸우지 않는 방법을 취했을지도 모르지만⋯⋯."

마지막으로 나직이 옛 동료의 전투 방식을 회고하는 마리아.

그 말대로 코르티나라면 공격 경로를 상정해서 함정을 설치해, 모습을 드러내 적을 유인하고, 독으로 처리한다거나 하는 정도는 할 것 같다.

"앞으로는 조심할게."

"응. 하지만 여기까지 요구하는 것은 아무리 그래도 과했던 것 같네. 너희가 너무 우수해서, 아직 일곱 살이라는 사실을 잊어버리는걸."

"에헴."

나와 미쉘은 나란히 가슴을 펴 보였다. 애초에 나는 조금 꼼수를 부린 것이지만.

"그러면 이만 돌아가도록 하자. 고기는 미쉘네 집과 반씩 나눠야겠네."

"만세~!"

"만세~라니, 이건 미쉘이 사냥한 거잖아? 절반이라도 적을 정도야."

"에~? 하지만 니콜이 없었다면 사냥하지 못했어. 나는 공격을 피할 수 없는걸."

"하지만 나 혼자서는 해치울 수 없잖아."

"그러니까 반씩이란다. 이럴 때는 사양하면 안 돼. 그렇다고 해서 과하게 요구하는 것도 안 돼."

"예~."

그렇게 주의를 주고, 마리아는 로프를 잡고 가뿐하게 썰매를 끌고 갔다. 마리아 본인도 최고위 모험가다. 아무리 가냘프게 보여도 최소한의 단련은 해서, 그 신체 능력은 일반인을 능가한다.

곱게 자란 귀한 집 아가씨 같은 마리아가 고깃덩어리를 쌓은 썰매를 가볍게 끌고 가는 모습을 보고, 우리는 서로 눈을 마주치며 할 말을 잃었다.

뭐라고 할까, 어머니의 억척스러움을 목격한 기분이다.

그날의 저녁 식사는 멧돼지 고기가 잔뜩 나와서 식탁이 호화로웠다.

스트라이크 보어를 우리가 사냥해 왔다는 이야기를 듣고, 라이엘은 자랑스러운 것 같기도 쓸쓸한 것 같기도 한 표정을 짓고 있었다.

우리가 스트라이크 보어를 쓰러트렸다는 것은, 학원으로 가도 이상하지 않을 역량을 지녔다는 증명이다.

그것은 동시에 라이엘과 마리아, 부모와 작별할 시기가 가까워졌다는 증거이기도 하다.

식사 뒤에 가족끼리 난로 앞에서 느긋하게 쉬고, 나는 뜨개질을 시작했다. 봄도 가까운 이 계절에 털실로 깨작깨작 목도리를 짜고 있다.

이것은 내가 여성적인 면에 눈을 뜬 것이 아니라, 감추고 있는 기프트인 실 조작 훈련의 일환이다.

뭐, 다 뜨고 난 물건은 그대로 부모에게 투기하고 있지만.

"니콜, 아무리 그래도 이 계절에 목도리는 힘들지 않을까?"

"괜찮아."

"마마는 조금 더 시원한 옷이 필요하려나~?"

"그러면, 여름용 카디건을 짤게."

"어머 기뻐라."

"파파는?"

"스웨터."

내 무자비한 선언을 듣고, 라이엘은 진심으로 슬퍼 보이는 표정을 지었다.

정말 사랑하는 딸이 주는 선물이라면 입지 않을 수가 없는 것이다. 설령 더운 계절에 스웨터라도. 그것이 영웅인 그의 긍지다.

뭐, 앞으로 몇 년이나 떨어져 지내야 한다. 약간의 선물 정도 남기고 가는 것도 좋지 않은가. 그래도 1년에 몇 번은 귀성할 수 있지만.

내 말에 후우 한숨을 쉰 라이엘은, 그대로 소파에서 일어나 방으로 돌아갔다.

"정말. 니콜은 파파에게 너무 심술궂어."

"으~응……."

나에게 녀석은 어디까지나 라이벌이다. 딸로서 응석을 부리거나 하는 것은 사양하고 싶다.

요새는 그 모순된 거리감을 어렵게 느끼고 있었다.

잠시 후, 라이엘은 한 자루의 검을 들고 돌아왔다.

아니, 그것은 검이라고 하기에는 너무나도 가늘고, 휘어 있었다. 이른바 카타나라고 하는 도검의 일종이다.

"니콜. 이 검이라면 너라도 다룰 수 있겠지? 사실은 조금 더 나중에 넘겨주고 싶었지만, 뭐, 스트라이크 보어를 사냥할 수 있게 되었다면 문제없겠지."

"어?"

"항상 옷이나 목도리를 짜 주니까 말이지. 이것은 파파가 주는 선물이야."

손에 쥐어 보니 알 수 있다. 이것은 매우 잘 드는 칼이다.

그 만듦새는 일반적인 검보다도 훨씬 가볍고, 하지만 확실한 중량감이 있다. 슬며시 뽑아 보니, 얼룩 한 점 없는 칼날이 램프의 둔한 빛을 어지러이 반사했다.

"마법의 검 같은 것은 아니지만, 튼튼함은 보증된 녀석이지. 하지만 이 타입의 검은 손질을 게을리하면 금방 무뎌질 거야."

"고, 고마워."

"잘 들어라, 니콜. 네 신체적 적성은 아쉽지만 전방 포지션에 적합하지 않아. 가능하다면 그것을 휘두르는 것은 가장 마지막 수단으로 삼아 주었으면 해."

"응, 알았어."

그렇게는 말해도, 나는 그 충고를 들을 마음은 없다.

나는 어디까지나 마법검사를 꿈꾸고 있다. 이번에야말로 두려움을 받는 암살자가 아니라, 동경받는 용사가 되는 것이다. 그 의지만은 지금도 변하지 않았다.

그 뒤로 몇 가지 시험을 거치고, 마침내 우리가 라움으로 떠나는 날이 찾아왔다.

출발하는 날, 나는 마을 입구에서 모두와 작별 인사를 나누고 있었다.

마을에서 라움으로 시험을 보러 가는 사람은 나와 미셸, 두 사람뿐이다.

애초에 어지간한 엘리트가 아니면 그 학원에 시험을 볼 기회조차 받을 수 없다. 말하자면 선택받은 자를 위한 좁은 문이다.

마을 입구 부근에서 마차에 짐을 실으며, 나는 부모와 작별을 아쉬워하고 있었다. 그사이 피니아가 열심히 짐을 실어 넣고 있었다.

마리아와 라이엘 모두 여행에 익숙해서 짐은 최소한으로 줄여

주었다.

오히려 피니아가 이것도 저것도 다 필요하다며 짐을 늘렸을 정도다.

"그러면, 니콜…… 이별은 아쉽지만…… 정말로 아쉽지만…… 역시 가지 마라~!"

"여보, 그만해요."

눈물을 줄줄 흘리고 새삼스럽게 나를 붙잡으려고 하는 라이엘과 그 뒤통수에 가차 없이 손바닥을 날리는 마리아.

최근의 마리아는 어머니의 터프함이 드러나기 시작한 것처럼 느껴지는걸. 그리고 라이엘…… 너는 생전의 그 멋진 모습은 다 어디로 간 거야?

"니콜, 부디 몸에는 신경 써야 해. 멀미 포션은 챙겼니?"

"응, 괜찮아."

"몸이 약하니까, 정말로 조심해야 해. 무슨 일이 있으면 사양하지 말고 코르티나나 맥스웰에게 말해야 한다?"

"응."

내가 라움으로 갈 수 있는 이유. 그중 하나가 내 후견인을 맥스웰과 코르티나가 맡아 주었기 때문이다. 물론 피니아도 따라와 주지만, 어차피 일반인이다. 트러블이 발생하면 그 힘은 그다지 도움이 되지 않는다.

미셸의 부모도 동행하지만, 그들도 결국은 평범한 사냥꾼이다. 주로 권력자의 자제가 다니는 학원에서 벌어지는 문제를 해결하는 데는 도움이 되지 않을 것이다.

"괜찮아, 확실하게 아양을 떨어둘 테니까."

"두 사람의 부끄러운 과거는 기억하고 있어?"

"물론."

"어이, 마리아…… 대체 뭘 가르친 거야……."

다툼이 발생했을 때, 맥스웰과 코르티나가 강제적으로 협력하게 할 비장의 수단으로, 나는 마리아에게 두 사람의 부끄러운 과거를 확실하게 배웠다.

맥스웰의 과거는 조금 알지만…… 그렇구나. 코르티나도……하는 식으로 놀라는 일도 많았다.

오히려 가능하면 알고 싶지 않았다.

그런 대화를 곁에서 듣고, 라이엘은 식은땀을 흘리고 있었다. 생각지도 못한 아내의 알려지지 않은 음험함에 전율한 모양이다. 솔직히 나도 완전히 질겁했을 정도다.

"어, 어쨌든…… 니콜, 카타나는 챙겼지?"

"응, 이거라면 휘두를 수 있어."

"그러면 몸에서 떼어놓지 않아야 한다. 위험해지면── 주저하지 말고 적을 죽여라."

이것은 라이엘도 진지한 표정으로 충고했다.

이 마을은 라이엘과 마리아의 비호에 의해 치안이 상당히 안정적이라고 할 수 있다. 때때로 몬스터가 침입하는 일도 있지만, 큰 피해가 발생하기 전에 라이엘에 의해 소탕되었다.

하지만 마을 밖에서는 이야기가 다르다. 치안 조직에 중대한 손해를 입은 북부 3국은, 통합되어 한 나라가 되었다.

그것은 나라를 만들어야 할 인재가 나라 하나 정도밖에 없다는 것이기도 하다. 그와 관련해서 치안 조직의 영향력도 국내에 고루 미치지 못하고 있다.

끊임없이 습격하는 몬스터, 먹고살 길이 없어 도적으로 전락한 농민이나 용병. 그런 위협을 쫓아내려면 죽기 전에 상대를 죽일 각오가 필요해진다.

미쉘마저도 몬스터를 죽이기까지 몹시 망설였으니까.

그 망설임이 빈틈이 된다. 라이엘은 그렇게 충고한 것이다.

물론 나에게는 쓸모없는 충고다. 여섯 영웅 중에서 나는 두 번째로 성격이 무자비했다.

참고로 첫 번째는 코르티나다. 최악의 경우 아군마저 버릴 판단이 요구되는 군사를 맡은 만큼, 궁지에 처했을 때의 냉정함은 그녀를 능가하는 사람이 없었다.

마차 곁에는 미쉘과 그 부모가 짐을 다 싣고 기다리고 있었다.

내 짐은 피니아가 이미 전부 실은 뒤였다.

"그러면 피니아. 니콜을 부탁할게."

"맡겨주세요, 마리아 님. 목숨을 바쳐서라도 지키겠어요!"

"그 정도로 하라고는 말하지 않겠지만…… 니콜은 야무진 것 같으면서도 칠칠치 못하니까, 주로 생활 면에서 말이야."

"예, 반드시 어엿한 숙녀로 키워 드리겠어요!"

"아니, 그건 됐으니까."

나는 피니아의 뒤에서 나직이 중얼거렸다. 물론 본인에게는 들리지 않는다.

숙녀로 키워지는 것은, 아무리 그래도 사양하고 싶다. 그때는 은밀 기프트를 최대한 이용해 잽싸게 도망치자.

"나와 라이엘에게서 배운 걸 잊지 말고. 자신의 몸을 최우선으로 생각해야 해."

"예."

"피니아도 말이야."

"예, 저도, 말인가요?"

"너도 내 가족인걸? 그러니까 자신의 몸은 반드시 지켜야 해."

"하지만……."

그러자 피니아는 말을 어물거렸다. 피니아는 아직도 나──레이드를 죽게 했다는 망상에 사로잡혀 있다. 그렇기에 마리아는 그녀에게도 자기 자신을 지키라고 충고했다.

속죄의 의식에 떠밀려, 나를 지키기 위해 목숨을 버릴지도 모른다고 생각했으니까.

"알겠습니다. 마리아 님께서 그렇게 말씀하신다면."

당혹스러움을 남기면서도, 피니아는 그렇게 마리아에게 맹세했다. 그것을 보고 마리아는 그 어깨에 손을 올렸다.

"알겠어? 몇 번이나 말했지만, 레이드의 죽음은 네 탓이 아니야. 그것은 그 바보가 너무 멋을 부렸을 뿐이야."

"그렇지 않아요! 레이드 님은──."

"어흠."

마리아에게 멋 부린 놈 취급을 받은 나는, 뒤에서 몰래 헛기침을 했다. 하지만 여기서는 끼어들어도 될 장면이 아니다.

"그 바보는 너희를 지키기 위해…… 그리고 코르티나를 지키기 위해, 목숨을 버렸어. 그 판단을 내린 것은 레이드 본인. 거기에 네가 끼어들 여지는 없어."

"그래도, 저는……."

"레이드의 죽음은 본인 판단한 결과야. 그것을 부정하는 것은 그 판단에 대한 모독이기도 한 거야."

이 의견에는 나도 동의한다. 피니아가 자신을 탓할 이유는 없다. 어린 시절에 봤던 충격적인 죽음. 그것이 마음의 상처가 되어 자신을 탓하고 있을 뿐이다.

그 영향인지 다소 미화된 느낌이 들기도 한데…… 아무튼, 자기 자신을 탓하는 것은 잘못이라고 알려주어야만 한다.

"이번 여행에서, 너도 자신을 용서할 수 있게 노력하렴."

"그러기 위해서 저를…… 고용하셨던 건가요?"

"그런 이유도 있어. 하지만 가장 큰 이유는, 네가 가장 진지하게 니콜을 생각해 주었기 때문이야. 설령 레이드에 대한 속죄 의식이 있다고 하더라도 말이지."

그렇게 말하고 피니아를 상냥하게 껴안았다. 눈물을 흘리며 그 포옹에 응하고, 우리는 여행을 떠난 것이었다.

마차의 진동을 느끼면서, 우리는 라움으로 가는 여행길을 서둘렀다.

여행길은 순조로워서, 걱정했던 적의 습격도 없이…… 없이…… 우읍.

"피니아, 멀미나."

"또예요, 니콜 님?!"

오늘 두 번째의 마차 멀미 선언에 피니아가 경악하는 표정을 지었다. 마차 여행 자체는 순조로웠지만, 내 몸 상태는 순조롭지 않았다. 이 상황을 상정하고 멀미 포션을 먼저 준 마리아의 혜안이 놀라웠다.

하지만 그것도 내 허약 체질 앞에서는 무모한 도전에 지나지 않았던 모양이다. 전혀 효과가 없다. 이런 일이 계속되자, 절친인 미쉘도 내 추태에 질린 듯한 웃음을 띠고 있었다.

그렇다고는 해도 내 몸 상태에 맞춰서 마차를 멈추면, 여행 일정에 차질이 생긴다. 거기서 피니아는 품에서 항상 몸에 지니고 있는 포푸리를 꺼내고, 나를 무릎에 눕혀 주었다.

마차라고 해도 좌석이 있는 여객마차가 아니라, 짐칸에 비바람을 가릴 막을 덮은, 짐칸에 직접 앉는 짐마차다. 승차감은 최악에 가깝지만, 이럴 때 누워서 몸을 뻗을 수 있는 것은 이점이라고 할 수 있다.

피니아가 부드러운 무릎 위에 내 머리를 올리고 코끝으로 산뜻한 향기를 풍기는 포푸리를 가져와서 그 향기에 빠져든다. 피니아의 포푸리에는 라벤더 말고도 민트 잎과 같은 허브도 사용해서 상쾌한 느낌의 향기가 난다. 그 상쾌한 향기가, 피폐한 세반고리관을 치유해 주는 것이다.

"흐으으읍."

"쿡, 니콜 님도 참, 마치 새끼 고양이 같으시네요."

"응, 니콜, 고양이 같아~."

"애도 참!"

피니아와 함께 내 추태를 보고 웃는 미쉘에게 그 어머니가 당황한 기색으로 혼냈다. 나는 이래 뵈도 영웅의 딸이라서 어설픈 귀족보다도 경외를 받고 있었다. 어머니도 마리아와 라이엘의 노여움을 사지 않을까 전전긍긍하고 있을 것이다.

라움에서의 생활도 지원해 주고 있으니, 미쉘의 허물없는 태도가 걱정되는 것이다.

"괜찮아, 딱히. 내 몸이 약한 건 사실——인걸."

아직도 나는 여자 말투라는 것이 어색했다.

라움으로 가는 이 마차에는 우리와 미쉘의 가족 말고도 상인 등의 사람이 몇 명 탔다. 상인이 마을에서 번 돈을 가지고 라움 시내로 돌아가기 위해서다. 큰돈을 지참하기 때문에 호위로 세 명의 모험가가 붙어 있다.

그런 그들도 나라는 동행자가 있다는 사실에 조금 긴장하고 있는 기색이었다.

"그렇지, 모험가 오빠. 뭔가 이야기를 해 줘."

"니콜 님…… 그것은……."

그들도 호위 임무 중이다. 어린아이의 요구를 들을 필요는 없고, 그럴 틈도 없을 것이다. 쉴 틈 없이 주위를 경계한다는 것은 필요 이상으로 정신을 소모한다. 나도 모험가 시절에는 지겹게 경험했었다.

"괜찮아, 주위에는 몬스터 같은 건 없으니까."

"어, 그걸 알 수 있나요?"

"어렴풋이."

이것은 생전의 스킬에 의한 감지 능력이지만, 신체 능력과는 상관없는 영역인지라, 지금의 나도 이전과 차이 없는 감지 능력을 지니고 있다. 그 감지 범위에 적의 존재는 걸리지 않았다.

그들도 마차와 함께 행군하고 있으니까, 그런 식으로 휴식을 취할 필요도 있을 것이다.

교대로 경계하면 좋을 텐데, 전원이 경계하고 있었다. 이렇게 긴장하고 있으면, 언젠가는 마모되어 실수를 저지를 수도 있다.

"그것은…… 정말인가요?"

"확실히 저희의 경계 범위에는 적은 없는 모양이지만……."

내 말에 피니아가 모험가 중 한 명에게 물어봤더니, 마찬가지의 답이 돌아왔다. 당연하다, 이런 신출내기에게 뒤처질 내가 아니다.

"그렇지? 나는 귀가 꽤 좋으니까."

"뭐, 정 그렇다면── 이야기를 드려도 될까요?"

그리하여 모험가들은 우리에게 지금까지의 모험 이야기를 해주게 되었다.

그것은 작은 마을에서는 경험할 수 없을 모험담이다. 모두가 그것에 흥미를 보이며 귀를 기울이고 있다. 하지만 나는 제외다. 내 입장에서 보면, 그들의 모험담은 구멍투성이의 날림 모험의 결과로밖에 들리지 않았다.

그래도 여행의 무료함을 달래는 정도로는 재미있다. 아무것도 말하지 않고 말없이 앉아 있기만 하는 것도, 은근히 피로가 쌓이는 행위인 것이다.

"그때 갑자기 뒤에서 트롤이 뛰쳐나와서——."

"오오?!"

"하지만 거기, 트롤이 나올 공간이 없지 않았어?"

트롤은 신장이 5미터에 달하는 거인의 일종이다. 이들이 바로 전에 한 이야기로는 천장이 3미터 정도밖에 안 된다고 했었다.

"으극…… 그, 그것은……."

"진짜, 이야기를 부풀리니까 그렇지……거기서 나왔던 건 고블린이었어."

모험가 세 명은 남자 둘에 여자 한 명. 그 여자 모험가가 남자의 모순을 해설해 주었다.

뭐, 일반인 상대로 이야기를 부풀리고 싶은 마음도 이해가 가지 않는 것은 아니지만, 이쪽도 시간을 보내기 위해 듣고 있는 것이니까 딴죽을 거는 정도는 용서해 주길 바란다. 게다가 내가 그렇게 딴죽을 걸어주면 다른 승객들도 목소리를 내고 웃는다. 어떤 의미로 친목이 깊어지고 있다고 할 수 있다.

과거의 경험에서 실력이 지나치게 좋은 숙련자는, 그것만으로도 두려움을 받는 경향이 있다. 이렇게 살짝 얼빠진 모험가를 연출해 줌으로써 일반인이 친근함을 느낄 수 있는 것이다.

마리아 등이 은퇴한 뒤의 우리는 그러지 못했다. 승객들과 웃음을 주고받는 모험가를 보고 그런 기억을 떠올리며, 여행은 계속되었다.

여행을 떠나고 처음 이틀은 아무 일도 없이 순조롭게 진행되었다. 문제가 있었다고 한다면 내 마차 멀미 정도였다.

하지만 그날은 상황이 달랐다.

승객과 호위인 모험가들이 친목을 다지기도 하면서, 긴장도 풀리기 시작한 시기. 어떤 의미로 가장 방심하기 쉬운 기간이었다.

숲속의 가도를 마차가 달리고 있을 때, 내 감각 끝에 무언가가 걸렸다. 하지만 적의를 느꼈다는 정도는 아니라, 위화감만이 존재하고 있다.

"응?"

"왜 그러신가요, 니콜 님?"

"응~?"

이런 경험은 과거에 몇 번인가 있었다. 그럴 때는 틀림없다고 해도 좋을 정도로, 의지를 지니지 않는 적이 존재했었다.

"뭔가 있을지도. 경계하는 편이 좋아."

"뭔가…… 무슨 뜻이죠?"

"아마도 인공 생명일 거야. 적의가 없는 적."

내 말을 듣고, 피니아는 곧바로 모험가에게 그것을 전달하러 갔다. 눈치가 빨라 정말 좋았다.

적의가 없는 적이라는 것은 기묘하게 들릴지도 모르지만, 실제로 존재한다.

　가고일이나 블롭, 골렘 같은 마법 생명체. 그리고 식물계 몬스터. 이런 적은 적의를 띠지 않고 본능이나 명령에 따라 반사적으로 공격하기 때문에 의태하고 있으면 감지하는 것이 어렵다.

　그것을 간파하는 것도 척후의 일이라고 할 수 있다.

　"적이 있다니, 진짜인가?"

　피니아의 보고를 듣고 모험가 중 한 명이 이쪽으로 다가왔다. 그 눈에는 의혹과 그리고 간절한 표정을 짓고 있다.

　의태 몬스터는 함정에 걸렸을 때 죽을 확률이 대단히 높다. 감지할 수 없다는 것은, 이미 선수를 빼앗겼다고 해도 좋다.

　그렇기에 위기감을 갖고, 이쪽으로 확인하러 온 것이다.

　"응. 앞쪽에 쪼끔. 그리고 숲속에도."

　나는 어린아이 같은 말투를 의식하고 쓰는 것은 아니지만, 혀가 제대로 돌아가지 않아서 어린아이 같은 말투가 되고 만다. 게다가 목소리 톤이 높고 맑고 고운 소리를 내니까 박력이고 뭐고 없다.

　하지만 내 말을 듣고 모험가는 여자 모험가에게 눈짓을 했다. 그것을 본 그녀는 곧바로 마차 앞쪽으로 뛰어나갔다.

　"숲속은 이쪽에서 발을 들이지 않으면 괜찮겠지. 문제는 앞에서 대기하고 있을 녀석이군."

　원래라면 어린아이의 헛소리라고 무시당해도 이상하지 않을 보고다. 하지만 최근 이틀 사이에 내가 그런 거짓말을 하는 아이가 아니라고 충분히 인지하고 있다.

그렇기에 모험가는 진지하게 대응해 주는 것이다. 마차가 이동을 멈추고 잠시 후, 전방으로 정찰을 나갔던 모험가가 돌아왔다.

"어땠어?"

"확실히 있었어. 블롭이 두 마리, 가도 옆의 수풀 그늘에."

"놀랍군. 이렇게나 거리가 멀리 떨어졌는데도 감지할 수 있는 것인가……."

"에헴."

어린아이처럼 가슴을 펴 봤지만, 실제로 칭찬받는다는 행위는 언제라도 기분이 좋다. 살짝 콧대가 높아져도 어쩔 수 없을 것이다.

"블롭은 움직임이 둔해. 기습만 당하지 않으면 별다른 강적이 아니야. 여기는 우리가 먼저 가서 제거하고 올 테니까, 대기하고 있어 줘."

"정말로 괜찮겠나."

불안해하는 상인에게, 남자 모험가는 가볍게 검의 자루를 두드리고 안심시키듯이 웃으며 답했다.

"그래. 정면에서 싸운다면 무서운 적이 아니야."

"무기는 녹지만 말이야."

"윽, 예비로 가져온 술이 있잖아."

블롭은 강력한 부식 공격을 한다는 특징이 있다. 이는 부식성 독극물을 다량으로 머금은 몸의 일부를 사출하는 공격이라서, 공격을 받은 갑옷도 블롭의 몸에 닿은 무기도 부식독에 침식되고 마는 것이다.

내버려 두면 몇 시간 내에 부식해서 사용할 수 없게 된다. 그 점이 블롭의 음흉한 부분이다.

이것을 막으려면 알코올 종류로 살균 소독을 해야만 한다. 모험가가 술을 들고 다니는 것은 나름의 이유가 있다.

"그리고 맷집이 강한 적이기도 해. 그러니까 시간이 걸릴지도 모르지만, 상황을 보러 오거나 하지 말라고."

"우리가 두 시간이 지나도 돌아오지 않으면 그대로 돌아가 줘."

"그, 그래."

"괜찮아. 어디까지 만일의 경우니까."

걱정스러운 눈치인 상인에게 그렇게 말을 걸고, 모험가들이 뛰어나갔다. 그 등을 지켜보면서 미쉘이 나직이 중얼거렸다.

"괜찮으려나~? 이야기를 들어본 걸로는, 상당히 덤벙이처럼 들렸는데."

"괜찮아. 그런 경험도 해 왔다고 이야기했으니까. 터프한 적이니까 시간은 걸리겠지만."

내 경험으로 봐도, 그들의 역량은 블롭 따위에 질 수준이 아니다. 하지만 그때 나는 새로운 기척을 느꼈다.

"앗."

"왜 그러신가요."

"뒤에서 엄청난 스피드로 뭔가가 와. 적의가 있어."

"적이라고?!"

아마도 이 마차를 노리는 야생동물일 것이다. 내 감지범위 밖에서 쳐들어오다니, 어지간히 넓은 색적 범위를 가진 적이다.

내 말을 듣고 웅성거리는 어른들.

아이들을 지키기 위해 활을 드는 프랑코 씨. 피니아도 단검을 들고 마차에서 내렸다.

"나, 나도……!"

"미셸은 마차에서 내리지 마. 거기에서 사격해."

"그, 그래도 돼?"

"응."

짤막하게 지시하고, 나도 마차에서 뛰어내려 카타나를 뽑았다. 적의 모습은 아직 보이지 않는다……. 아니──.

"벌처(황포매)!"

나타난 것은 몸집이 큰 독수리 같은 몬스터다. 그것이 세 마리.

내 감지 범위에 걸리지 않았던 것은 당연하다. 아득한 상공에서 이 마차를 노리고 있었기 때문이다.

장애물이 많은 숲 상공을 피해서, 가도를 따르듯이 비상해 덮쳐 든다.

"요격해!"

내 목소리에 반응해서 미셸 부녀가 화살을 쐈다.

하지만 상공에서 공격하는 벌처에게는 잘 맞지 않는다. 위로 사격하는 것은 난이도가 갑자기 훌쩍 올라가기 때문이다. 하물며 벌처는 몬스터로 분류되는 대형 짐승. 그 기동성도 들새와 비교가 되지 않는다.

순식간에 다가오는 세 마리를, 나와 피니아가 막아선다.

"꺄아아아아악!"

괴성을 지르며 발톱으로 낚아채려는 벌처. 나는 그것에 맞추듯이 카타나를 치켜들었다.

카타나라는 무기는 일반적인 검과 비교해서 훨씬 칼몸이 얇다. 날카로움을 집중적으로 강화하도록 단련된 칼몸은 그 살상력에 비해 대단히 가벼웠다.

내 근력으로 충분히 휘두를 수 있는 무게인 셈이다.

엇갈릴 때 매끄럽게 날개를 잘라낼…… 작정이었지만, 헛손질을 한다. 내가 검을 휘두르는 속도로는 따라잡을 수가 없다.

"젠장!"

"니콜 님, 물러나세요!"

"그럴 수도 없어!"

나는 피니아에게 그렇게 답하고, 이어서 습격하는 벌처에 대비했다.

접근전도 상정하고 단련하고 있는 나라면 모를까, 뒤에서 대기하는 미셸은 근거리 전투 능력을 연마하지 않았다. 하물며 프랑코 씨에 이르러서는, 전투의 지식조차 없다. 여기서 내가 앞장서서 벌처의 주의를 끌지 않으면, 두 사람에게 공격이 집중되고 만다.

피니아도 호신술 정도의 지식밖에 없기 때문에, 벌처 세 마리는 상대하기 버겁다. 다행이라고 할지, 벌처는 직선적인 공격밖에 하지 않는다. 준비하고 기다리고 있으면 공격을 맞추는 것도 가능할 것이다.

다시금 나를 목표로 잡고 급강하하는 벌처. 나는 그 직선상에서 검을 들고 진로를 가로막는다. 카타나의 칼등에 손을 올리고, 모든 체중을 앞으로 실었다.

날을 세운 칼몸으로 일직선으로 돌진하는 벌처와 그 정면에 선 나.

아슬아슬하게 발톱을 피하며, 일부러 날카로움을 버리고 체중만으로 벌처를 밀어붙인다. 엇갈려 지나친 뒤, 배를 베인 벌처는 천천히 땅에 떨어졌다.

이것으로 한 마리. 하지만 아직 두 마리가 더 있다.

그러나 조금 전 같은 수단은 더 통하지 않을 것이다. 새대가리라고는 해도 직전의 공격 정도는 기억하겠지. 그렇다면 다른 공격 수단으로 덧씌우면 된다.

"주홍 하나, 군청 하나, 황금 하나. 강철 같은 강인함을 깃들게 하라!"

내 술식에 의해 품에 있던 털실이 강화된다.

조금 전에도 경험했지만, 내 민첩함으로는 벌처는 따라잡을 수 없다. 그리고 모든 체중을 싣고서야 간신히 가를 수 있었던 것을 보면, 공격이 맞아도 치명상이 되리라고는 생각되지 않는다.

그렇기에 다음 수를 미리 준비해 둘 필요가 있었다.

"주홍 하나, 군청 하나, 비취 둘, 황금 셋. 화살을 날릴 시위에 힘을 부여하라."

이어서 미셸의 활에 힘을 부여한다. 비취는 거리를 나타낸다. 거리가 떨어져 있던 만큼, 지나치게 마력을 빼앗겼다. 군청 둘을 쓸 수 있다면, 앞의 마법으로 동시에 부여할 수 있었는데. 이럴 때

동시에 마법을 걸 수 없는 미숙함이 원망스럽다.

내 마법의 움직임에 촉발된 것인지, 벌처가 일제히 움직이기 시작했다. 한 마리는 나에게, 다른 한 마리는 피니아에게.

순간적으로 나는 웃옷을 벗어 왼팔에 감았다. 이것을 쿠션으로 삼아, 벌처의 발톱을 받아냈다.

물론 벌처의 발톱을 아동복 정도로 막아낼 수 있을 리가 없다. 간단히 웃옷을 뚫고, 내 팔에 상처를 입혔다.

"크윽!"

격통에 이를 악물고, 무기만은 손에서 놓치는 것을 막았다. 어렸을 때라면 모를까…… 전장에서 무기를 놓치는 것은 초보나 할 일이다.

하지만 문제는 그것만이 아니다. 파고든 발톱이 웃옷에 걸려 풀리지 않게 되고 만 것이다.

나는 안 그래도 가벼운 체중이라, 벌처는 나와 함께 하늘 높이 날아오르려 한다.

하지만 여기까지는 나도 계산했다.

벌처의 목적은 먹이 확보다. 그렇다면 가장 체중이 가벼운 나는 딱 좋은 먹잇감일 것이다. 이렇게 낚아채는 것도 예상할 수 있다.

"니콜 님?!"

공중으로 떠오른 나를 보고, 피니아가 당황한 듯이 소리를 질렀다.

곧바로 나를 붙잡고자 이쪽으로 달려오려 하지만, 그 전에 다른 벌처가 공격해 어쩔 수 없이 발을 멈췄다.

하지만 그것으로 됐다. 피니아가 이쪽으로 오게 되면 계산이 어긋난다.

기세 좋게 고도를 올리려 하는 벌처. 그러나 그 상승이 갑자기 정지했다.

한 개의 실이, 나와 마차를 묶어두고 있었다. 조금 전 강화한 털실이다. 이것을 마차에 묶어 몸을 연결해둔 것이다.

벌처는 무슨 일이 벌어진 것인지 이해하지 못하고, 한순간 움직임을 멈췄다.

그 틈을 이용해 날갯죽지에 칼날을 찔러 넣었다. 하지만 한 손인 데다 다리에 힘을 줄 수 없는 자세로는 효과적인 대미지를 줄 수가 없다.

그러나 그것이면 됐다. 내 공격은 어차피 덤이다.

그 한순간의 빈틈을 노리고, 미쉘의 화살이 벌처의 두개골을 꿰뚫었기 때문이다.

인챈트를 받아서 위력이 상승한 화살이 손쉽게 벌처의 머리를 관통했다.

즉, 나는 그대로 벌처와 함께 지상으로 떨어진다는 뜻이다.

아직 고도가 몇 미터밖에 되지 않는다고는 해도, 내 몸으로는 낙하의 충격에 견딜 수 있을지 어떨지 알 수 없다.

거기서 조금 전 찔러둔 채로 있는 카타나를 잡아당겨, 벌처를 끌어당겼다. 그리고 그 시체에 매달려서 쿠션으로 이용한다.

조금 전의 공격도 무의미하지 않았던 것이다.

"크헉."

바닥에 내동댕이쳐진 충격으로 저도 모르게 숨이 흘러나왔다. 몸──특히 오른팔이 아프지만, 그래도 움직이지 못할 정도는 아니다. 벌처의 몸이 낙하의 충격을 대부분 받아주었기 때문이다.

이렇게 낙하의 충격을 줄이고, 지상으로 생환한 것이다. 하지만 긴장은 풀 수 없다. 마지막 한 마리가…… 피니아의 싸움이 아직 남아 있다.

보니까 피니아 쪽도 단검을 쓰는 철저히 방어 위주의 움직임으로 벌처를 유도해 붙잡아 두고 있다.

거기로 미쉘의 아버지가 활을 쏘아, 착실하게 대미지를 주고 있었다. 저 상태라면 내가 난입할 필요도 없구나.

오히려 내가 개입하는 것으로 상황이 변해서 악화할 가능성도 있다.

피니아도 영웅의 곁에서 고용인으로 일할 수 있을 정도의 인재다. 전문 교육을 받은 나나 미쉘 정도는 아니지만, 나름의 전투 지식은 있었다.

결국 마지막 벌처도 그 자리로 날아간 미쉘의 일격으로 머리를 관통당해 숨이 끊겼다.

"니콜 님, 괜찮으신가요?!"

"응, 괜찮아."

"그럴 리가 없잖아요! 팔을 보여주세요, 어서!"

벌처가 정리된 직후, 엄청나게 무서운 얼굴로 다가와 상처를 보는 피니아. 그 눈에는 분노와 눈물이 맺혀 있었다.

"아아, 이렇게나 상처가…… 니콜 님의 피부에……."

목매어 눈물을 흘리면서도, 상비하고 있는 약초를 내 팔에 바르고 붕대를 감아 간다.

피니아는 엘프의 습성인지 약초의 관한 지식이 해박하다. 원래부터 상처도 깊지 않았고, 이 정도라면 흉터도 남지 않고 치료될 것이다.

"그런 짓을 하다니, 저는 어떡하면 좋을지 몰라서…… 훌쩍."

"아니, 괜찮았으니까."

"다시는 절대로! 그런 위험한 방식으로 싸우지 마세요! 아니면 울어버릴 거예요!"

"아으, 그건 곤란해."

우는 건지 화내는 건지 알 수 없는 피니아를 보고, 나는 그 앞에서 걱정을 끼치는 행동을 취하지 않도록 자중하자고 마음을 고쳐먹었다.

내가 피니아에게 치료받는 중에 모험가들이 돌아왔다.

그때 이리저리 널브러진 벌처의 시체를 보고, 경악하는 표정을 지었다.

"무슨 일이 있었지?!"

"아아, 레온 씨! 큰일이었어요, 당신들이 블롭을 퇴치하러 간 직후에 벌처가!"

"뭐라고!"

더욱 놀라 소리치지만, 그 벌처가 이미 토벌된 것을 알고 마침내 의문을 드러냈다.

"누가 해치웠지?"

"그것보다 치료가 우선이잖아! 니콜이라고 했던가, 괜찮아?"

"응."

레온이라고 불린 모험가는 이 집단 중에서 리더 격인 모양이지만, 그것을 제지하고 여자 모험가가 내 곁으로 달려왔다.

그사이에도 상인이 조금 전의 전투를 흥분한 기색으로 이야기하고 있었다.

"테무르 씨, 좀 진정해요. 엘렌, 아이의 상태는 어때?"

테무르라는 상인을 일단 진정시키고, 엘렌이라고 불린 여자 모험가에게 내 용태를 물었다. 그녀는 내 상처 자국과 피니아의 응급처치 상태를 보고 살짝 고개를 끄덕였다.

"응, 상처는 깊지 않아. 응급처치도 완벽해. 이거라면 상처도 남지 않을 거야."

"그럼 다행이야. 니콜, 네가 격퇴해 준 것이냐?"

"아니야. 모두가."

확실히 나는 전면에 나서서 싸웠지만, 그것은 피니아도 마찬가지다. 거기에 두 마리를 쓰러트린 것은 미쉘이었다.

힘이 없는 몸으로 다시 태어난 나 혼자의 힘으로는 절대로 쓰러트릴 수 없을 것이다.

"내가 해치운 건 한 마리인걸."

"오히려, 그 나이에 한 마리를 쓰러트린 것도 대단해."

벌처 자체는 강한 몬스터가 아니다. 신출내기 모험가가 고기와 깃털을 노리고 사냥하는 일도 적지 않다. 하지만 그것은 육체적으로 건장한 모험가일 때나 그렇다는 이야기다.

나처럼 몸이 완성되지 않은 어린아이가 해치운 것은 엄청난 쾌거라고 할 수 있다.

"너 같은 어린아이가…… 대체 어떻게 해치웠는지, 우리에게 설명해 주지 않겠느냐?"

"음~ 그건 미쉘에게. 나는 지쳤, 어……."

"그래요! 니콜 님은 다치셨으니까, 안정을 취해야 해요."

"아, 그런가. 미안하군, 배려가 부족했구나."

피니아가 몹시 깐깐하게 말했지만, 나로서는 솔직히 고마웠다.

제일 처음에 벌처를 쓰러트렸을 때 카타나를 억지로 받치고 밀어 베었기 때문에, 오른쪽 손목이 지끈지끈 아팠다. 거기에 두 번째 적에게 매달렸을 때 마차에 묶어놓기 위해 썼던 털실도 오른손으로 붙잡고 있었다.

지금 내 오른손은 지나친 부하가 걸린 영향으로 망가지기 직전이었다. 떨어졌을 때 받은 전신의 충격도 무시하기 힘들다.

"니콜 님, 이쪽으로 오세요."

피니아가 마차의 포장 안에, 칸막이를 세워 나를 위한 공간을 만들어 주었다.

거기로 나와 엘렌이 함께 들어가, 옷을 벗고 온몸을 빠짐없이 진찰받았다.

이 마차는 비바람을 막기 위해 포장할 수 있고, 일부를 분단하는 칸막이를 세워 사람들의 시선을 가릴 수가 있다.

남녀가 함께 여행한다면 이런 장치가 필수일 것이다.

"우와, 오른손이 엉망이잖아. 뭘 한 거야……."

"살짝, 벌처를 마차에 묶어두었어. 그리고 돌격도 받아냈어."

"말도 안 되는 짓이야……. 눈을 뗀 우리가 할 말은 아니지만…… 미안해."

"괜찮아. 어차피 블롭도 해치워야 했으니까. 게다가 벌처도, 언니들이 있었다면 습격하지 않았을 거니까."

"눈을 떼지 않았으면 안전했다는 소리잖아. 블롭이 있는 곳까지 함께 가면 좋았을 뻔했어."

"그건 결과론이야."

전장에 초심자를 동행시키면 무슨 일이 벌어질지 알 수 없다.

그때 레온이 우리를 두고 앞서 나간 판단은 틀린 것이 아니다. 굳이 말하자면 한 명을 남겨두고 갔어야 했을지 모른다는 정도의 문제다.

"아아, 니콜 님의 몸이 멍투성이가……. 죄송해요, 제가 힘이 부족한 탓에."

"피니아는 충분히 잘해 주었어. 덕분에 나도 살았으니까 사과하면 안 돼."

피니아가 한 마리를 맡아 주었기에 나는 두 마리만 상대할 수 있었다. 나머지 한 마리가 이쪽으로 왔다면, 전선을 유지할 수 없을 뻔했다.

애초에 피니아는 호신술 정도의 지식밖에 없는데도 벌처와 싸웠으니까, 오히려 칭찬을 받아야 한다.

"피니아가 한 마리를 맡아 주었으니까, 나는 싸울 수 있었어. 고마워."

"그, 그런 말씀 마세요……."

몹시 감동한 기색으로 눈을 촉촉이 적시는 피니아. 그 큰 귀가 휘어지듯이 처진 것을 보고 있으면 조금 재미있다. 나는 저도 모르게 아래로 늘어진 그 귀를 만졌다. 습포를 붙이고, 붕대가 칭칭 감긴 왼팔로.

피니아는 그런 내 손을 꼭 쥐고, 갑자기 터무니없는 소리를 입에 담았다.

"결심했어요! 저도 싸우는 기술을 익히겠어요!"

"뭐어?!"

느닷없이 튀어나온 피니아의 선언에, 나는 저도 모르게 얼빠진 목소리를 내고 말았다.

그야 피니아는 전투 지식이 조금이나마 있다. 그것은 나라는 중요인물을 지키기 위한 최소한의 수준에 지나지 않는다. 본격적으로 싸우는 기술은 보유하지 않았다.

"저는 라이엘 님과 마리아 님을 모시기 위해 가정부로서 공부한 것밖에 없어요. 그분들을 모시는데 전투 능력은 필요 없다고 생각했으니까요. 어중간한 기량을 몸에 익혀도 방해만 될 테고 말이죠."

그것은 그렇다. 나나 라이엘 같은 레벨에서 전투를 수행하겠다는 것은 그야말로 세계를 구할 강자가 되겠다는 뜻이다. 피니아에게 거기까지 요구하는 것은 너무 가혹했다.

"하지만 니콜 님의 방해가 되지 않는 정도라면, 저도 할 수 있을 거예요!"

"그거, 내가 약하다고 말하는 거야?"

"아, 아니요, 절대로 그런 일은……."

뭐, 확실히 지금의 나는 빈약하기 그지없다.

다소 본격적인 검술을 배웠고 과거의 경험이 있어서 신출내기보다는 싸울 수 있다는 정도다.

"하지만 앞으로 있을 일을 생각하면, 강해지는 것도 나쁘지 않겠네."

"그렇죠?!"

라움에는 라이엘도 마리아도 없다. 대신에 맥스웰과 코르티나가 있지만, 문제는 두 사람 다 후방 포지션이라는 것이다.

수인인 코르티나는 종족적으로 신체 능력은 뛰어나지만, 그래도 본직과는 거리가 멀다.

늙은 엘프인 맥스웰에 이르러서는, 일반인조차 이길 수 있을지 어떨지 의심스럽다. 아니, 엘프라면 20년 정도는 오차 범위인가?

"그럼 내가 레온에게 말해 볼게! 아쉽게도 나는 검술 지식이 없어서 가르쳐 줄 수가 없으니까."

"에~."

내가 불만스러운 표정을 짓자, 엘렌은 볼을 살짝 부풀렸다.

"레온은 검술 기프트가 없지만, 그런 만큼 충분히 고생해 왔어.

그 경험은 무시할 수 없을 텐데?"

"으으, 그것도 그런가."

생각해 보면, 나나 라이엘의 경험은 차원이 너무 달라서, 일반인인 피니아가 참고할 수가 없다.

오히려 기프트를 보유한 스승은 지나치게 단계를 건너뛰어 성장한 탓에 남에게 가르치는 것에는 적합하지 않은 인간이 많다. 나도 한때 코르티나가 은밀의 기술을 가르쳐달라고 요청한 적이 있었지만, 제대로 가르칠 수가 없었다.

"그러면 피니아에게 기초를 가르쳐 주겠어?"

"니콜은 필요 없어?"

"나는 라──파파에게 배웠으니까."

"파파……? 아하, 라이엘 님! 부러운걸, 영웅에게 가르침을 받다니."

"그것만은 이점이야."

못마땅하지만, 라이엘은 전투 계통의 기프트 보유자치고는 남에게 가르치는 것이 능숙했다.

그것은 녀석이 끈기 있게 가르치는 데 적합한……기본적으로 온화한 성격이기 때문일지도 모른다.

나에게는 그런 끈기가 없었다. 그렇기에 전생에서는 검을 버리고 강사술로 갔다고도 말할 수 있다.

"그리고 지금의 나는 휴식이 필요하니까."

오른손이 이래서는 검을 한동안 휘두를 수 있을 것 같지가 않다. 한동안은 휴식으로 시간을 날려야만 할 것이다.

뭐, 무턱대고 단련해서 좋을 일은 별로 없다. 그것은 전생부터 이번 생에 걸친 경험으로 지겹도록 체험했다.

쉴 때는 쉰다. 이것이 능숙해지는 요령이다.

"아, 그랬었지. 흠…… 특히 심한 건 왼팔보다 오른쪽 손목이네. 그것 말고는 대체로 타박상 정도고, 골절은 없고."

"제 소견도 그래요."

"그럼 틀림없겠네. 위험한 상처는 없으니까, 휴식을 취하면 금방 나을 거야. 오른손은 고정해 둘게."

"부탁해."

피니아가 내 오른쪽 손목에 습포를 붙이고, 엘렌이 부목을 사용해 내 오른손을 고정하기 시작한다. 그렇게 해서 팔을 고정해 주니 아픔이 천천히 가시는 것이 느껴졌다.

"후아아아아."

시원한 습포의 감촉이 기분 좋아서, 저도 모르게 늘어지는 소리가 흘러나왔다.

그것을 듣고, 피니아가 쿡쿡 웃음소리를 냈다.

"쿡…… 니콜 님은 기분이 좋을 때면 고양이 같은 소리를 내시니까 금방 알 수 있어요."

"음……?"

옛날부터 암살자치고는 표정에 쉽게 드러난다는 소리를 들은 적이 있다.

일할 때는 완전히 감정이 마비된 것처럼 냉정해지는데…….

"자, 니콜 님. 모포를 깔아 두었으니까, 여기서 쉬세요."

"예~."

피니아가 만든 침상에 드러눕는 나.

엘렌과 피니아는 벌처의 뒤처리가 있어서 마차에서 나갔다.

벌처는 깃털도 고기도 팔 수 있는데, 그것을 벗겨내려면 나름 수고가 들기 때문이다.

그날 저녁 식사부터, 내 시련은 시작되었다.

오른손이 단단히 고정되어서 식사하기 쉽지 않기 때문이다. 이것을 보고 피니아와 미쉘이 나에게 '앙~.' 을 해서 정말 질겁하고 말았다.

게다가 분위기를 타고 엘렌까지 편승해 버려서 사태는 더욱 복잡해졌다.

"자, 입을 벌려 주세요. 니콜 님."

"앙~해, 니콜."

"아, 나도 나도! 자 니콜, 입 벌려~."

"으극! 우읍?!"

말린 채소를 끓인 수프를 쉴 새 없이 입으로 밀어 넣는 바람에, 나는 몸부림쳤다.

특히 미쉘의 수프는 식히지 않아서, 혀가 뜨거운 것에 민감한 체질인 나에게는 고문에 가까웠다.

"이, 이제 배불러."

"에~ 아직 전혀 먹지 않았잖아!"

"아니에요, 미쉘 양. 니콜 님은 대단히 소식하셔서…… 오늘은 잘 드신 편인데요?"

피니아가 옹호하자 미쉘과 엘렌 씨가 의외라는 듯한 표정을 지었다.

"그런 거야?"

"어린아이치고도 너무 안 먹는 거 아냐?"

"아니요, 이것도 상당히 괜찮아진 편이에요. 갓난아기였을 시절에는 마리아 님의 젖조차 빨지 않았을 정도라, 저도 걱정했으니까요."

"그건 위험하잖아!"

피니아의 보고에 엘렌 씨는 눈을 크게 떴다. 갓난아기가 어머니의 젖을 빨지 않는다는 것은, 그 정도로 위험한 상황인 것이다.

소젖을 대신 먹게 될 때까지, 마리아는 걱정 때문에 제정신이 아니었을 것이다. 덤으로 라이엘도. 그 점에 관해서는 나도 마리아와 라이엘에게는 머리를 들 수가 없다. 내 고집으로 걱정을 끼친 것이니까.

"소젖이라면 먹어 주었으니까 무사히 끝났지만, 정말로 간담이 서늘했어요."

"그거라면 몸도 크지 않는 게 당연해……."

"니콜은 귀여우니까 괜찮아!"

옆에서 미쉘이 나를 꼬~옥 껴안았다. 그 애정 표현은 싫지 않지만, 오른쪽 손목이 사이에 껴서 너무 아프다.

"아야야야?!"

"미쉘 양. 오른팔, 사이에 끼었는데요?"

"아, 미안해!"

피니아에게 지적받고, 미쉘은 후다닥 떨어졌다. 순간적으로 사죄의 말이 나오는 부분에서 솔직한 성격을 엿볼 수 있다.

다소 불편한 상황이기는 했지만, 그런 서포트도 있어서 생활하는 데 힘들지는 않았다.

아무리 그래도 화장실은 약간의 고통을 참고 내 힘으로 처리했지만, 그것 말고는 반드시 피니아와 미쉘이 도와주었다.

그리하여 오른손의 아픔이 가시고, 왼팔의 상처가 완치했을 무렵——숲과 엘프의 나라 라움에 도착했다.

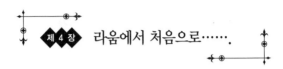

제 4 장 라움에서 처음으로⋯⋯.

라움의 수도에 가까워지면서 그 위용이 점차 눈에 들어왔다.

이전에도 방문했던 적은 있었지만, 왕성보다도 거대한 마술 학원의 첨탑이 특징적인 도시였다. 아니 그보다, 이전보다도 높아지지 않았나, 저 탑?

"니콜, 니콜! 엄청 큰 탑이야!"

"으, 응, 그래. 커다라네. 하지만 마차가 흔들리니까, 너무 뛰는 건⋯⋯ 우웁."

"아, 미안해. 니콜 '또' 멀미해?"

"또는 안 붙여도 돼⋯⋯."

나는 다치고 나서 먹고 누워 잠만 자는 생활이 이어졌는데, 누워 있다는 것은 바닥에서 마차의 진동을 직접 받는다는 이야기다.

신체 능력과 마찬가지로 허약하기 그지없는 세반고리관을 가진 나에게, 그 생활은 멀미를 쉽게 불러오게 되었다.

"으~음, 그 침상으로도 안 되나요, 니콜 님?"

"으응, 조금은 괜찮아졌어. 고마워, 피니아."

지금 나는 마차의 짐 사이에 로프를 걸어, 거기에 모포를 깔아 만든 간이 해먹 위에 있었다.

이것으로 다소 자잘한 진동을 차단해 주지만, 그만큼 커다란 흔들림이 오래 이어지는 난점도 있다.

나는 바람도 쐬고 기분도 풀 겸 마차에서 내려서 모험가들과 함께 걷기로 했다.

탈구 직전까지 갔던 오른쪽 손목에 다소 영향이 있지만, 멀미가 지속되는 것보다는 훨씬 나은 기분이다.

"니콜 님, 또 그런…… 안정을 취하셔야죠."

"계속 누워 있으면, 기껏 단련한 근육이 줄어들잖아. 피니아도 수련을 게을리 하면 불안해지지 않아?"

"그건, 뭐……."

이 여행 도중, 피니아도 모험가인 레온에게서 검술 훈련을 받고 있었다. 배운다면 라이엘에게서 배우는 것이 좋겠지만, 마을을 벗어난 지금에 와서는 너무 늦은 이야기였다.

그래도 피니아는 범상치 않은 열의로 끈기 있게 검술을 배워, 쑥쑥 그 실력을 높여 갔다. 검술 관련의 기프트라도 있는 것이 아닌가 싶을 정도다.

그래도 주인인 내가 밖에서 걷고 있는데, 피니아가 마차에 있을 수는 없다.

피니아도 수련과 나를 돌봐주는 일로 지쳤을 텐데, 내 옆에 붙어서 함께 걸어 주었다.

나는 한 손을 쓸 수 없으니까 걸을 때 균형이 나빠서 언제 넘어질지 알 수 없기 때문이다.

"미안해."

"아니요, 제 일이니까요. 그리고 원래는 저의──."

"그건 안 돼. 피니아는 조금 자학이 지나쳐."

"그런가요?"

피니아는 과거의 경험에서, 모든 것을 자기 탓으로 짊어지는 성격이 되고 말았다.

이 성격을 고치는 것도 이번 여행의 과제 중 하나다.

앞으로 어떻게 고쳐야 할지 고민하고 있을 때, 도시의 문 앞에 여자 한 명이 서 있는 것을 깨달았다.

보통은 문지기가 방문자 체크를 담당하는 법인데, 멀리서 보기에는 문지기가 여자에게 위축된 것 같기도 하다.

"어라?"

"무슨 일 있으신가요?"

"저기에 있는 사람은…… 혹시──."

내가 거기까지 말했을 때, 상대도 이쪽을 알아챈 모양이다.

머리에 커다란 고양이 귀가 달린 그 여자는 엄청난 속도로 뛰어서 다가왔다.

수인족의 천부적인 신체 능력을 살려서, 흙먼지를 일으키며 노도 같은 기세로 접근해 온다.

그 모습을 보고, 레온 등 모험가가 경계태세를 취하지만, 그 인영은 요격 태세가 갖춰지기 전에 그들 사이를 지나쳤다.

갑작스럽게 눈앞에 나타난 인간에, 마차를 끄는 말이 놀라서 뒷발로 곤두섰다.

그것과 동시에 그 여자가 마법을 발동했다.

"주홍 하나, 군청 둘, 비취 하나. 그자에게 평온을—— 새너티 (평정)."

원래 마리아 정도가 아니면 준비가 오래 걸리는 마법을 도착과 동시에 발동시킨다. 즉, 모험가가 경계하는 것도, 말이 놀라는 것도, 사전에 상정했던 움직임이라는 것이다.

그 고양이 귀 미소녀…… 아니, 미녀는 나를 보고 양팔을 벌려 껴안았다.

"잘 왔어! 네가 니콜이구나? 들었던 대로 인형 같아."

전투 시에는 냉철한 판단을 내리는 것 치고는, 평상시에는 천진 난만한 태도가 실로 반갑다.

내 옛 동료…… 말 하나로 대군이 움직이고, 몇 천의 희생자가 만들어졌다고 하는 군사, 코르티나였다.

하지만 이 몸으로는 처음 대면하는 것이다. 나는 되도록 모르는 것처럼 행동해야만 한다. 사전에 마리아에게 이야기를 듣기는 했 지만, 그 조절이 어려울 것 같다.

"코르티나 씨, 인가요?"

"그래 맞아, 용케 알았네. 마리아에게 들었으려나? 라이엘에게 그런 배려가 있을 거 같지는 않으니까."

"예."

"어, 코르티나 님?! 여섯 영웅인?"

내 말에 미쉘이 경악의 목소리를 터트렸다.

생각해 보면 마리아와 라이엘의 딸인 내가 방문하니까, 코르티나 또는 맥스웰이 마중을 나오는 것은 당연한 귀결이라고 할 수 있었다.

갑자기 나타난 전설적 존재에 모험가들도, 미셀의 부모도 경악하고 있었다.

그건 그렇고, 코르티나는 내 한마디로 부모 중 어느 쪽에게 이야기를 들었는지 추측할 정도니까 정말 행동하기 힘들다. 어설프게 이야기했다가 허점이 드러나지 않게 조심해야겠다.

하지만 뭐, 꼼짝 못 할 정도로 꽉 안겨 뺨에 느껴지는 부드러움은…… 정말 나쁘지 않다. 이 감촉도, 전생에서는 금기시되는 영역이었다.

나는 한때 코르티나에게 사랑을 고백한 적도 있었다. 뭐, 간단히 거절당했지만. 그 일이 전생의 죽음과 연관될 줄은, 당시의 나도 전혀 생각하지 못했어.

그때는 마리아와 라이엘이 결혼해서 초조했단 말이지. 내 흑역사 중 하나다. 그 비밀만은 무조건 사수해야만 한다.

"응, 오른손, 다친 거야? 도중에 몬스터와의 전투에 휘말렸어?"

"아, 예. 벌처에게."

내 말에 코르티나가 싸한 시선을 모험가에게 보냈다.

그야 호위 대상을 전투에 휘말리게 한 것은 그들의 부주의가 맞지만, 그 상황은 불가항력에 가깝기 때문에 그것만으로 탓하는 것은 불쌍하다.

영웅으로 불리는 존재가 보내는 추궁의 시선에 어쩔 줄 몰라 하는 모험가 대신 내가 수습해 두었다.

"블롭이 정면에서 대기하고 있는데 반대쪽에서 벌처에게 습격 당한 거니까. 레온 씨 일행 탓이 아니야."

"그런 거야? 뭐, 당사자가 그렇게 말한다면 내가 끼어들 일은 아니지만……."

코르티나가 피니아에게 슬쩍 시선을 보내고, 피니아가 내 말을 긍정하는 것처럼 살짝 고개를 끄덕였다.

어린 내 옹호만으로는 정당성을 판단할 수 없으니, 보호자인 피니아의 반응도 포함해서 판단한 모양이다. 그 피니아도 상황적으로 불가항력이라는 것을 인정했기 때문에, 추궁을 그만두기로 한 것 같다.

"뭐, 그렇다면 어쩔 수 없네. 기다려, 연지 둘, 군청 하나, 비취 하나. 치유의 바람으로 감싸라── 힐(치유)."

연지는 주홍의 한 단계 위를 나타내는 색. 즉, 더욱 강한 마력을 담았다는 증명이다. 내 상태를 보고 그만큼의 마력이 필요하다고 판단했을 것이다.

코르티나는 신체 능력이 뛰어나지만, 전투 능력이 뛰어난 것은 아니다. 마법 능력도 맥스웰은커녕 마리아에게도 미치지 못한다. 능력적으로는 폭넓고 고만고만한 수준. 말 그대로 팔방미인을 체현한 듯한 능력을 지니고 있다.

하지만 그 진가는 그런 직접적인 능력이 아니다. 상황을 간파하는 능력이야말로 코르티나의 진가라고 할 수 있다.

코르티나의 치유 마법으로 오른손의 통증이 순식간에 사라졌다.

"자, 이걸로 괜찮아졌지? 나도 이 정도는 할 수 있다고."

"고마워."

"고맙다고 잘 말할 줄 아는구나. 정말 잘했어."

"이 정도는……."

"자칭 집안이 좋은 녀석 중에서는 할 줄 모르는 아이도 많은데? 그런 녀석들의 콧대를 꺾어 주는 게, 교사의 첫 번째 일이거든."

그러고 보니 코르티나는 학원에서 교사를 하고 있다고 했다. 영재 교육을 받고 보내지는 귀족 자제도 많으니까, 고생하고 있을 것이다.

하물며 본인의 능력은 유별하게 뛰어난 것도 아니니까.

내 상처를 곧바로 치료한 코르티나에게 피니아가 머리를 숙였다.

"죄송합니다, 코르티나 님."

"이 정도는 별거 아니야. 거기다 마리아의 딸인걸, 내 딸이나 마찬가지야."

여섯 영웅 중에서 둘밖에 없는 여자. 그런 의미로도 마리아와 코르티나의 사이는 나쁘지 않다.

마리아의 결혼을 누구보다도 축복하고, 은퇴를 누구보다도 슬퍼한 것은 코르티나다.

"그러니까 이렇게, 여기까지 마중을 나온 거야."

"그러고 보니까 저희가 오는 것을 미리 알고 계셨던 것 같은데요……."

"마리아가 있는 마을에서 여기까지 오는 과정에서 마차의 이동 속도와 발생하는 트러블에 의한 지연을 상정하고, 추가로 기후에 의한 가도의 악화도 보태서——."

"아, 아니요, 잘 알겠습니다."

자랑하듯이 막힘없이 자신의 계산을 피로하기 시작한 코르티나를, 피니아가 황급히 막았다.

코르티나는 설명하기 시작하면 멈추지 않는 버릇이 있다. 나이스 컷이다.

"음, 그래? 그러면 집에서 환영 준비를 했으니까, 빨리 가자."

"집, 말인가요?"

"그래. 니콜은 딸이나 마찬가지라고 했잖아? 그러니까 우리 집에서 사는 거야."

"어……."

이것은 나도 예상 밖이다.

눈치가 나쁜 마리아와 라이엘이니까 얼버무릴 수가 있었지만, 신산귀모의 기프트를 지닌 코르티나와 함께 지내면 언제 들켜도 이상하지 않다.

할 수 있다면 사양하고 싶은 대우지만…….

"맥스웰도 그거라면 안심이라고 납득해 주었거든! 보조금까지 내줬어."

"저기, 기숙사라든지 임대 주택이라도 딱히……."

"안 돼. 아무리 고용인이 함께 있어 준다고 해도, 너는 아직 어린 아이니까. 반드시 보호자의 근처에서 살 필요가 있어. 그리고 마리아가 올 수 없는 이상 보호자 역할은 내가 이어받았으니까, 우리 집에서 살아야 해."

"으헥."

글렀다. 이미 보조금까지 받았다고 하면, 내가 거절했다간 코르티나에게 폐를 끼치게 될 가능성이 있다.

물론 코르티나와 맥스웰이 독단적으로 결정한 거니 거절도 가능할 것이다. 하지만 강경하게 반대하면, 반대로 의심받을 가능성이 높다.

왜냐면 코르티나는 여섯 영웅의 일원. 게다가 능력이 아니라 책모로 헌신한, 일반인에게는 희망의 별이다. 그런 사람의 동거 요청을 거절하는 일은 일반적으로는 있을 수 없다.

아마 이 대우를 돈을 받고 판다고 하면, 어지간한 도시의 운영 예산에 필적하는 값이 붙을 것이다.

"아우으……신세를 지겠습니다아."

"어, 나도 괜찮아?!"

"미쉘, 가만히 있어!"

미쉘이 그렇게 주장하자, 아무리 그래도 그건 아니고 어머니가 타일렀다. 게다가 코르티나도 드물게 난처한 표정을 지었다.

"으~응, 미안해~. 너 혼자라면 또 모를까, 너희 가족을 맞이할 정도로 우리 집은 크지 않거든."

"그럴 수가~."

"미쉘?!"

살짝 뻔뻔하다고도 할 수 있는 미쉘의 태도에, 어머니는 안색이 창백해져 갔다.

하지만 나는 코르티나가 그 정도로 기분이 상할 인물이 아니라는 것은 알고 있다.

"괜찮아. 대신에 가까운 곳에 단독주택을 마련해 두었으니까, 거기를 써. 이웃이야."

"코르티나 님과 이웃~!"

만세를 하며 기쁨을 표명하는 미쉘과 꾸벅꾸벅 머리를 숙이며 죄송스러워하는 어머니.

미쉘의 천진난만함은 귀족도 모이는 이 도시에서는 분명 조금 위험할 수도 있다.

그 점에서는 앞으로도 주의를 기울여야 할 것이다.

하지만 그 밝은 성격은 오히려 훈훈한 분위기를 만들어 준다. 이 장점은 살려야 한다. 그 부분은 균형을 잘 잡아야 할 것이다.

그런 대화를 거쳐, 우리는 라움 시내로 발을 들였다.

모험가 자격도 없고, 후견인도 없는 우리가 도시에 들어가려면 본디 엄격한 심사가 필요하지만, 이번에는 코르티나의 지인이라는 이유와 내가 영웅의 딸이라는 이유가 통해서, 거의 노 체크로 들어올 수가 있었다.

내가 다닐 예정인 마술 학원은 도시의 외곽 가까이에 있다.

이것은 수업에서 위험한 마법을 사용하는 관계상, 도시 중심부에 놓을 수 없는 것이 원인이라고 한다.

그 외곽에 있는 거대한 학원 근처에 코르티나의 집이 있다.

영웅이 사는 곳치고는 극단적으로 작은, 검소한 집. 뒤뜰의 넓이도 말이 두 마리 들어가면 가득 찰 것 같을 정도로 좁다. 그것은 라이엘의 집보다도 더욱 검소한 생활을 하는 것을 알 수 있었다.

그 옆에는 크기가 엇비슷한 집이 나란히 있다.

"여기가 우리 집. 조금 좁지만 참아줘. 옆이 미쉘의 집이야."

"여기가…… 저기, 라이엘 님의 저택도 상당히…… 그게……."

"말하기 힘든 것은 알겠는데. 뭐, 나도 사치를 부리고 싶지 않다는 마음이라는 것이 있어서 말이지. 그 대신에 맥스웰의 저택은 엄청나!"

그건 그렇고…… 코르티나의 성격이 이랬던가? 묘하게 상냥한 느낌이라고 할지, 억지로 밝게 행동하고 있는 듯한…… 뭐, 피니아가 내 일로 아직 영향이 있을 정도니까, 코르티나도 어딘가 그런 면을 남기고 있을지도 모른다.

아무튼 맥스웰은 이 나라의 왕족이니까 호화로운 저택에서 사는 것이 당연하다. 현재는 마술 학원의 이사장 자리에 있다.

과거에는 이 나라의 왕이어서 정치와 인연도 끊기지 않았다. 빈번하게 나라의 중진이 상담하러 오는 일이 있기 때문에, 그 저택이 허름해서는 안 된다는 모양이다.

"뭐, 정들면 고향이니 뭐니 하잖아. 짐을 내려놓고 나면, 맥스웰에게 가자. 귀찮은 일은 일찌감치 끝내 버려야지."

나를 집 안으로 밀어 넣으며, 코르티나는 다정하게 한쪽 눈을 찡긋했다.

그 뒤로 우리는 코르티나에게 이끌려 맥스웰이 사는 저택으로 향했다. 아쉽게도 미쉘의 부모는, 짐을 내리는 작업이 있어서 따라오지 않았다.

이곳에 있는 사람은 코르티나와 나와 미쉘. 그리고 피니아까지 네 명이다.

맥스웰은 전직 국왕이지만, 모험가로 출발할 때 이 나라 왕족의 지위를 버렸다.

그래도 중진으로 있었던 것에는 변함이 없다. 사룡 토벌이 끝난 뒤, 이 나라로 돌아왔을 때 나름의 지위에 복직했다.

하지만 사룡 토벌이라는 대의명분이 있었다고는 해도, 형식상 한 번 추방했던 인물을 다시 받아들인다는 것은 여러모로 법적인 문제가 존재했다. 그래서 그 처지를 고려해서 권위는 있지만 공직이 아닌 마술 학원 이사장이라는 자리에 앉은 것이다.

과거의 국왕이자, 용을 죽인 영웅. 그리고 희대의 마술사.

그런 맥스웰을 다 쓰러져가는 집에 밀어 넣을 수는 없으므로 그 만한 대저택을 받았다. 하지만 호화찬란한 문에 주눅 들지 않고, 코르티나는 저택 부지로 들어갔다.

나를 제외한 멤버는 이런 저택과 인연이 없이 살아서 이미 주춤거리고 있다. 나도 이런 저택에서 살았던 것은 아니지만, 일 관계로 숨어드는 일이 많았기 때문에 익숙했다.

"맥스웰, 데리고 왔어! 자, 어서 문을 열어!"

주춤거리는 우리와 달리, 코르티나는 거침없이 문을 두드렸다.

그 방약무인한 태도에, 피니아는 얼굴이 창백해졌다.

미쉘도 지금까지의 '상냥한 언니' 분위기였던 코르티나가 거친

태도를 꺼내 보인 것에 눈을 동그랗게 뜨고 있다.

"참으로 소란스럽구나. 앞날도 얼마 남지 않은 늙은이를……
가끔은 느긋하게 기다려 봐라."

시끄러운 코르티나를 전혀 아랑곳하는 기색도 없이 여유롭게
문을 여는 노인. 드워프가 이렇지 않을까 싶은 아름다운 수염에
뾰족한 귀는 17년 전부터 전혀 변하지 않았다.

그러고 보니까, 코르티나도 짧게 자른 머리카락의 윤기가 전혀
빛이 바래지 않았구나.

엘프만큼은 아니지만, 수인도 나름 수명이 길다. 코르티나는 이
미 서른 살을 확실하게 넘겼을 테지만, 종족 전체로 보면 아직 젊
은 나이일 것이다.

"겨우 나왔네. 앞날이 얼마 안 남았으면 남은 시간을 효율적으
로 쓰라고."

"그 정도는 상관없지 않으냐. 훌쩍 가버리면 뒤는 너에게 맡기
겠다."

"싫어, 귀찮아."

맥스웰의 주장을 단호하게 일도양단하고, 코르티나는 갑자기
나를 안아 들었다.

"그것보다 이거 봐. 마리아의 딸, 니콜이야! 귀엽지 않아~?"

안아 든 뒤, 더욱 힘을 줘 껴안고 뒤에서 뺨을 비빈다.

얇은 볼살이 위아래로 쓸리면서 변형해, 너무 아프다.

내가 귀찮다는 듯한 표정을 짓는 것을 알아채고 피니아가 손을
버둥거리지만, 아무것도 하지 못했다.

상대는 피니아의 고용주인 라이엘의 옛 동료인 것이다. 상하관계를 엄격하게 주입받은 피니아가 참견할 수 있는 존재가 아니다.

"호오~ 색이 다른 눈동자라니 드물구나. 그런 눈을 한 자는 마술적인 소양을 개화하기 쉽다고 들었지."

"간섭계 마법의 기프트를 보유했대."

"그 이야기는 이미 들었다. 하지만 눈동자 이야기는 듣지 못했지. 앞날이 기대되는구나! 자, 안으로 들어오너라. 차 정도는 대접해 줄 테니."

우리를 안으로 들여 저택을 안내하는 맥스웰. 물론 우리는 그 뒤를 따라 걸었는데, 그 저택의 내부를 보고 말문이 막혔다.

지저분했다. 복도 이곳저곳에 먼지가 쌓였고, 종잇조각을 포함해 쓰레기가 산더미처럼 쌓여 있다.

"이, 이건……."

"여전히 지저분하네. 사람 정도는 고용하라고."

"일단 기밀 서류 같은 것이 있어서 말이다. 함부로 사람을 들일 수는 없지 뭐냐."

"그럼 청소 정도는 해."

"귀찮다. 어디 그럼 네가 해 주겠느냐?"

"어째서 내가……."

말문이 막힌 피니아를 무시하고 두 사람은 티격태격 말싸움을 전개한다. 그 광경을 보고 나는 살짝 정겨운 감상에 사로잡혔다. 두 사람은 마술사와 군사. 옛날부터 둘이서 이렇게 말다툼을 해서 분위기를 떠들썩하게 만들어 주었다.

우리를 마중 나왔을 때의 태도로 코르티나도 차분해졌는가 싶었지만, 그 성격은 간단히 바뀌지 않는 모양이다.

거실 같은 한 방으로 우리를 안내하고, 맥스웰은 다시 방에서 나가려 했다.

"자, 여기서 기다리거라. 나는 차를 끓여 올 테니 쉬고 있──."

"그게 아니잖아! 내가 일부러 여기에 온 이유를 기억해 내라고, 이 노망난 노인네야!"

"응? 오오, 그랬었지. 마력치 측정인가. 그럼 측정판도 갖고 오도록 할까."

전혀 신경 쓰는 기색도 없이, 맥스웰은 방에서 나갔다.

그동안 우리는 소파의 먼지를 털고, 마침내 앉아 쉴 수가 있었다.

"놀랐지? 최근에는 특히 노망이 진행됐거든."

"아니, 저건 그냥 털털한 거 아닌가……?"

"남이 보면 그렇게 보이는 모양이란 말이지. 그래서 나도 요새는 성질이 급해졌어."

"그건 옛날부터."

무심코 나지막하게 중얼거리고, 나는 입을 막았다.

과거의 코르티나에 대해 지금의 나는 아무것도 몰라야 정상이다. 하지만 코르티나는 내 중얼거림을 놓치지 않았다.

"응~? 어째서 옛날의 나를 알고…… 아하, 그렇구나. 마리아가 가르쳐 준 거구나! 그 아이, 여자의 우정을 배신할 작정인가."

"어, 헤헤…… 저기, 맞아?"

그 마리아는 코르티나보다 연상이라 이미 마흔을 넘었다. 하지만 그 외모는 지금도 아직 20대라고 말해도 충분히 통할 정도로 아주 젊었다.

라이엘은 나이에 맞게 나이든 얼굴로 변모해 버렸는데…… 그 녀석도 마치 요괴 같다.

엘프인 피니아나, 거기까지는 아니지만 장수하는 묘인족인 코르티나에게 뒤지지 않는 인간이라는 것도 무시무시하다.

"기다리게 했구나. 좋은 찻잎이 있어서 끓여 왔다."

잠시 뒤에, 맥스웰이 쟁반에 티 세트를 한 세트 담아 돌아왔다. 그것을 소파 앞의 테이블에 서둘러 늘어놓는 모습에선 영웅의 위엄이 일절 느껴지지 않는다.

하지만 나는 알고 있다. 녀석은 사룡 코르키스의 마지막 숨통을 끊을 정도의 대마법을 날릴 수 있는 절정에 도달한 인물이다.

하지만 코르티나는 그것을 알고 있어도 기가 죽는 일은 없었다. 허둥지둥 다기를 늘어놓는 맥스웰을 보고, 다시금 대들기 시작한 것이다.

"잠깐, 차가 아니라 마력 측정이 먼저잖아! 측정판 어쨌어?"

"나도 아직 노망이 나지 않았다고 하지 않았더냐. 잊지 않았다. 자, 여기 있다."

그렇게 말하고 맥스웰은 쟁반을 뒤집어 보여줬다.

아니다. 쟁반으로 보였던 그것은 마력치 측정판이었다.

"너 말이야……. 아무리 그래도 값비싼 매직 아이템을 차 마시는 도구 대용으로 쓰지 마!"

취급이 너무 심해 코르티나가 즉시 딴죽을 걸었다. 맥스웰……
미안하지만, 나도 이것만큼은 코르티아에게 동의해.

코르티나가 딴죽을 걸어도, 맥스웰은 전혀 상관없다는 기색이
었다. 전혀 참는 기색도 없이, 느긋하게 말을 되돌렸다.

"있는 물건을 쓰는 것이 뭐가 나쁜 것이냐. 네가 항상 말했던 것
이 아니더냐."

"일단 처음 보는 사람도 있으니까, 조금은 본모습을 감추라는
이야기야."

차 준비를 마친 맥스웰은, 코르티나의 잔소리를 흘려들으며 내
쪽으로 손을 뻗었다.

"자, 니콜이라고 했니? 이 판에 손을 올리면 된다."

"정말! 조금은 말투라는 걸 말이야──."

"시끄럽구나, 코르티나. 너는 그런 꼴이니까 레이드에게 차인
것이다."

"자, 잠깐! 그거랑 이거랑 관계없잖아?!"

"하늘이 내린 기회를 허망하게 날린 주제에. 잘 봐라, 완벽하게
노처녀가 아니더냐."

아니, 잠깐. 내 기억으로는 틀림없이 내가 차였을 것이다. 어째
서 코르티나가 차인 것처럼 말하지?

"저기……."

"응? 아아, 이 이야기 말이냐? 이 녀석은 쑥스러움을 감추려고
레이드를 차 놓고서, 실은 미련이 철철 넘쳐서 말이다."

"아이한테 무슨 소리를 하는 거야!"

마침내 실력행사에 나서, 맥스웰을 탁탁 때리기 시작하는 코르티나. 하지만 키가 큰 맥스웰과 몸집이 작은 사람이 많은 묘인족인 코르티나라면, 그 항의도 별로 효과가 없다.

아니 그보다, 나는 다음 이야기가 듣고 싶다고.

"레이드는 그래 봬도 벽창호 같은 남자였으니 말이다. 자신이 차였다고 착각해서 되도록 평소처럼 행동했으니까, 이 녀석도 말을 꺼낼 기회를 날려 버린 것이지. 군사라는 것이 참 어처구니가 없지 뭐냐. 와하하!"

"맥스웰! 너, 나중에 두고 봐?!"

이게 무슨 일인가. 그러니까 그건가? 내가 포기하지 않고 다시 어택했으면, 승낙해 주었다는 말인가?!

나는 끈질긴 편이지만, 분위기를 파악할 줄 아는 남자라고 자부했었다. 하지만 아무래도 그것도 철회해야만 할 모양이다.

생각지도 못하게 코르티나의 귀여운 점을 목격하고, 나는 싱글싱글 웃음을 흘리고 있었다. 그것을 보고 코르티나가 핀잔했다.

"아, 잠깐 니콜? 뭔가 징그러운 표정을 짓고 있어, 너."

"어? 아, 그런 일은…… 있을, 지도?"

"정말이지, 어른을 놀리면 못쓰는 법이야. 이런 실수는, 누구라도 인생에서 한두 번은 저지르는 거니까!"

"너의 경우, 그것이 치명적이었지 않았느냐. 저승사자 소리나 듣는 군사에게 고백할 사람이라고 해 봤자, 성격도 참 괴팍하고 유별난 그 녀석 정도였을 터인데."

"그건 단순히 레이드가 끈기가 없었던 거지…… 아니, 그게 아니야……."

거침없던 코르티나가 갑자기 얌전해졌다. 그 모습을 보고 나는 원인을 눈치챘다. 코르티나도 내 죽음으로 인생이 바뀐 사람인 것이다.

내 지시에 따라, 마신 앞에서 도망쳤다. 그것이 마음에 상처로 남았을 것이다.

"아~ 정말, 됐어. 이 이야기는 끝! 자, 서둘러 측정해 버려."

무언가를 떨쳐내듯이 머리를 흔들고, 내 측정을 재촉했다. 하지만 그 얼굴에는 무리하는 기색이 훤히 드러나 있었다.

스스로는 이길 방법을 발견하지 못했던 적. 그것을 앞에 두고 도망칠 수밖에 없었던 과거. 코르티나도 무거운 짐을 짊어진 채로 살아온 것이다.

"응……."

그렇다고 내가 새삼스럽게 이름을 밝힐 수도 없다.

전생의 나와는 너무나도 달라진 모습을 보면, 그것도 무거운 짐으로 느끼고 말 테니까.

하다못해 남자로 다시 태어났다면, 이름을 밝히는 것도 가능했을 텐데……. 여자니까 말이야, 지금의 나는.

마구 껴안거나 뺨을 비비거나 하기도 했고.

내가 말없이 측정판에 손을 올리자 지금의 마법 적성이 석판에 표시되어 간다. 그것을 읽어내고, 맥스웰이 살짝 고개를 끄덕였다.

"호오. 마력치는 터무니없이 높구나. 이것이라면 전투 중에 마력이 고갈되는 일은 없겠다."

"어, 그래도…… 마법, 별로 못 쓰는데."

"그것은 제어력이 지극히 떨어지기 때문이다. 게다가 해방력도 낮구나. 솔직히 힘을 주체하지 못하는 상태라고 말할 수 있다."

마법 실력을 측정하는 데 중요하게 보는 세 가지 수치는 잠재력, 해방력, 제어력이다.

잠재력이란 체내에 보유할 수 있는 마력의 총합으로, 말하자면 저장고 같은 것이다.

그리고 해방력은 거기에서 한 번에 퍼 올릴 수 있는 힘의 크기. 말하자면 수도꼭지라고 해도 좋다.

제어력은 퍼 올린 마력을 마법으로 변화시키는 능력.

잠재력이 없으면 금방 마력 부족을 일으키고, 해방력이 없으면 마력을 퍼올릴 수 없다.

제어력이 없으면 마력을 여러 대상으로 유도하거나 떨어진 장소로 날리는 것조차 할 수 없다.

이 세 가지 힘은, 하나같이 중요한 요소다.

나는 그중에서 해방력과 제어력에 문제가 있는 타입이라고 한다.

"괜찮다, 안심하거라. 해방력은 성장과 함께 커지고, 수행에 따라서 얼마든지 성장할 수 있다. 제어력도 마찬가지다. 오히려 가장 중요한 소질인 잠재력이 큰 만큼, 그 누구보다도 장래성이 있다고 말할 수 있다."

"그런 걸까?"

"내가 보증해 주마. 레이드나 가들스는 잠재력이 한 조각도 없었으니 말이다. 그에 비하면, 훨씬 제대로 된 제자다."

나를 격려하듯이 머리를 쓰다듬어주는 맥스웰.

뭔가 전생의 나를 대할 때와 태도가 너무 다른 거 아닌가? 잠재력이 없다고 알았을 때 손가락질하며 웃은 것은 잊지 않는다고.

"이만큼의 마력이 있으면, 입학해도 지장은 없겠구나."

"그러면!"

"음, 합격이다. 잘 왔다, 라움 마술 학원에."

영웅의 딸인 나는, 어떤 의미로 누구보다 강력한 연줄을 지니고 있다. 최소한의 마력만 있으면 입학하는 데 문제는 없는 것이다.

이렇게 나는 마술 학원에 입학할 자격을 손에 넣었다.

내 마력 측정이 끝났으니, 듬뿍 설탕을 사용한 달콤한 과자를 미셸과 맛있게 먹었다.

아무래도 맥스웰치고는 드문 행동이었던지, 코르티나가 눈을 동그랗게 뜨고 있었다. 나를 배려해서 큰마음 먹고 준비했을 것이다.

어쩐지 내가 옛 동료들에게 친척 아이 취급을 받는 거 같은데?

달콤한 과자는 전생 때부터 내가 몰래 좋아했던 것이었으니까, 감사히 먹었다. 피니아와 미셸의 행복한 얼굴도 볼 수 있었으니까, 장난만 치던 맥스웰치고는 잘했다고 칭찬해 주겠다.

특히 피니아의 그런 얼굴은, 어찌 보면 희귀하다. 무뚝뚝한 것은 아니지만, 평소 표정이 딱딱하다. 모처럼 원판이 귀여운데.

내 육성 방침과 생활에 관해 코르티나와 맥스웰이 한차례 대화를 나눈 뒤, 그날은 일단 해산하게 되었다.

우리가 맥스웰의 저택에서 나올 때, 맥스웰 본인이 말을 걸었다.

"코르티나, 미안하지만, 너에게는 따로 할 이야기가 있다. 잠시 남아 주지 않겠느냐?"

"뭐야? 이 아이들만 먼저 돌아가라고 하는 거야?"

"그런 것이 아니라, '그 일' 때문에 말이다."

"그거라면 어쩔 수 없지만…… 그렇다면 더더욱 이 아이들만으로는 위험하지 않아?"

"너희 집까지라면 괜찮을 것이다. 아직 해도 떨어지지 않았고, 사람들도 다니고 있으니."

알 수 없는 표정으로 그렇게 전하는 맥스웰에게는, 조금 전까지의 마음 좋은 할아버지 같은 분위기는 존재하지 않았다.

그 말을 듣고, 코르티나는 우리를 돌아보고 말했다.

"미안하지만, 먼저 돌아가겠어? 이게 집 열쇠야."

"어, 아…… 예?"

"약간 지금, 이 도시에서 문제가 발생해서 말이야, 그 관련 상담이야. 그러니까 외부인에게는 말할 수가 없어."

"아, 그런 건가요. 알겠습니다!"

이래 봬도 두 사람은 이 나라의 중진. 아니, 세계의 중진이다. 코르티나도 지위만 봤을 때는 일개 교사에 지나지 않지만, 그래도 개인의 명성은 높다.

그런 두 사람이 외부인을 차단하고 이야기를 나누는 것이니까, 상당히 불온한 이야기일 것이다.

나와 피니아는 짐을 많이 가져오지 않았지만, 미쉘은 이사라고 부르기에 충분할 정도로 짐을 가져왔다.

여행에 익숙한 나와 달리, 하나부터 주거 환경을 만들어야만 하니까 당연하다.

집으로 돌아가는 길, 피니아와 미쉘은 가까이에서 목격한 영웅들의 꾸미지 않은 모습에, 흥분한 기색으로 감상을 주고받았다.

우리 마을 사람은 라이엘과 마리아의 존재가 있기 때문에, 영웅을 동경하는 것에 내성을 지니고 있지만…… 조금 전 상황은 일반인이라면 졸도해도 이상하지 않을 지경이었다.

물론 이 도시의 주민도 두 명의 영웅을 품고 있는 이상, 그런 내성을 지니고 있을지도 모른다.

"하지만 맥스웰 님도 코르티나 님도 생각했던 것보다 상냥해서 좋았어!"

"그렇네요. 두 분 모두 정말 친절하게 대해 주셨죠. 저는 훨씬 근엄한 분들이 아닐까 생각했어요."

"앞으로 코르티나 님에게도, 다양한 것을 배울 수 있어. 엄청 기대돼!"

"예. 저도 옛날 일을 이것저것 여쭤보고 싶어요."

피니아, 네가 묻고 싶은 것은 주로 나와 관계가 있지?

"그건 그렇고, 코르티나 님과 레이드 님이~. 으흐흐, 두 사람이 서로 좋아했었구나!"

"그런가요? 저로서는 조금——."

태평하게 영웅담을 즐기고 있는 미쉘과 달리, 마음에 담아 둔 사람이 호의를 보였던 사람이 있었다는 사실에 충격을 감추지 못하는 기색인 피니아.

뭐, 나도 코르티나는 지금도 좋아하고 있다.

하지만 그것과 비슷한 정도로, 나에게 있어 피니아와 미쉘은 소중한 존재가 되어 있었다.

다시 태어나고 나서 7년. 피니아도 함께 지낸 기간만을 따지면, 코르티나와도 필적하는—— 가족이나 마찬가지다.

"어머……?"

그런 들뜬 기분을 바꾸게 한 것은, 바로 그 피니아였다.

"응, 왜 그래, 피니아?"

"예, 방금…… 아니에요. 틀림없이 기분 탓일 거예요."

"뭐야?"

조금 신경이 쓰이는지 피니아는 살짝 고개를 갸우뚱했다.

저녁. 사람의 왕래도 잦고, 끊임없이 짐마차가 오고 있었다. 그중에는 두꺼운 목재를 옮기고 있는 마차도 있어, 조심하지 않으면 치이고 말 것 같을 정도로 소란스럽다.

"아니요, 방금 지나친 마차 말인데…… 뭔가 소리가 울렸나 싶어서요."

"소리가 울려?"

"예, 뭔가 악기 같은."

그렇게 말하고 긴 귀를 움찔거린다. 그 동작이 작은 동물 같아서 귀엽다.

엘프는 귀가 큰 만큼 소리에 민감하다. 그 능력을 살려, 음악의 길을 걷는 사람도 많다. 흔히 말하는 음유시인이다.

"그건…… 뭔가 신경이 쓰이네?"

조금 전 우리 곁을 지나친 짐마차는, 두꺼운 목재를 옮기기 위한 것이다.

숲으로 둘러싸인 라움의 왕도는 이런 목재를 옮기는 마차가 빈번하게 왕래한다. 임업은 이 나라의 주요 산업이기도 하다.

하지만 그것은 그렇다 치고, 악기 같은 소리란 말이지……. 즉, 나무 속이 비었다거나. 그런 이야기인 것일까?

그렇다고 한다면 어째서 그런 짓을 하는지, 나도 조금 궁금했다.

"조금 상태를 보고 올게. 피니아는 미쉘을 바래다 줘."

"어, 잠깐만요, 니콜 님?! 안 돼요, 제대로 짐 정리를 해야죠!"

뛰쳐나가려는 내 손을, 피니아가 재빨리 붙잡았다. 이렇게 되면 힘이 없는 나는 떨쳐낼 수가 없다.

"으윽, 피니아, 놔줘."

"안 돼요. 정리하고 나서가 아니면. 그리고 벌써 해가 지기 시작했으니까, 내일 해요."

이 도시에 들어온 것은 정오가 지난 무렵이었다. 그때부터 짐을 내리고 맥스웰에게 환대를 받았으니까, 시간이 꽤 지났다.

피니아가 하는 말도 실로 지당하다.

"음…… 알았어. 그럼, 내일이야?"

"예, 내일이에요. 니콜 님은 착한 아이시군요."

얌전하게 말을 듣는 나를 보고, 피니아는 꽃이 피는 것처럼 웃음을 지었다.

완전히 해가 떨어지고 나서, 마침내 코르티나가 돌아왔다.

피니아는 조금 어질러진 느낌의 주방을 사용해 저녁 식사 준비를 마치고 기다렸는데, 코르티나는 식사 준비가 다 끝났는데도 돌아오지 않았다.

아무래도 걱정되어서 맥스웰의 저택으로 확인하러 가 볼까 고민하고 있을 무렵이 되어서야 마침내 귀가한 것이다.

"이야~ 오래 기다렸지~. 조금 바빠서 말이지."

"무슨 일이 있었어?"

코르티나는 나름대로 사리 분별을 할 줄 아는 인물이다. 맥스웰처럼 가벼운 성격이 아니라서 손님을 방치하는 것은 신기한 일이다.

그래도 볼일을 우선한 것을 보면 나름 중대한 일이었을 것이다. 기밀사항을 말하지는 않겠지만, 나는 묻지 않을 수가 없었다.

"으~음, 니콜도 이 도시에 살게 됐고, 내 보호 아래 있다는 것은 그럭저럭 중요인물이 된 거니까, 이야기해도 괜찮으려나?"

"어, 물어보고 이런 말하기 좀 그렇지만, 말해도 괜찮아?"

"일이 벌어지고 나서는 큰일이니까. 실은 이 도시에서 지금 유괴 사건이 빈번하게 발생하고 있어서 말이야…… 그 조사에 나와 맥스웰도 동원된 거야."

"그건 큰일이잖아……."

"그래. 게다가 바로 직전에 후작의 딸도 행방불명이 되어서, 큰 소동이야. 맥스웰은 서치(물품조사) 마법으로 대상을 찾아낼 수 있지 않을까 싶어서, 지금 현장으로 가고 있어."

서치 마법은 그 사람이 몸에 지닌 아이템을 탐지하는 것으로 장소를 특정하는 마법이다.

후작 영애쯤 되면, 탐색의 우선도도 최상위가 된다. 머지않아 발견되겠지만…… 그래도 시간에 맞추지 못할 때는 있다. 나는 그것을 체험해서 알고 있다.

"걱정되네."

"나로서는 니콜도 걱정되지만 말이야. 생긴 거랑 다르게, 장난 꾸러기라고 마리아에게 들었어."

"어, 언제?!"

마리아가 있는 곳은 북부 3국 연합의 변경 마을. 코르티나가 있는 곳은 거기에서 2주 정도 걸리는 라움 숲 왕국의 수도. 이 두 사람이 언제 연락을 취했다는 것인가.

"원거리라도 통화할 수 있는 마법은 있어. 그것을 쓰면 간단해…… 맥스웰은."

"직접은 쓸 수 없구나?"

"의외로 고도한 마법이라 말이야. 넓고 얕은 나로는, 좀."

실없이 웃는 코르티나에게 어색한 웃음을 지어 보이고, 그날은 저녁 식사를 하게 되었다.

레티나는 정말 들떠 있었다.

염원하던 마술 학원. 그 입학 심사 중 하나인 마력 측정에서 통과했기 때문이다.

그렇기에 들뜬 발걸음으로 도시를 걷고── 어느새 어머니와 떨어지고 말았다.

"어머나. 여긴 어디죠?"

깨닫고 보니 이미 어머니의 모습은 없다.

그 모습을 찾아 더욱 도시 안을 헤매고, 통행이 없는 골목으로 헤매 들어간다.

이 왕도는 엘프의 도시로 불리지만, 엘프의 비율이 다른 곳보다 많을 뿐이지, 그 이외에는 다른 도시와 큰 차이가 없다.

통행이 없는 골목이, 어린아이의 공포심을 자극하는 것도 별 차이가 없었다.

"어머님~? 어디 계세요~?"

눈물을 흘리며, 뒷골목을 헤매며 걸어간다.

엘프 중에서도 국정에 관여하는 일족으로 태어나, 분별력이 생기기 전부터 영재 교육을 받아 왔다.

그 성과의 일부분이 결실을 보여서 들떴던 것은 부정할 수 없다.

들뜬 나머지 결과적으로 어린 그 소녀가 어머니와 떨어지고 말았다 해도, 그것은 책망받을 일이 아닐 것이다.

"마마——마마아!"

마침내 오열하기 시작한 소녀에게, 말을 거는 존재가 나타났다.

알코올 냄새를 풍기는, 인상이 나빠 보이는 사내 한 명이.

"무슨 일이야, 아가씨. 그렇게 울면 예쁘장한 얼굴이 엉망이 되잖아?"

"히익!"

확연하게 수상쩍은 언동.

레티나는 당장에라도 그 자리에서 도망치고 싶었지만, 다리가 얼어붙어서 한 걸음도 움직일 수가 없었다.

"출하분은 이미 다 구했지만, 한 명 정도 더 추가되더라도 나쁘진 않겠지?"

그렇게 말하고 품에 손을 찔러 넣고 더러운 가죽 주머니를 꺼내더니 그 안에서 더러운 천 조각을 꺼낸다. 그 천에서 풍기는 자극적인 냄새에, 소녀는 마침내 주박이 풀린 것처럼 움직이기 시작했다.

하지만 그것보다 한발 먼저, 남자가 소녀를 덮쳤다.

사내가 꺼내든 천으로 소녀의 입을 틀어막자 그 자극적인 냄새에 구역질이 났다.

비명을 지르기 위해 발버둥치지만, 갑자기 온몸에서 힘이 빠지는 바람에 그럴 수도 없었다.

이윽고 의식마저 유지할 수가 없어, 레티나는 어둠 속으로 가라앉았다.

"자, 예비 '관'이 있었던가?"

남자는 걸치고 있던 망토로 소녀를 덮어, 그대로 골목 안쪽으로 모습을 감추었다.

　여행의 피로 탓인지, 피니아는 일찌감치 드러눕게 되었다.

　코르티나는 다시금 맥스웰과 후작가로 갔다. 나도 여행의 피로를 구실로, 주어진 방에서 잠을 자기로 했다.

　하지만 그런 이야기를 듣고, 내가 얌전히 참고 있을 리가 없다.

　이래 봬도 나는 내 정의에 무엇보다도 무게를 두고 있다. 어린아이의 유괴 사건을 가만히 넘어갈 수 있는 화제가 아니다.

　밤이 깊어지고 도시로 나가게 되면 나 같은 어린아이는 눈에 띌수밖에 없다. 사람들의 눈은 피해야만 할 것이다.

　게다가 카타나는 감출 수 있는 크기가 아닌지라, 도저히 들고 갈수가 없다. 만에 하나 칼을 찬 모습을 누군가가 보게 된다면, 완전히 수상쩍은 인물로 찍히고 만다.

　아무튼 유괴범을 찾아내면, 뒷일은 맥스웰과 코르티나가 마무리해 줄 것이다.

　벗어 던진 여행 복장을 다시 몸에 두르고, 밤의 도시로 나섰다. 그런 나를 바라보는 시선을 알아채지 못한 채로.

　함구령이 내려졌다고는 해도 소문은 퍼지고 있는지, 밤이 된 도시를 오가는 사람은 적었다.

사람들의 눈에 띄지 않도록 큰길을 피해, 뒷골목의 한산한 주택가를 탐색한다.

 유괴를 저지를 만한 녀석들이 보는 눈이 많은 장소에 아지트를 만들리라고는 생각되지 않았기 때문이다.

 게다가 나는 신경 쓰이는 점이 있었다. 저녁에 피니아가 말했던 '속이 빈 목재'를 실은 마차다.

 어쩌면 그 목재 안에 어린아이를 감추고, 도시를 빠져나가려고 하는 것일지도 모른다.

 이 세계에서는 노예 소유를 금지하지만, 그 수요가 없어진 것은 아니다. 하물며 지금은 사룡 소동 뒤에 일부 세대가 훅 줄어든 상태다.

 라움에는 직접적인 피해가 없지만, 그래도 영향이 전혀 없다고는 말할 수 없을 것이다.

 그리고 17년 전 사룡 토벌에 관계가 있는 세대라면, 지금쯤 딱 나만한 아이를 가진 부모 세대에 가깝다.

 그 세대가 누락되고 말아서, 자식이나 손자가 없는 노인도 늘었다고 한다. 그런 상대에게 양자를 제공하는 사업도 없어질 줄 모른다고 한다.

 "그리고 엘프…… 인가."

 코르티나의 이야기로는, 엘프 소녀가 유괴범의 취향이라고 한다. 후작의 딸도 예외가 아닌 엘프이므로, 그 영향으로 눈여겨봤을 가능성도 있다.

엘프 노예 매매라면, 이 도시에서는 할 수가 없다. 아마도 도시 밖에서의 거래. 그렇다면 문에 가까운 장소에 아지트를 만들었을 가능성이 높다.

"그것이 낮에 들은 수상한 목재가 옮겨지던 방향과 겹치면…… 여기가 수상쩍다는 판단이 나온단 말이지."

내가 찾아온 것은, 문의 근처에 있는 목재 집하장. 단순하게 말해 저목장(貯木場)으로 불리고 있는 장소였다.

도시 내부인데도 상당한 넓이의 토지를 사용하고, 그곳에 크고 작은 다양한 목재를 보관하면서 건조하고 가공하는 장소다.

그저 넓기만 한 장소가 아니라, 3층짜리 거대한 선반 같은 건축물에 목재를 보관하고 있다. 그리고 거기에 목재를 관리하는 직원의 대기소도 존재했다.

"정답…… 이려나?"

이미 해도 떨어지고 상당히 시간이 흘렀는데도, 대기소에는 불이 들어온 상태였다.

물론 여기가 귀중품을 관리하는 장소라면, 감시하는 사람이 있어도 이상하지 않다. 하지만 이곳은 숲의 나라. 주위가 숲으로 둘러싸인 장소에 있는 저목장. 공급되는 목재는 한없이 많다. 그 대량의 목재를 지키는 것은 이 도시에 한해서는 있을 수 없는 일이다. 조금 도둑맞아도 그보다 많은 양이 들어오니까.

저녁에 봤던 마차도, 짐을 내리지 않고 서 있었다. 일반적으로 이런 장소에 반입하는 목재는 건조해 주기 위해서 지정된 장소에서 방치해 시간을 들여 수분을 빼야 한다.

나는 마차로 다가가 슬쩍 조사해 봤다. 하지만 마차 본체에는 수상한 점은 없었다. 그러나 역시 화물인 목재에서 역시 이상한 느낌이 들었다.

화물인 목재는 일반적으로 사용되는 목재보다도 한 단계 이상 크고, 두께가 50센티 이상 되는 것이 쌓여 있었다. 보통 건축에 사용되는 목재의 배에 가까운 두께다.

더욱이 잘 조사해 보면, 목재는 전부 중앙 부분에 칼집 같은 것이 새겨져 있어—— 아니, 이건 두 개의 목재를 붙인 건가? 역시 속이 비어 있었던 모양이다.

나는 안을 확인하고자 틈을 억지로 벌리려고 용을 썼지만……,

"흡으ㄱㄱㄱㄱ으ㅇㅇㅇㅇㅇㅇㅇ!"

응. 뭐, 알고 있었다.

빈약하기 그지없는 내 완력으로, 평균보다 한층 더 커다란 목재를 억지로 벌릴 수 있을 리가 없다. 어쩔 수 없어서 겉을 통통 두드려 보자, 확실히 속이 빈 것 같은 반향음이 울렸다.

아마도 마차의 진동으로 목재끼리 부딪쳐 이 반향음을 울렸을 것이다. 소리에 민감한 엘프인 피니아는 그 소리를 놓치지 않고 이상하게 여긴 셈이다.

"으~응……?"

일단 안을 조사하지 못하는 것은 어쩔 수 없다. 이렇게 수상한 목재를 옮긴 녀석들을 조사하기 위해서 대기소로 가 볼지, 아니면 돌아가서 맥스웰에게 보고할지. 대기소에서는 사람이 나올 기색은 아직 없다. 보고하려면 지금이 기회일지도 모르지만…….

나는 아주 잠시 말없이 생각한 뒤, 대기소를 조사하는 쪽을 선택했다. 절대로 집을 빠져나온 변명을 생각하는 것이 귀찮다는 이유가 아니다. 그리고 내가 눈을 뗀 사이에 목재를 이동시키면 본전도 못 찾는다.

나는 기척을 지운 채로 대기소로 다가가, 창문으로 내부를 살폈다. 여름 때의 작업도 생각해서 이런 대기소에는 창문이 필수로 설치되어 있었다.

그렇다고 해도 값비싼 판유리를 단 것이 아니라, 나무판자로 만든 여닫이창이다. 아직 초봄의 쌀쌀함이 남은 계절이라, 밀어서 넘어트리는 창은 닫혀 있다.

하지만 내부의 소리를 들을 틈을 내는 정도라면, 소리도 내지 않고 할 수 있을 것이다.

"이봐, 술 좀 그만 마셔. 곧 있으면 출발이니까."

"거 알고 있대도 그러네! 그건 그렇고 밤중에 도시를 나가다니 등골만 오싹해지는데."

"하, 도시 주변의 몬스터는 모험가님이 토벌해 주시잖아!"

대기소 안에 사람의 기척은 세 명. 전부 남자 목소리다.

라움의 문은 밤에 닫힌다. 이것은 숲 왕국 전체가 그런 경향이 있었다.

숲속에 도시를 개척하는 일이 많은 라움에서는, 해를 끼치는 짐승의 침입을 피하고자 야간에는 문을 닫는 것이 관례였다.

그런데 녀석들은 도시를 나간다고 말하고 있다. 강행돌파도 생각할 수 있지만, 몇 번이나 범행을 반복하는 놈들이 '사냥터'를 어지럽히는 짓을 한다고는 생각하기 어렵다. 이제까지와 마찬가지로 도시를 빠져나갈 수단이 있다고 봐야 한다. 이것은 문지기를 포섭했다는 증거이기도 하다.

"어쩔 수 없잖아. 빨리 관을 옮기지 않으면 쇠약사해버리니까."

"상관없어~. 부족해지면 또 보충하면 되잖아."

"하, 그러지도 못해. 최근에는 '영웅님' 이 조사에 뛰어들었다는 모양이니까."

"헤, 같은 편에게 배신당한 영웅님이냐. 무섭지도 않아."

대기소 안에서 들려온 말에 나는 등줄기에 찬물을 끼얹은 기분이 들었다.

'관' 이란, 아마도 속을 파내고 위장한 저 거목을 가리키는 말일 것이다.

게다가 다음에 나온 말에서 도시를 지키는 경비대 내부에 배신자가 있다고 추측할 수 있다. 조사하고 있는 맥스웰의 곁에 가짜 정보를 흘리는 자가 존재한다면, 아무리 시간이 흘러도 그는 이곳에 도달할 수 없다.

그리고 잘못하면 기습을 당해서 목숨을 잃을 위험도 있다.

"이 자식들…… 위병 일부를 포섭한 건가."

목소리가 울리지 않도록 입안에서 중얼거렸다.

당장에라도 이 사실을 알려야 한다……. 그렇게 생각한 내 행동을, 안에서 들려온 목소리가 가로막았다.

"녀석들을 우습게 보면 따끔한 맛을 보게 될 거야."

"뭐야, 겁먹은 거냐?"

"진실이야. 나는 북쪽에 갔을 때, 그 자식들 중 한 명과 해수 토벌 일을 나갔던 적이 있었거든."

"정말이냐. 쩌는데!"

그 말에 나는 몸을 굳히고, 움직임을 멈췄다.

북쪽에 있는 영웅은 세 명. 그중에서 해수 토벌에 나간다고 하면, 그것은 라이엘밖에 없다.

"믿을 수 있겠어? 그 괴물, 점심시간에 쳐들어온 매드 그리즐리(광란곰)를 한 손으로 잡아서 자빠트리고, 눌러서 움직이지 못하게 해놓고는 식사용 나이프를 써서 목뼈를 찔러버렸어."

"뭐?"

"식사용 나이프야! 그거 하나로 그 매드 그리즐리를 퇴치한 거야. 그것도 상처 하나 없이, 호흡 하나 흐트러지지 않고!"

"농담하지 마. 매드 그리즐리라고 하면, 모험가가 대여섯 명 필요하다고."

"그런 레벨이 아니란 걸 실제로 두 눈으로 똑똑히 봤다고. 그걸 본 다음부터, 나는 일은 신중하게 진행하기로 결심했어. 세상에는 생긴 것과는 다른 괴물이 있다는 걸 뼈저리게 깨달았으니까."

남자는 그렇게 내뱉고, 의자에 기댔다……. 그런 소리가 들렸다. 아무래도 그 남자가 세 명 중 리더인 모양이다.

"뭐 좋아. 슬슬 약속한 시간이야. 그 술을 다 마시면 출발하자. 마지막까지 방심하지 마."

"예~ 예~. 노예상 놈들도 밖에서 기다리다 지쳤을 테니까 말이지."

내 상상대로, 역시 도시 밖에서 아이를 거래할 예정이었던 모양이다. 노예의 존재 자체가 그레이를 넘어서 완전히 블랙이니, 도시 안에서 취급하지 않는 것도 당연하다.

심야를 노리고 출발하는 것은, 그 시간대라면 사람들 눈에 띄지 않고 문을 지키는 병사도 줄어들기 때문일 것이다. 그 병사를 포섭해 버리면, 도시 출입은 자유로워진다.

"젠장, 못 본 척할 수도 없잖아——."

여기서 이 녀석들을 내버려 두었다간 도시 밖으로 도망치고, 아이들은 노예상에 넘어가 흔적을 놓치게 될 것이다.

아이들이 팔리게 될 것 같은데, 영웅을 꿈꾸는 내가 그것을 못 본 척할 수는 없었다.

일단 마차가 서 있는 장소까지 돌아오고, 나는 머리를 굴렸다.

원래라면 위병에게 알려 포박하게 한다. 혹은 코르티나나 맥스웰에게 알리면, 문제없이 포박해 줄 것이다.

하지만 그럴 시간은 없어 보인다. 애초에 녀석들은 위병을 포섭해서 문의 경비를 빠져나가 도시를 나간다고 말했었다.

몰래 아이들을 구할 수도 없고, 내 완력으로는 '관'을 열 수가 없다. 내 힘으로 구해내는 일은 불가능에 가까울 것이다.

그럼 내가 녀석들을 쓰러트릴까?

그것도 너무 어렵다. 대기소 안에는 일당이 세 명 있었다. 한 명이라면 기습해서 쓰러트릴 수 있을지도 모르지만, 지금의 내 신체 능력으로 그 이상은 너무 어렵다.

"그럼, 할 수 있는 일은 한 가지인가……."

녀석들이 이제 곧 도시를 나가는 것은, 문지기를 포섭했기 때문이다.

하지만 그렇다면 사람들 눈을 신경 쓸 필요가 없다. 즉, 이 시간을 선택해서 출발하는 것은 포섭한 위병이 소수이거나 한 명이기 때문이다.

문지기가 교대할 시간까지 붙잡아 둘 수 있다면, 녀석들은 출발을 연기할 수밖에 없다. 그렇다면 맥스웰이나 코르티나를 부르러 갈 시간을 벌 수 있다는 뜻이다.

"마차를 부수자. 그렇게 하면 시간을 벌 수 있어."

이 정도의 거목은——속은 파냈지만——몹시 무겁다.

목재를 실은 마차가 지금 부서지면, 다시 옮겨 실을 필요가 있고, 그것을 셋이서 하려면 시간이 오래 걸릴 것이다. 그리고 문지기가 교대하는 시간이 되면, 녀석들은 도시를 나가는 것이 불가능해진다.

즉, 지금만 버티면 적어도 내일 동이 틀 무렵까지는 시간을 벌 수 있다.

물론 마차를 타고 이 자리를 벗어나면 편하게 일을 수습할 수 있겠지만, 사실 나는 마차를 몰 줄 모른다.

말을 타는 정도라면 할 수 있지만, 두 마리가 끄는 대형 짐마차가 되면 전혀 자신이 없었다.

게다가 마차를 빼앗기만 해서는 남자들이 도망치고 만다.

나는 주위를 둘러보고 방치된 가지치기용 나대를 발견했다. 작두칼과 비슷하게 생긴, 날끝이 L자로 구부러진 칼이다.

아마도 정규 업무를 할 때 필요한 도구일 것이다. 이것으로 목재를 고정하는 로프를 자르거나, 목재에 걸어서 잡아당기거나 할 것이다.

"이것밖에 없나. 하다못해 카타나를 챙겨서 왔으면 좋았을 텐데 ──."

지금에야 그렇게 생각하는데, 원래는 아지트를 찾아내는 것이 목적이라서 전투는 상정하지 않았다. 게다가 카타나를 든 어린 여자애가 밤길을 걷고 있으면, 틀림없이 위병에게 신고가 들어갈 것이다. 이 시간이라면 맥스웰이나 코르티나에게 직접 연락이 갈 가능성도 있다.

도착한 첫날인데, 그런 꼴을 당하는 것은 사양하고 싶다.

아무튼 이 나대로도 방해는 가능하다. 우선 '관'을 고정하는 로프를 끊기만 해도, 다시 고정하려면 시간이 걸린다.

하지만 그것만으로는 부족하다. 좀 더 시간을 벌기 위해서는 마차 본체에 대미지를 줘야만 한다.

그래서 나는 마차 밑으로 기어들어, 차축을 고정하는 쇠를 빼기 시작했다. 차축이 빠지면 오래 달리지 못하고, 알기 쉽게 고장이 판명된다.

당장에라도 짐을 옮기는 작업에 들어갈 필요가 있어, 시간을 많이 낭비하게 될 것이다. 운 좋게 큰길까지 가서, 거기서 짐이 무너지기라도 한다면 사건 발각으로 이어질 가능성도 있다.

나대의 칼끝을 고정쇠에 걸어, 도려내듯이 벗겨내기 시작한다.

힘이 없는 나라도 L자로 구부러진 칼끝으로 지렛대의 원리를 이용할 수 있다. 시간은 오래 걸렸지만, 고정쇠 하나를 빼는 데 성공했다.

차축을 고정하는 한쪽 고정쇠가 풀리면 도시 밖으로는 달릴 수가 없을 것이다.

그리고 나는 마차에서 기어 나와—— 거기서 대기소에서 나왔던 남자들과 눈이 마주치고 말았다.

아무래도 내가 생각했던 것보다 시간이 오래 걸리고 말았던 모양이다. 아니지, 은밀 기프트를 발동하지 않은 내 실수인가. 오랜 세월 척후라는 실전의 자리에서 멀어져 있던 탓으로, 감이 너무 둔해진 모양이다.

"뭐야, 어디서 기어든 거야, 이 꼬맹이가!"

"아, 저, 저는…… 그게——."

내가 좋은 변명을 모색하는 짧은 시간에, 남자들은 다른 판단을 내린 모양이다.

"잠깐 기다려. 장난을 칠 모양이었을지는 모르겠지만, 이놈은 좋은 봉이 흘러들어 온 거나 마찬가지잖아?"

"어?"

"잘 봐. 조금 꾀죄죄하기는 하지만, 상급품이잖아."

"앙……? 흠, 확실히 색이 다른 눈은 돈이 될 거 같은데."

지금의 나는 여행용 복장에서 먼지만 털어내고 짧은 치마와 넓적다리까지 가리는 하이삭스로 다리를 보호하고 있다. 마차 아래로 들어가 작업한 탓에 튼튼한 무명 셔츠도, 청은색 머리카락도 흙으로 더러워져 있었다.

하지만 붉고 푸른 오드아이와 우아하고 아름다운 얼굴 생김새는 여실하게 드러났다. 그것을 본 유괴범 놈들은 나도 유괴하기로 결심한 모양이다.

품평하는 듯한, 끈적이는 시선을 나에게 보내는 남자들. 그 시선을 받고 나는 등줄기에 오한이 퍼지는 감각을 느꼈다. 기왕이면 이 감각을 효과적으로 활용하자.

"히익."

작게 비명 같은 오열을 흘리고, 한 걸음 뒤로 물러나려고 했다. 물론 마차에서 기어나온 내 뒤에는 마차가 있기 때문에, 그 이상은 물러날 수 없다.

턱. 작은 소리를 내며 몸이 부딪혀 흔들린다. 그 모습이 남자들에게는 겁먹은 것처럼 보였을 것이다. 그것은 내 계산대로였다. 이 동작은 피니아를 참고한 것이었다.

내 주위에서 공포로 떠는 소녀는 피니아밖에 떠오르지 않았기 때문이다. 마리아나 코르티나는 물론이고, 미셸마저도 겁먹기 전에 물고 늘어지는 타입의 성격으로 성장했다.

"싫어, 오지 마……."

떨리는 목소리로 그렇게 말하고 일부러 동요한 척 물러날 수 없는 뒤로 물러나려고 했다. 그 행동을 보고, 내가 완전히 겁먹었다고 판단했을 것이다. 두 남자가 무방비하게 이쪽으로 다가온다.

하지만 한 남자는, 나와 거리를 두고 있었다.

그것도 나에게는 바람직한 상황이다. 지금의 나는 한꺼번에 세 명을 상대할 수 없다. 조금이라도 시간차가 생기는 것은 내게 유리하다.

그래도 내 목소리에 닭살이 돋고, 온몸이 부들부들 떨린다. 연기라고는 해도 자신의 여성적인 면을 훤히 드러내는 태도에 오한이 느껴졌지만, 그렇게 떠는 것이 다른 사람에게는 겁먹은 동작으로 보일 것이다.

그건 그렇고, 목격자가 무력한 어린아이라는 것을 알자마자 재빠르게 유괴하려고 하다니 실로 판단이 빠르다.

"저를 어쩔 작정인가요……?"

"앙? 그야…… 너를 귀여워해 줄 사람에게 소개해 주는 거지. 대부분은 노예상이지만."

"다른 의미로 귀여워해 줄지도 모른다? 최근에는 산 제물로 꼬맹이를 원하는 녀석도 있으니까 말이지!"

"그만 떠들고, 빨리 구속해. 예상치 못한 사태는 즉각 수습하는 것이 오래 사는 비결이야."

두 남자가 입을 크게 벌리고, 큰 소리로 웃는다. 완전히 방심하고 있는데……. 그렇군. 노예와 산 제물. 어느 쪽이든 이 녀석들을 놔줄 이유는 사라졌다는 것이다.

기왕이면 그 거래 상대가 있는 곳도 알아내고 싶지만, 뒤에서 대기하고 있던 남자가 경고해서 잡담을 중지시켰다.

의도적으로 떨고 있는 내 어깨를 붙잡으려고 다가오는 남자가 손을 뻗었다. 어깨에 손을 올린다는 것은, 내 검이 닿는 거리로 접근했다는 뜻이다.

"자, 얌전히 있으면 험한 꼴은 보지 않을 수 있어."

"미안하지만…… 단호하게 거절하겠어!"

이 녀석들이 유괴범이라는 사실은 이미 명백하다. 그렇다면 선수필승, 사정을 봐줄 의리도 없다. 지금처럼 완전히 방심하고 있는 사이에 한 명이라도 많이 무력화하자.

나는 겁먹은 소녀의 연기를 갑자기 그만두고 원래의 남자 사고로 돌아가 그 손이 내 어깨에 닿으려고 한 순간 나대를 가로로 휘둘렀다.

평범한 검이라면 내 힘으로 대미지를 별로 줄 수 없을지도 모르지만, L자로 구부러진 칼끝을 맞춘다면 그럭저럭 상처를 입힐 수가 있을 것이다.

"우엇?!"

하지만 남자는 몸을 뒤로 빼기는커녕 앞으로 한 걸음을 내디뎌 그 참격을 막았다.

반사적으로 앞으로 나온 만큼, 이 남자는 나름 경험이 있는 것처럼 보였다. 애초에 내 힘이 부족해서 공격 속도가 너무 느렸다는 이유도 있을 것이다.

다른 남자도 갑자기 내가 칼을 휘두를 줄은 생각하지 못했는지, 황급히 자세를 낮추고 검을 뽑아 들었다.

그리고 마지막 남자 한 명은 순간적으로 대기소로 달려갈 정도다. 아니, 저자가 신중하게 일을 진행한다고 말한 리더일 것이다.

"이 꼬맹이, 얌전히 있어!"

"갑자기 칼을 휘두르다니, 무슨 생각을 하는 거야?!"

"너희가 그런 소리를 하지 마라, 이 유괴범들이!"

설마 이 녀석들이 따지고 들 줄은 몰라서, 나는 반사적으로 반박하고 말았다. 되도록 전투는 피하고 싶었지만, 내가 들킨 단계에서 그 선택지는 사라졌다.

한 사람이 대기소로 물러났다고는 해도, 나는 남자 둘에게 둘러싸여 있다. 조금 전에 반론으로 내가 녀석들을 유괴범이라고 간파한 것은 들켰을 것이다.

그렇다면 여기서는 어떻게든 이 녀석들을 쫓아내거나 곧바로 도망쳐 도와줄 사람을 불러오면, 적어도 유괴된 아이들은 보호할 수 있을 것이다.

"누가 없나요오오오오오오오! 유괴범이에요오오오오오오!"

나는 남자들을 쫓아내기 위해, 큰 목소리로 구조를 요청했다. 이것으로 남자들이 겁을 먹고 도망치면 좋고. 그렇지 않더라도 사람이 몰려들면, 이 녀석들에게도 상황은 악화될 것이다.

하지만 나의 그 의도는 간단히 와해되었다.

큰 목소리로 소리친 것 치고는 주위의 반응이 없다. 남자들도 싱글거리는 웃음을 짓고, 여유로운 표정을 짓고 있었다.

상황을 의아하게 여기는 나에게, 남자 한 명이 득의양양하게 상황을 설명하기 시작했다.

"아쉽게 됐구나. 우리의 일을 뭐라고 생각하는 거냐? 사람의 눈에 띄지 않는 장소에 사일런스(방음) 마도구. 이런 장소니까 아주

쉽게 설치할 수 있었지."

그제서야 나는 이 녀석들이 여유로운 이유를 깨달았다. 조금 전 내가 지른 소리는, 전혀 밖으로 전해지지 않았던 것이다.

이곳이 일부러 도시 문에서 벗어난 후미진 위치에 있는 것도, 저 목장을 선택한 것도, 이 녀석들이 가정한 대로였다.

도시 안에서 목재를 가공하면 소음 문제가 따라다닌다. 그렇기에 자동으로 방음 효과를 발동하는 매직 아이템, 사일런스 마도구를 준비하는 것은 자연스러운 과정이었을 것이다.

일반인이 구입하면 의심받을 사일런스 마도구도 대장간이나 여기 같은 가공장이라면 딱히 의심받는 일 없이 설치할 수 있다. 이 장치가 있는 한 유괴한 아이가 정신을 차려서 울부짖더라도 그 목소리가 밖으로 전해지지 않는다.

──즉, 외부의 도움은 기대할 수 없다는 거냐.

여기로 지원군이 올 가능성은 기껏해야 두 가지.

내 부재를 알아챈 피니아가 나를 찾으러 와 주거나, 맥스웰이 서치 마법으로 이 장소를 알아내고 달려와 주거나.

하지만 어느 쪽이든 기대치는 희박하다. 피니아는 내가 없으면 확실하게 나를 찾으러 오겠지만, 본인은 일반인보다 살짝 나은 정도의 전력밖에 되지 않는다. 애초에 지금은 여행의 피로 때문에 완전히 잠들어 있다.

만에 하나 이 자리로 달려오더라도, 최악의 경우 피니아도 붙잡혀 심한 짓을 당할 가능성이 높다. 아니, 피니아 정도의 미소녀라면 거의 확실할 것이다.

맥스웰 쪽도 배신자를 끼고 있는 상태라, 이곳을 알아낼 수 있으리라고는 생각되지 않는다.

"얌전히 있어라, 이 꼬맹이!"

"이 자식!"

팔다리를 노리고 베려는 남자와 그것을 받아내고 반격하는 나.

결국 내가 도망갈 틈은 나 자신이 만들어야 한다. 다행히 나는 수단만 고르지 않으면 써먹을 것은 다양하게 있다.

항상 품에 챙기고 다니는 털실 뭉치를 꺼내, 실을 늘어트린다.

이런 털실 정도로는 남자들에게 위협이 되지 않는다. 그것은 이 녀석들도 이해하고 있었는지, 털실을 꺼낸 나를 코웃음 치는 듯한 태도를 보였다.

하지만 나는 실 조작 기프트로 전생의 역경을 헤쳐나왔다.

나대는 칼날의 길이가 짧기 때문에, 지금의 나라도 한 손으로 들 수가 있다.

그러나 내 나대는 남자의 검에 간단히 막혀 버렸다. 하지만 내가 들고 있는 것은 칼끝이 L자로 구부러진 나대였다. 그대로 검을 걸어 잡아당겨서 자세를 무너트렸다.

갑작스럽게 평소에는 있을 수 없는 방향으로 힘이 걸려, 앞으로 헛발을 짚는 남자.

그대로 나는 나대로 다리를 걸듯이 후렸다. 안으로 파고들어 자세를 무너트린 남자는, 내 공격에 따라올 수가 없다.

칼끝 부분을 넓적다리에 걸어 살을 깊이 파낸다.

"꺄아아아아아아아악?!"

예리함이 부족한 나대로는, 검처럼 깔끔하게 가를 수가 없다. 살은 마치 이빨에 물어뜯긴 것처럼 파여, 핏줄기가 요란하게 뿌려졌다.

나는 튀어나온 피를 맞지 않도록 왼쪽으로 훌쩍 뛰어 거리를 벌렸다. 이대로 반전해서 도망치는 것도 고려한 행동이다.

하지만 다른 한 명이 그것을 막았다. 나대의 공격 범위를 우회하듯이 나에게 접근해, 착지해 자세가 흐트러진 내 팔을 잡아 올렸다.

그리고 그대로, 나대를 빼앗으려고 비틀었다.

"아팟, 이거——놔!"

빈약한 팔은 손쉽게 비틀려, 나대를 떨어트린다. 검사에게 악력은 생명줄이다. 무기를 떨어트리면 그 단계에서 승률은 크게 떨어진다.

하지만 그것도 상황에 달린 이야기다.

내가 나대를 떨어트린 것을 보고, 남자는 검을 버리고 품에 손을 찔러 넣었다.

무엇을 꺼내려 하는 것인지는 알 수 없지만, 상대의 살상력이 떨어진 것은 사실. 그리고 나는 아직 전투력을 잃지 않았다. 이것은 상대가 잘못 판단한 것이다.

반대쪽에 들고 있던 털실을 조종해, 작은 돌에 휘감아 내던졌다. 실 조작 기프트로 조종되는 실의 힘은 한 올이 내 근력과 비슷

하다. 돌멩이 정도라면 모를까, 남자를 무력화시킬 정도의 힘은
발휘할 수 없다.

하지만 여기에는 나와 남자들 말고도 제삼자가 있다. 아쉽게도
사람은 아니지만.

그것은 마차에 연결되어 있는 말이다.

두 마리가 끄는 마차이지만, 이미 마차의 차축을 부쉈으니까 한
쪽 말만 달린다면 균형이 무너지는 것은 당연하다. 잘해야 몇 미
터 가는 것이 고작일 것이다.

그리고 그 몇 미터의 범위에 우리가 있다.

연결된 말은 내가 던진 돌에 맞고 놀라, 앞발을 치켜들고 달리기
시작했다. 그것도 기세 좋게. 하지만 한쪽 말은 그 자리에서 계속
멈춰 있다.

이것이 안 그래도 불안정해진 마차의 붕괴를 가속시켰다.

남자는 마차에 치이는 것을 피하려고 뛰어서 물러나려 했다. 그
러는 바람에 내 팔도 해방된다. 나는 저목장 건물에 실을 감아, 끌
려가는 것처럼 해서 그 자리를 벗어났다. 털실로도 끌려가는 가
벼운 몸이 지금은 고맙다.

그리고 마차는 남자와 엇갈리는 순간에 차축이 한계에 도달해,
소리를 내며 말과 함께 옆으로 넘어간다——남자를 향해.

"우왁?! 꺄아아아아아아악!"

속이 비어 있다고는 해도 거목을 네 그루나 실은 짐마차다.

그 밑에 깔려서 무사할 수 있을 리가 없다.

간신히 그 붕괴에서 도망친 내 곁으로, 마차의 밑에서 흘러나온

피 웅덩이가 보였다. 이 출혈량이라면 아마도 즉사일 것이다.

"이, 이 꼬맹이가…… 죽여 버릴 거야……."

이 타이밍에 다리를 베인 남자가 일어나 있었다.

하지만 이미 승부는 갈렸다.

한쪽 다리가 깊숙이 파여, 피를 쭉쭉 내뿜는 모습을 보면 상당히 큰 혈관을 다쳤을 가능성이 있다. 내버려 두면 이 남자는 숨이 넘어갈 것이다.

그래도 나는 그것을 기다려 줄 정도로 상냥하지 않다.

한쪽 다리로 서 있는 남자는 매우 불안정한 상태다. 그것을 자빠트려 주면 내 승리다.

지면을 따라서 털실을 보내, 남자의 축이 되는 다리에 감아 잡아당긴다. 그리고 연이어 그 실을, 옆으로 넘어져 발버둥 치는 말에게 감아두었다.

말의 다리가 버둥버둥 움직여, 털실을 엉키게 한다. 그것은 이윽고, 남자의 다리를 잡아당기는 형태가 되어 넘어트리는 결과로 이어졌다.

"뭐야—— 으억?!"

나는 그사이 나대를 주워들어, 털실을 잘라냈다.

날이 무뎌서 싹둑 자를 수는 없지만, 그래도 털실을 끊는 정도는 할 수 있다. 이대로 가면 나도 휘말리기 때문이다.

그리고 쓰러져서 버둥거리는 남자에게 다가가, 나대의 칼등을 사용해 머리를 강타했다.

"커헉?!"

남자는 잠긴 목소리를 내고, 정신을 잃었다. 이것으로 눈앞의 적은 무력화할 수 있었다.

"후우…… 어떻게 처리는 했군."

상대가 남자 세 명이었다면, 아마 위험했을 것이다.

하지만 한 명이 대기소로 도망쳐서, 나에게 여유가 생겼다. 덕분에 목숨을 건졌다고 말할 수 있다.

게다가 두 남자도 나를 완전히 얕보고 있었다. 당연한 이야기이기는 하지만, 덕분에 그 허를 찔러 속공으로 쓰러트릴 수가 있었다.

"자, 그럼 빨리 도망쳐서……."

"어이쿠, 그렇게 간단히 도망치게 둘 것 같냐?"

내가 도망치려고 했을 때, 대기소에서 마지막 한 명이 얼굴을 보였다.

흉갑에 큰 방패를 장비하고 나온 남자는, 아무래도 다른 두 사람과는 달리 방심하는 구석이 없어 보였다.

하지만 상황은 바뀌지 않는다. 남자와 나는 멀리 떨어져 있다. 내 도주를 막을 수는 없을 것이다.

"당연히 도망쳐야지. 이 거리라면 내가 방음 범위 밖으로 나가는 게 더 빠르니까."

"반말……? 버릇없는 꼬맹이로군. 뭐 좋아. 그럼 나는 이 '관'에 불을 지르고 도망쳐 보실까."

"뭐?!"

쓰러진 남자 중 한 명에게 자극적인 냄새가 난다. 수면약 종류의 냄새인가?

아마도 유괴한 아이들은 약으로 기절해서 저 나무에 갇혔을 것이다. 거기에 불을 지르거나 했다가는…….

"죽일 작정이냐?!"

"물론이지. 얼굴도 알려졌으니까. 살려둘 이유는 없겠지. 하지만 네가 이 자리에 남는다면 이야기는 달라진다."

"즉…… 싸우라는 소리냐."

"딱히 '얌전히 항복' 하더라도 상관없어."

"단호히 거부하겠어!"

그렇게 외치고, 나는 남자를 향해 뛰어들었다.

우선은 상황을 보기 위해 대상단으로 참격.

물론 내 근력으로는 일도양단은 할 수 없다. 그래도 L자로 꺾인 칼날을 머리에 맞으면 중상을 입는 것은 틀림없다.

그 일격을 남자는 방패로 간단히 막았다. 자세를 낮춘 묵직한 파워 스타일. 방어 중시의 카운터 전법.

아마도 그것이 이 남자의 전투 방식일 것이다.

이쪽의 공격을 확실하게 받아낸 뒤, 반격으로 다리를 노린다.

나는 그것을 뛰어서 피하지만, 다시 착지를 노리고 찌르기를 날렸다. 오히려 이쪽이야말로 진짜 노리던 공격일 것이다.

상대의 공격을 받아내고, 피하고, 칼을 맞부딪친다.

방어에 특화된 남자의 스타일과 나의 약한 힘도 어우러져, 팽팽한 대치 상황이 이어진다. 내 공격도, 실 조작을 이용한 페인트도 이미 남자에게 간파되어, 쉽게 허를 찌를 수도 없다.

그것은 내게 불리한 상황이기도 했다.

아무리 훈련했다고 해도, 어차피 지금의 나는 어린 몸이다. 원래 지구력에는 문제가 있다. 지구전을 강요받으면 내 몸이 버티지 못한다.

이번 싸움은 상대를 얼마나 빨리 무력화하는지가 관점이다.

그런데 상대는 방어 위주. 적극성이 없다면, 거리를 벌리고 도망쳐 버릴까 싶지만, 시야 끝에 보이는 목재가 내 발목을 붙잡는다. 여기서 도망치면 저 안에 있다고 하는 아이들은 살아남을 수 없다.

"왜 그러지, 벌써 지친 건가? 패기가 사라지기 시작했어!"

"정말, 징그럽게도 음흉하게 굴고 있어!"

내 사정을 눈치챈 것인지, 일부러 더욱 도발하는 남자. 여기서 도발에 넘어가 페이스를 무너트리면 상대의 의도에 걸려드는 것이다.

상황을 타개해 보려고 실을 쏴서 다리를 걸려고 해도 훌쩍 피한다.

역시 내 능력을 파악하고 있다. 아마도 앞선 두 사람을 내버리고 내 능력을 가늠하고 있었을 것이다.

"그쪽이야말로, 어린아이 상대로 꽤나 신중한데."

"장비를 갖춘 것 말인가? 네놈이 위병을 불렀을 가능성도 생각해서 만약을 대비했을 뿐이지만 말이지. 아무래도 그렇지 않은 모양이라 안심이다."

"다음부터는 먼저 불러 주겠어!"

그야말로 남자가 말한 그대로이기는 하지만, 시간이 없었으니까 어쩔 수 없다. 남자의 공격을 나대의 갈고리로 받아서 흘리고, 걸음을 멈추고 숨을 돌렸다.

하지만 남자도 그 정도로 자세가 무너질 정도로 어설프지는 않았다. 허리를 낮춘 자세로 지면을 미끄러지듯이 움직여, 태세를 재정비했다.

그리고 내가 멈춘 순간을 노려, 짧은 찌르기를 날린다.

"젠장, 끈질겨!"

"그것이 자랑이라 말이지."

방심하는 모습을 조금도 보이지 않는 남자에게 나는 혀를 내둘렀다. 절대로 큰 공격은 시도하지 않고, 방어 위주로 나를 지치게 하려고 하고 있다.

이 정도로 견실한 싸움을 하는 전사는 쉽게 볼 수 없다. 라이엘이 해수 퇴치에 동행자로 선택한 것도 납득이 갔다.

"그 정도까지 기량이 있으면서, 어째서 유괴 따위를 하는 거지!"

"그야 돈이 되기 때문이야. 특히 엘프는 미형이 많으니까. 노예말고도 쓸 길은 많지. 산 제물 같은."

"쓰레기 자식이——."

"너도 엘프가 아니지만 정말 반반하군. 좋은 값을 받을 수 있을 것 같아!"

묘하게 이쪽의 팔다리를 노린다 싶더니, 아직 나를 상품으로 삼을 생각이다. 동료가 둘이나 쓰러졌는데도 정말 여유롭다.

하지만 그 여유도 근거가 없는 것은 아니다. 실제로 내 무릎은 결국 떨리기 시작했다. 슬슬 스태미나가 위험할지도 모른다.

거기에 더욱 사태를 혼란스럽게 만드는 일이 벌어졌다.

"니콜?!"

"미쉘? 어째서 여기에!"

갑자기 미쉘이 이 저목장으로 쳐들어온 것이다.

손에는 직접 준비한 사냥용 활을 들고 화살통을 등에 메고 있지만, 평상시 쓰는 가죽 갑옷은 입지 않았다.

고작해야 최소한의 호신 장비다.

"자기 전에 창문 밖으로 거리를 바라보고 있었더니, 니콜이 밖으로 뛰어가서…… 이게 무슨 일이야?"

"유괴범이야! 피니아에게 알려주고 와!"

"으, 응!"

내가 피니아의 이름을 꺼낸 이유는 미쉘이 코르티나나 맥스웰이 있는 곳을 모르기 때문이다.

하지만 피니아에게 전하면, 그쪽을 경유해서 코르티나와 맥스웰에게 전해진다.

"어이쿠, 도망치면 이 꼬맹이의 목숨은 없어."

"어?!"

남자의 말에 미쉘이 발을 멈췄다.

여유를 보이는 남자와 궁지에 몰린 나. 그 상황을 보면, 미쉘이 걸음을 멈추고 마는 것도 이해가 된다.

하지만 여기에 미쉘이 머무르는 것도 곤란하다. 지금은 코르티나를 부르러 가서 상대에게 시간 제약을 주는 것이 더 편하다.

하지만 남자도 그 상황은 눈치채고 있었다.

갑자기 옆으로 쓰러진 마차로 다가가, 손에 든 검을 한 번 휘둘렀다.

그러자 짐칸에서 굴러떨어진 목재 중 하나가 둘로 갈라지고, 안에서 기절한 소녀 한 명이 굴러 나왔다.

뾰족한 귀를 보니 엘프다. 게다가 금실처럼 윤기 나는 머리카락이 롤처럼 말린 미소녀── 아니, 예쁜 어린아이다.

"그 꼬맹이를 죽이는 것은 시간이 걸리겠지만, 이 녀석의 숨통을 끊고 도망치는 정도라면, 얼마든지 할 수 있다고."

"그런──."

"그만둬!"

큰일이다, 인질은 완전히 상대의 수중에 있다.

내가 도망치든 미쉘이 도망치든, 남자의 얼굴을 본 적이 있는 인질 소녀는 살 수 없을 것이다. 즉, 이 녀석을 쓰러트리지 않으면 인명 피해가 없이 벗어날 수 없다는 것인가.

"그럼, 쓰러트리면 돼. 미쉘, 가자!"

"으, 응."

내가 소리친 격려를 듣고 미쉘도 활을 들어 견제를 시작했다. 하지만 미쉘이 쏘는 활의 위력으로도 남자의 방어를 뚫을 수는 없었다.

날아오는 화살은 모조리 남자가 든 방패에 맞고 날아간다. 아마도 저 강철 방패는 내가 인챈트를 쓰는 정도로는 뚫리지 않을 것이다.

그래도 한 대 맞히는 것만으로 형세를 바꿀 수 있으니까, 할 수만 있다면 쓰고 싶지만——

"주홍 하나, 군청……."

"가만히 내버려 둘 줄 아냐!"

"큭——!"

남자가 방패 뒤에서 견제해서 어쩔 수 없이 주문 영창을 중단하고 회피한다. 기껏 짜낸 마력이 흩어지고 허공으로 사라진다.

남자는 항상 미셸을 정면에 두듯이 이동하면서도 기절한 소녀에게서 떨어지려 하지 않는다.

그 위치를 고수하고 있는 한, 나는 도망친다는 선택지를 취할 수가 없다.

마차에 실렸던 목재는 네 개. 그 전부에 유괴된 아이들이 갇혀 있다고 하면, 저 녀석의 인질은 최대 네 명이라는 뜻이다.

애초에 나에게는 인질로 잡힌 소녀를 버린다는 선택지는 없다. 어린아이를 버리거나 한다면, 영웅을 꿈꾸는 내 긍지가 망가지기 때문이다.

미셸과 힘을 합쳐 싸우기 시작했다고는 해도, 상황은 호전되지 않는다.

내 몸이 급속하게 피폐해졌기 때문이다. 무기를 휘두르는 속도는 당연하고, 회피마저 아슬아슬해졌다.

호흡이 흐트러지고, 시야가 어두워진다. 이제는 한계가――가깝다.

　이를 악물고 공방을 유지하지만, 돌파구는 보이지 않는다. 이럴 때, 코르티나라면 최적의 위치나 책략을 제시해 주는데――.

　그리고 마침내 한계가 찾아왔다.

　내가 할 수 있다고 인식했던 회피. 그 템포가 순간적으로, 아주 약간 타이밍이 어긋났다.

　그것만으로 남자의 검을 피하지 못했다.

　남자의 칼끝이 왼쪽 팔뚝을 스치고, 피가 튄다.

　"크윽!"

　"니콜?!"

　원래라면 찰과상 정도다. 하지만 출혈은 피로를 가속하고, 통증은 집중을 방해한다.

　하다못해 소녀가 눈을 떠 준다면, 상황이 변화할 텐데.

　"아, 직…… 아직이다앗!"

　자신을 고무하기 위해서, 나는 소리를 지르고 남자에게 나대를 휘둘렀다.

　그것은 절망적인 공방의 시작이었다.

　눈앞에서 절친이 상처를 입었다.

생판 모르는 소녀라고는 해도, 버리고 가지 못할 정도로 상냥한 친구라는 것은, 미쉘도 알고 있었다.

처음 니콜의 모습을 보았을 때, 미쉘은 태어나서 처음으로 충격을 받았다.

튼튼함을 우선시한 마로 만들어진 옷을 입고 있었지만, 그 가늘고 부드러운 팔다리는 새하얘서, 햇빛을 본 적이 없는지를 의심했을 정도다.

용모도 사랑스러워서 마치 동화 속에서 빠져나온 공주님 같다.

잘 보면 손발에는 상처도 얼룩도 없어, 풀물이 든 자신의 손끝이 부끄러워질 정도였다.

변경의 농촌이다. 이 정도 나이라도 부모의 일을 돕는다. 그러는 미쉘도 잡초 뽑기 정도는 돕고 있었다.

하지만 니콜에게는 그런 기색이 전혀 없다. 그것이 소중하게 길러졌다는 증거이기도 하다.

그런데 니콜은 개의치 않고, 자신과 어울려 주었다. 남자아이들과 들판을 뛰어다니며, 여러모로 같은 여자인 자신을 챙겨 주었다.

니콜이 초원에서 굴렀을 때 슬쩍 치마 속이 보였는데, 그때 본 니콜의 속옷은 아무리 봐도 서민이 살 수 있을 것 같지 않은 소재로 되어 있었다.

그야 당연할 것이다. 니콜은 세계를 구한 영웅의 딸. 자신과는 태생이 다르다.

니콜이 마음만 먹으면 어지간한 왕후 귀족보다도 사치를 부릴 수 있을 것이다. 그런데도 니콜은 자신들과 함께 들판을 뛰어다니고, 허름한 옷을 입어서 신경이 쓰이지 않도록 배려한 것이다.

정말 마음씨가 착한, 상냥한 아이. 그것이 미쉘이 니콜에게 느낀 첫인상이었다.

하지만 니콜은 상냥해 보이는 용모에서는 상상도 못 할 정도로 성격이 드셌다. 아니, 야무지다고 해야 맞을 것이다.

마을 밖으로 나가고 싶어 하는 남자아이들을 타이르고, 그 말을 듣지 않고 뛰쳐나간 아이들을 걱정해서 따라갔다. 자신이라면 마을로 돌아와, 어른들에게 일러바치고 모른 척했을 것이다.

사실 그 직후에 코볼트의 무리를 발견하고, 니콜도 죽음의 고비를 경험하게 되었다.

그래도 니콜은 걸음을 멈추지 않는다. 자신의 역부족을 통감하고, 지금은 싸우는 기술을 배우기 위해 분투하고 있다.

책임감이 강한 아이. 그리고 상냥하게 배려할 줄 아는 아이. 자신과 같은 나이인데, 믿기지 않을 정도로 야무지다.

하지만 니콜은 몸이 약하다. 마리아에게 들은 대로, 아니 그 이상으로 허약했다.

니콜의 고결하고 강인한 정신에 몸이 따라가질 못한다. 그러니까 더더욱 내가 지켜야 한다. 아직 어리면서도 미쉘은 그렇게 결심했다.

그렇기에 미셸도 그 자리에 남아서 무뢰한과 싸우는 길을 선택했다.

하지만 결국은 어른과 어린아이. 체력의 차이는 어떻게 해도 뒤집을 수가 없다. 활시위를 당기는 손도 점차 저리기 시작해, 약간이지만 조준이 어긋나기 시작했다.

때때로 기회로 여기고 쏜 화살도, 남자의 철벽같은 방어와 그 커다란 방패에 의해 튕겨 나간다.

"어떻게든 해야 해…… 내가—— 제대로 맞혀야 해!"

이를 악물고 화살을 걸지만, 그 힘도 서서히 부족해져 간다. 어린 미셸에게 맞춰 작은 사냥용 활이라고는 해도, 그것을 계속해서 당길 체력이 아직 갖추어지지 않았다.

애초에 화살통에 있는 화살이 얼마 남지 않았다.

"앞으로, 세 발…… 어쩌지."

적에게 효과적인 대미지를 주는 것은 평소 미셸의 역할이다. 그 역할을 다하지 못하는 것에, 미셸은 전에 없을 정도로 짜증을 느끼고 있었다.

하지만 무턱대고 쏘더라도 남자의 방패가 막아 버리고 만다.

초조함만이 더해지기 시작해, 그 조준이 거칠어지는 것을 자각한다. 이대로는 니콜에게 맞추고 말지도 모른다.

"어쩌지…… 어떻게든…… 내가 어떻게든 해야 해!"

"헤~이, 힘을 원해~?"

그때 태평한, 한없이 밝은 목소리가 말을 걸어왔다.

마치 노래하듯이 울리는 어리게 느껴지는 미성. 하지만 그것을 덮어 가리고도 남을 정도로 애교와 친근함을 느끼게 한다.

미쉘이 돌아보니, 그곳에 한 명의 소녀가 있었다.

나이는 대강 미쉘보다 조금 많은 정도일 것이다. 하지만 압도적으로 눈길을 끄는 것은 그 흰색. 빛이 나는 것만 같은 은발과 비쳐 보일 듯한 하얀 피부. 손에 들고 있던 큰 활도, 색을 맞춘 것처럼 백은색으로 빛나고 있다.

"저기, 누구야?"

"나는 신이야~. 그런데 미쉘. 힘이 필요하지 않나요?"

"어? 저기……."

"빨리 하지 않으면, 저 아이가 위험할지도, 몰라요?"

"피, 필요해요!"

너무나도 수상한 존재였지만, 니콜을 돕는 데 힘을 빌려준다고 한다면, 악마에게 영혼을 팔아도 좋다.

이때, 미쉘은 진심으로 그렇게 생각하고 있었다.

"그럼, 이걸 너에게 빌려줄게요."

소녀는 손에 들고 있던 커다란 활을 미쉘에게 내밀었다.

그것을 머뭇머뭇 손에 든 미쉘이었지만, 그 표정은 금방 절망으로 물들었다. 시위가 너무 단단해 전혀 당길 수가 없다.

"이건 안 돼, 나는 쓸 수 없어."

"그러니까 내가 여기에 있는 거예요. 힘을 빌려줄게요. 특별히 해 주는 거랍니다?"

소녀가 그렇게 말한 직후, 미쉘에게 지금껏 없었던 힘이 넘쳐흘렀다.

이것은 마리아가 걸었던 강화 마법과 마찬가지로, 아니 그런 수준으로는 발끝에도 미치지 못할 정도로 강력한 신체 강화 마법이었다.

"이러면 당길 수 있죠? 하지만 위력이 장난 아니니까 절대로 빗나가지 않게 해요. 그리고 평범한 화살로는 터질 테니까, 이 화살을 써 주세요."

"어?"

화살이 터진다는 의미가 이해되지 않지만, 아무튼 이렇게 커다란 활이라면 전용 화살도 있을 것이다.

그렇게 생각하고, 미쉘은 의심하는 일 없이 화살을 받았다.

건네받은 화살은 강철제로, 화살촉이 나선형으로 파여 있었다.

"이 활에는 서드 아이라는 이름이 있어요. 소중하게 써 주세요."

"으, 응."

걸린 마법이 언제 사라질지 알 수 없다.

미쉘은 곧바로 강철의 화살을 시위에 걸고 백은의 활, 서드 아이를 들었다.

거대한 활은 미쉘의 신장에 필적할 정도로—— 아니, 그 이상으로 거대하다.

수정판에 정체 모를 하얀 물질을 끼운 합성궁으로, 게다가 시위는 은사(銀絲)──가 아니라 미스릴(성은)을 실 형태로 자아낸 물건을 사용하고 있었다. 이런 활은 당길 수 없는 것이 당연하다.

하지만 강화된 근력은 강철 같은 시위를 손쉽게 당긴다. 백은색 대궁이 삐걱거리는 소리를 내며 휘었다.

"전력으로 당겨버리면, 충격파로 저 아이도 미쉘도 휘말려요. 살살 하세요."

"아, 예!"

소녀의 말에 반사적으로 대답했다. 이 활에서는 정말로 그 정도의 힘을 느낄 수 있었다.

그것이 잘못 맞으면 어떻게 될지 생각하니, 긴장되어서 조준이 잡히지 않는다.

"괜찮아요, 적당한 힘이라도 저 방패 정도라면, 종잇장처럼 찢을 수 있어요. 그러니까 침착해요."

소녀가 살짝 등에 손을 올리고, 미쉘의 긴장을 풀어준다. 그 감촉에 몸의 피로조차 사라진 느낌이 들었다.

문득 어깨의 무거움이 사라진 기분마저 들어, 미쉘은 다시금 활을 조준했다.

이번에는 딱 조준이 잡혔다.

그뿐만이 아니라 두 사람이 어떤 식으로 움직일지도 예측할 수 있을 것 같다.

"그것이 사격 기프트의 효과예요. 자신의 힘을 믿어요."

속삭이는 소녀.

그 말이 용기를 준 것처럼, 미쉘은 화살을 해방했다.

왼팔의 상처 자체는 별것 아니다.

하지만 출혈이 멈추지 않아서 급속하게 몸이 피폐해지고, 체온이 떨어진다. 눈앞의 어둠은 점차 시야의 가장자리를 침식해, 내 움직임을 제한하게 했다.

공격을 받아내는 움직임에도 영향이 생겼다.

왼팔을 쓸 수 없어서 받아서 흘리는 동작에 지장에 생긴 것이다.

칼등에 손을 받쳐 칼날을 지탱할 수 없어서, 적의 공격을 받는다는 행동을 취할 수 없다.

그리고 받아 흘린다고 해도, 칼끝이 L자로 구부러져 있어서, 잘못하면 이쪽의 나대가 끌려갈 수가 있다.

그 결과, 나는 회피에 전념하는 수밖에 없게 되었다.

큰 움직임이 체력을 더욱 소모해, 마침내 나는 그 자리에서 무릎을 꿇고 말았다.

"콜록, 하아── 쿨럭……."

적 앞에서 무릎을 꿇는 것은 자살행위나 마찬가지다. 하지만 내 체력은 이미 한계에 도달해 있었다.

그 상황에 남자도 씨익 웃음을 짓고, 조롱을 던졌다.

"왜 그러지, 벌써 한계냐~? 뭐 괜찮아, 네 상판이라면, 팔린 곳에서도 좋은 취급을 받을 테니까 말이야!"

"콜록, 웃기지, 마……."

"노예상 놈들은 치유술사도 고용하고 있으니 말이지. 도망치지 못하도록, 팔다리 하나라도 꺾어둘까. 뭐 괜찮아, 상처 하나 없이 원래대로 돌아올 테니까."

"젠장……!"

굴욕에 이를 악물고 휘청휘청 일어나, 떨리는 손으로 가지치기용 나대를 들었다.

그때, 등 뒤의 전율을 내가 먼저 느꼈다.

이것은 전투 경험의 차이일 것이다. 곧바로 눈앞에 있는 남자도 알아챘다. 눈을 크게 뜨는 남자에게, 등 뒤를 돌아볼 것도 없이 접근해 오는 위협을 느낄 수 있었다.

나는 순간적으로 자신의 머리카락을 한 줌 잡아 뜯었다. 마리아와 피니아가 자르는 것을 강경하게 반대하는 바람에 어쩔 수 없이 기른 머리카락.

하지만 지금은 그 머리카락이 생사를 갈랐다.

내가 지닌 실 조작 기프트는, 실 형태의 물건이라면 기본적으로 뭐든지 조종할 수 있다. 잡아뜯은 머리털도 예외가 아니다. 최대로 조종할 수 있는 다섯 가닥의 머리카락을 뭉쳐 실처럼 꼬아서 남자의 다리에 감기게 했다.

등 뒤를 살필 여유가 없어서 자세한 사항은 알 수 없지만, 틀림없이 미쉘이 무언가 하려는 것이다. 그것도 상당히 위험한 무언가를.

그렇기에 나는 그 아이를 최대한 서포트해야 한다.

머리카락을 남자의 다리에 감고, 그다음에는 본능이 이끄는 대로 몸을 날려 물러난다. 남자도 나와 마찬가지로 몸을 날려 물러나려고 했지만, 다리에 감긴 머리카락이 그 움직임을 방해했다.

물론 머리카락을 다섯 가닥 꼬았다고 해서, 다 큰 어른의 행동을 막을 수 있을 리도 없다.

하지만 한순간―― 아주 짧은 시간 동안 행동을 방해하는 데는 도움이 되었다.

그 한순간으로, 충분했다.

그 직후, 남자를 향해, 폭풍이 불어닥쳤다.

아니, 폭풍이라고 생각했던 것은 착각이다. 폭풍으로 오인할 정도로 강력한 위력을 두른 화살이 공기를 밀쳐내며 관통한 것이다.

애초에 화살은 나에게는 직격하지 않는 코스라서, 나는 안전했을 것이다. 하지만 남자는 다르다.

굉음을 내며, 돌풍처럼 불어닥치는 강철 화살.

나는 그 풍압에 날아가 꼴사납게 바닥을 굴렀다. 나로서는 기절한 소녀를 간신히 껴안아 그 몸을 보호하는 것이 최선의 행동이었다.

하지만 남자는 달랐다. 다리에 꼰 머리카락이 감겨, 움직임이 봉쇄당했다. 피할 수 없다고 판단하고 순간적으로 방패를 들어

막으려 했다. 아마도 오랜 세월에 거쳐 몸에 새겨진 그 반사적인 방어가, 그 남자의 목숨을 앗아갔다.

강철 화살은 남자가 세운 방패를 종잇장처럼 손쉽게 찢고, 진행 방향에 있던 남자의 몸마저 관통한다.

"어?"

배에 커다란 구멍이 뚫린 남자는, 자신의 상황을 보고 그런 얼빠진 목소리를 냈다. 강철 화살은 등뼈와 내장까지, 남자의 복부를 한꺼번에 날려버렸다.

그리고 자기 무게를 버티지 못하고, 몸이 세로로 접혀서 두 쪽으로 찢어졌다.

내가 껴안고 있던 소녀가 무사한 것을 확인하고, 나는 미쉘을 돌아봤다. 미쉘은 자신이 일으킨 파괴의 폭풍에 어리둥절한 채로 가만히 서 있었다.

한순간 그 옆에 하얀 인영이 보인 것 같기도 했지만, 기분 탓이었던 모양이었다.

하지만 그것보다도 나는 신경 쓰였던 것이 있었다.

그것은 미쉘이 손에 들고 있는 백은색 대궁이다.

딱 봐도 마법이 걸린 거대한 활. 아마도 시장에서 구하려면, 성을 살 수 있을 만큼 금화를 얹어야 할 것이다.

그렇듯 비싸게 보이는 활을 손에 들고 있었다.

"미쉘——?"

"어…… 아, 응. 괜찮아? 니콜!"

"으, 응. 나는 팔에 상처가 조금 났을 뿐이니까. 조금 지쳤지만. 그것보다 그 활은 뭐야?"

나에게 지적을 받고서야 비로소 미쉘은 자기 손에 있는 대궁을 의식한 모양이었다.

곳곳에 우아하고 아름다운 장식과 마법 문자가 새겨진 그 활은, 가까이서 보면 볼수록 아름답다.

"이거? 하얀 언니가 쓰라고 했어."

"하얀 언니? 어디에?"

내 말을 듣고, 두리번두리번 주위를 둘러보고 확인하는 미쉘. 하지만 주위에는 우리와 유괴된 소녀밖에 없다.

그 밖에는 시체와 기절한 남자, 마차에 연결된 채로 넘어져서 발버둥치고 있는 말 정도다.

"없어졌어."

"그렇구나……."

조금 전에 봤던 하얀 인영. 아마도 그것이 미쉘에게 힘을 빌려준 자일 것이다.

이런 비싸 보이는 매직 아이템까지 아낌없이 넘겨주다니, 통이 참 크다.

"어떡하지. 이거 돌려줘야 하는데."

미쉘이 갑자기 안절부절못하는 눈치로 허둥대기 시작하는데, 회수하지 않고 모습을 감췄다면 돌려받을 마음이 없는 걸지도 모른다.

그런 것을 생각하고 있을 때, 내 발밑에 한 장의 종잇조각이 붙었다.

아마도 바람에 날려왔을 것이다. 무심결에 주워서 종이에 쓰인 내용을 훑어보았다. 거기에는 이런 내용이 남겨져 있었다.

「그 활은 드리겠어요. 그 아이의 힘이 되면 좋겠어요. 그리고 당신은 자신의 기프트를 제대로 쓰질 못하고 있어요. 그 힘은 제대로 다룰 줄 알면 최강도 될 수 있으니까, 좀 더 정진할 것. 대단히 상냥한 신이.」

신……나를 일부러 어린 소녀로 환생시킨 그 녀석인가.

여자로 만든 것은 용서하기 어렵지만, 환생의 방향성을 잡아 주거나, 기프트에 덤을 붙여 주거나, 미쉘에게 가세해 주거나 하는 등, 의외로 협조적일지도 모른다.

이번에는 진심으로 위험했으니까, 그 점은 감사해 두자.

"여기에 준다고 써 있어. 사양하지 말고 받아두지그래?"

"어, 니콜은 글자를 읽을 수 있어?"

"아차……."

그러고 보니 학교에도 가지 않은 몸으로 글자를 읽을 수 있는 것은 드문 일이다.

물론 나는 전생의 지식을 이어받았기 때문에 읽을 수 있지만, 이 나이에 읽고 쓰기를 할 수 있다는 것은 좀처럼 없는 일이다.

"저기, 라이── 파파랑 마마에게 배웠어."

"아, 그렇구나. 라이엘 님과 마리아 님이라면 가르쳐 주시겠구나!"

실제로 귀족의 자제라면, 입학 전에 가정교사 등을 고용해 예습을 시키는 일도 많다.

특히 마리아의 넓은 견식은 어지간한 현자조차 능가한다. 지금은 그 평판을 구실로 써먹자.

"그건 그렇고, 그 활 굉장하네."

"응. 하얀 언니가 위력이 너무 강하니까 조심하라고 말했어."

"물론 그렇겠지."

그런 충격파를 뿌리는 화살은, 솔직히 장난이 아니다. 섣불리 휘말리면 이쪽까지 고깃조각이 될 판이다. 아마도 사격 기프트를 지닌 미셸밖에 쓸 수 없을 것이다.

하지만 그런 계산도, 미셸의 다음 한마디에 무너졌다.

"아, 이제 못 당기네."

"어?"

"있잖아, 내 힘으로는, 이 활의 시위를 당길 수 없었어. 그래서 하얀 언니가 강화 마법을 걸어 주고, 강철 화살을 써서 간신히 쓸 수 있었어."

"그, 그렇구나……."

생각해 보면 그렇게까지 강력한 활이라면 평범한 화살은 쓸 수 없고, 어린아이로는 당기는 힘도 부족한가.

"주홍 하나, 군청 하나, 황금 셋. 이 사람에게 추가로 힘을── 어때? 이걸로 당길 수 있어?"

"응~ 으그그…… 안 되는, 모양이야. 미안해."

"으으응, 사과할 일이 아니야."

쓸 수 없는 활을 넘겨준 신이 잘못한 것이다.

나는 내가 쓸 수 있는 강화 마법을 미쉘에게 걸어 보았지만, 내 강화력으로는 활을 다룰 수 있을 정도까지는 되지 않았다.

어느 정도의 강화를 걸었던 것인지 알 수 없지만, 그 부분은 '역시나 신'이라고 봐야 할 것인가. 그만한 힘이 있다면 직접 남자를 쓰러트려 주면 좋을 텐데.

아무튼, 뒤처리를 해야 한다.

언제까지고 이 엘프 아이를 내버려 둘 수 없고, 다른 목재 속에도 아직 세 명이 숨겨져 있을 것이다.

"그렇지, 집에 가서 코르티나를 불러 주겠어? 나는 더는 다리에 힘이 없어."

"아, 그렇지. 그 아이들은?"

"유괴범에게 유괴된 아이야. 이 아이들도 봐 줘야 하니까."

"어, 그러면 저 사람은 유괴범이었구나……."

"뭐라고 생각했던 거야?"

"뭔지 잘 모르겠지만, 니콜을 괴롭히는 나쁜 사람이었다고 생각했으니까."

'뭔지 잘 모르겠다'는 이유로 그런 최종 병기를 사람에게 겨누면 안 되잖아?!

나는 어떤 의미로 무자비한 미쉘의 행동에, 남몰래 전율했다.

"아, 아무튼, 그런 이유니까 사람을 불러와 주면 기쁘겠네."

"응, 위사 사람이랑, 그리고 피니아 언니랑…… 코르티나 님에게도 알려줄게!"

"어, 잠깐……?!"

기다려. 이런 상처를 입은 상태로 피니아에게 알려졌다가는, 또 울려 버리지 않을까.

나는 미쉘을 말리려고 일어나려 했지만, 힘이 빠진 내 다리는 말을 들어주지 않았다.

그리고 미쉘은 달음질해서 순식간에 내 시야에서 사라졌다. 그 기운이 부럽구나…….

그 뒤, 도시의 위사와 맥스웰이 찾아와 우리를 보호해 주었다.

나는 사정을 이야기한 직후에 피로 때문에 잠들고 말았지만, 다음에 눈을 떴을 때는 코르티나의 집이었다.

아무래도 맥스웰의 지인이고 라이엘의 딸이라는 신분이 나를 끈질긴 취조에서 해방해 주었던 모양이다.

나중에 맥스웰에게 들은 이야기인데, 그도 내부에 공범자가 있을 가능성을 고려해서 아주 적은 인원으로 움직이고 있었다고 한다. 그렇게 인원이 부족해서 유괴범이 제멋대로 날뛰는 것을 용납하고 말았다나 뭐라나.

앞으로는 나라의 법과 규율을 엄히 바르게 하겠다고 하니, 기대해 두도록 하자.

그것보다도 내 문제는 따로 있었다.

"정말이지 참! 니콜 님은 눈을 떼면 금방 위험한 일에 끼어든다니까요!"

"저기, 미안해. 하지만 그렇게까지 위험할 줄은 생각하지 못했으니까."

"애초에 어째서 싸운다는 사태가 된 건가요? 도망치면 좋았잖아요."

"그게 말이지, 인질을 잡혀서. 도망치고 싶어도 도망칠 수가 없었거든."

"그런 어중이떠중이보다도, 니콜 님이 더 중요해요!"

"저기 잠깐, 피니아? 유괴된 아이 중에는 유력 귀족의 딸도 있으니까, 표현을 좀 자제해 줘."

노발대발해서 나에게 벼락을 쏟아내는 피니아를, 코르티나가 중재해 준다. 하지만 그 구원자도 흥미롭다는 눈치로 나를 바라보며 놀리기 시작했다.

"그건 그렇고, 단신으로 유괴범 상대로 활극을 벌이다니, 니콜은 정말로 생긴 거랑 다르게 상당히 장난꾸러기구나?"

"말도 마세요. 눈을 떼면 어느샌가 어디론가 사라져 버려요."

"나는 자유를 공경하는 정신을 갖고 있어."

무릎을 꿇은 채로 가슴을 펴고 선언해 봤지만, 아무리 그래도 위엄은 없다.

게다가 악을 목격하면 충동적으로 사태를 해결하려고 하는 것은, 전생부터 이어지는 내 나쁜 버릇일지도 모른다. 이 단순함으로 악인을 마구잡이로 제거했더니 어느샌가 암살자로 이름을 떨치게 되고 말았던 것이다.

"확실히 다른 수단이 있었을지도 몰라. 그 점은 반성."

"위험한 짓은 진짜로⋯⋯ 진~짜로 안 하시는 거죠?"

"응, 최대한 긍정적으로 선처하는 것을 검토하겠습니다."

"뭔가요, 그 공무원 같은 말투는⋯⋯."

"아하하, 이 아이는 머리가 잘 돌아가네. 마리아를 닮은 걸까?"

코르티나가 내 등을 팡팡 두드리며 기뻐하고 있다. 이 녀석은 묘인족 특유의 태평함을 지니고 있어서, 그다지 마음에 담아두거나 하는 사고는 하지 않는⋯⋯ 것으로 알고 있었다.

뭐, 내 죽음 같은 예외도 있겠지만.

"좋아, 이제 모두 함께 욕조에라도 들어가서, 니콜의 무용담을 들어보도록 할까."

"코르티나 님, 저는 이번 일로 불안해 죽을 거 같은데요⋯⋯."

"그러면, 과거의 무용담이라도 괜찮은데?"

"그럼, 마리아 님께서 아끼시던 컵을 깨트렸을 때 몰래 정원에 묻어서 감춘 이야기를──."

"어, 어떻게 그걸?!"

그때 나는 마리아의 분노가 두려워서, 최대한 신중하게 행동했었다. 그런 나의 추적을, 초짜인 피니아가 간파했다고?

"정원을 손질했더니, 부자연스럽게 흙을 파냈던 흔적을 발견했거든요."

"으그윽."

"아하하하하, 정말로 니콜은 장난꾸러기구나. 앞으로 재미있어질 거 같아!"

그건 그렇고 코르티나는 정말로 잘 웃게 되었다. 어쩌면 내 죽음은 별로 여파가 없었던 것일까? 그렇다고 한다면 큰 충격일지도 모른다.

아무튼 나는 유소년기에 조용히 수행에 전념하고 싶은 마음이다. 쓸데없는 트러블에 얽히는 것은 최대한 피하고 싶다.

그래도 틀림없이 나쁜 일을 듣게 되면, 솔선해서 뛰어들어 갈 것이다. 그 성질만은 다시 태어나도 바뀌지 않았다.

코르티나에게 안겨 욕실로 연행되는 나.

처음부터 파란을 안겨준 라움의 생활은 이렇게 시작되었다.

그 이후로 우리는 생활 기반을 정비하기 위해서 동분서주하게 되었다.

나는 당연하고, 피니아도 최소한의 짐밖에 챙기지 않았다. 피니아는 짐을 대량으로 가져가려고 했지만, 마리아에 의해 극한까지 줄어들게 되었다.

그렇게 줄어든 짐을 이곳에서 보충해야 한다.

코르티나도 방과 침대 정도는 준비해 주었지만, 시트나 커튼까지는 개인의 취향이 있기 때문에 준비하지 않았다.

그런 비품을 사러 갈 필요가 있는 것이다.

"이거 보세요, 니콜 님. 이거 귀엽지 않나요?"

"어, 그 하트 무늬 커튼은 뭐야? 거기에 색도 핑크라니——."

"니콜 님은 전체적으로 하야니까, 이런 붉은색 계통이 어울릴 것 같아요."

"아니, 평범하게 흰색이면 되지 않아?"

"보호색이라 안 보이게 돼요."

"나는 카멜레온이 아니야."

함께 물건을 사러 가서 그런지 피니아의 흥분 상태가 살짝 이상하다.

쇼핑에는 피니아와 집주인인 코르티나까지 셋이서 왔다. 코르티나는 그런 피니아를 훈훈한 미소를 지으며 보고 있다.

생각해 보면 코르티나도 피니아가 어렸을 적에 본 적이 있다. 그때의 어린 소녀가 성장한 모습을 보고 감회가 새로울 것이다.

하지만 그건 그렇다 치고, 이 커튼 무늬는…… 아니다. 나는 단호히 거부하기 위해, 다른 상품을 손에 들어 피니아에게 권했다.

"이쪽의 연한 노란색은 어떠려나."

"노란색은 햇빛을 받으면 눈이 부실 텐데요?"

"그러면 이쪽 녹색으로. 이거라면 눈도 편하잖아."

"차광성이 너무 높아서, 니콜 님이 늦잠을 자지 않을까요?"

"나는 늦잠 안 자."

"안 그래요. 의외로 잠이 많으세요."

매일 체력의 한계까지 몸을 움직이고, 밤에는 밤대로 마력이 바닥날 때까지 마력 조작에 전념한다. 그런 일상을 보내고 있는 나는, 의외로 하루를 늦게 시작한다.

어린아이 특유의 긴 수면시간과 극도의 피로로, 아침에는 늦잠을 자는 일이 잦았다.

"다들, 이건 어떠려나?"

거기에 코르티나가, 고양이 마크가 들어간 커튼을 들고 왔다.

살짝 어린아이용 같지만, 색은 베이지로 차분한 느낌이다.

나와 피니아는 얼굴을 마주 보고, 이 정도로 타협하자고 눈짓으로 확인했다.

다시 며칠 뒤, 이어서 입학 준비도 해야만 했다.

마술 학원에도 교복이라는 것이 존재한다.

일단 프리사이즈 교복을 코르티나가 준비해 주었지만, 그 사이즈는 나에게 너무 컸다.

게다가 부츠 같은 것은 직접 대 보지 않으면 딱 맞는 물건을 고를 수 없다. 결국에는 내가 가서 직접 몸에 맞출 필요가 있었다.

교복이라고 해도, 짙은 남색 주름 스커트에 지정 문장이 들어간 흰 셔츠. 스커트와 같은 색의 재킷에 부츠와 깃털 장식이 달린 베레모 정도였다.

의외로 많은데…….

뭐, 어린아이인데도 부츠를 신기는 것은 이곳이 숲에 가깝기 때문이고, 실습으로 숲에 들어가는 일도 있기 때문이다.

그럴 때 발을 지켜줄 튼튼한 부츠는 필수다.

하지만 지정하는 것은 대략적인 형태뿐이고, 세세한 규정은 없다고 한다.

그런 자잘한 부분에서 멋을 주장하는 것이, 여학생의 즐거움이라나 뭐라나. 나하고는 관계없지만. 아니, 관계는 있나. 가능하면 튼튼한 것이 좋다.

"응, 이건…….."

실용성을 중시해서 부츠를 물색하는 내 눈에 들어온 것은, 하나만 전시되어 있던 롱부츠였다.

학원 지정의 문장이 들어가고, 베이스도 지정된 짙은 갈색. 하지만 발끝과 뒤꿈치에는 단단하게 가죽을 덧대서 방어하는, 실용성이 높아 보이는 녀석이다.

코르티나가 가져왔던 커튼과 같은 고양이 무늬가 원포인트로 들어가 있는 것은, 뭐 지금에 와서는 아무래도 좋다.

내가 그 부츠로 손을 뻗자, 같은 곳으로 다른 여자아이가 손을 내밀었다.

"아, 미안해."

"어머, 당신도 이 부츠를?"

서로의 얼굴을 마주 보고, 나는 그제야 알아챘다.

그 소녀는 얼마 전 목재에 갇혀 있던 금발 롤 머리의 엘프 여자아이였다.

"아, 너는…… 무사했구나?"

그때 나는 의식을 잃기 직전이라, 그 아이가 위사에게 보호된 뒤로는 확인할 여유가 없었다.

무사히 가족의 곁으로 돌아갔다는 이야기만 전해 들었는데, 그 이후로는 내 관심 대상에서 지워졌었다.

하지만 소녀도 나를 기억하지 못했다. 그것도 당연한 것이, 이 소녀는 계속 의식이 없었으니까 어쩔 수 없다.

"무사해……? 아아, 너도 유괴범에게 잡힌 거니?"

"어, 아니 아닌데."

내가 흘린 말에서, 소녀는 바로 최근에 있었던 위기를 떠올리고, 유괴 사건에 관해 말하고 있다고 판단했다.

참으로 머리 회전이 빠른 아이다.

"그래? 그러면 누군가에게 이야기를 들은 거니?"

"저기, 응……."

이 소녀가 무사하다는 것은 간접적으로 들었으니까, 남에게 들었다고 하는 것은 거짓말이 아니다.

소녀도 그 대답에 만족했던 모양이다.

"그래. 굉장하지?"

"어, 뭐가?"

아이가 유괴된 것을 자랑하다니, 나로서는 이해가 되지 않는다. 하지만 소녀는 가슴을 펴고, 자랑스럽게 말했다.

"뭐긴, 나는 맥스웰 님께 구조받았거든!"

"뭐……? 어, 어째서?"

"어째서긴. 당연하잖아? 국민을 지키기 위해 영웅인 맥스웰 님께서 직접 움직여 주셨으니까. 그 대상이, 바로, 나!"

"헤, 헤에, 굉장하네."

어린아이인 내가 전면에 나서면 여러모로 문제가 있다고 해서, 맥스웰과 코르티나가 해결한 것으로 처리했다.

이 소녀도 그 정보 조작을 믿고 있는 것이다.

"그 맥스웰 님이야, 맥스웰 님! 아아, 꼭 직접 뵙고 싶었어."

"구조를 받았는데, 만난 적이 없어?"

"안타깝게도, 나는 정신을 잃은 상태였지 뭐야."

말투로 봐서 좋은 집에서 자란 아이 같은데, 어지간히 맥스웰에게 심취한 모양이다.

그 할아범, 무슨 일이 있을 때 말고 그냥 노망난 늙은이인데 말이야. 그리고 마법 마니아.

"그런데……."

"응, 왜 그래?"

"그 부츠, 내가 먼저 봤는데. 양보해 주지 않겠니?"

"음…… 그건 아니지. 내가 먼저 찜했어."

부츠란 하나하나 수작업으로 만들어지는 만큼, 같은 디자인이라고 해도 같은 수준으로 만들어진 물건은 좀처럼 없다.

즉, 무슨 말을 하고 싶은가 하면…… 나도 이 부츠를 놓치고 싶지 않다는 것이다.

하지만 소녀도 전혀 물러나지 않고, 내가 손에 쥔 부츠를 움켜잡았다.

"뭐가 어때서 그러니. 이것 말고도 부츠는 많이 있는걸!"

"안 돼, 이 부츠가 마음에 들었어."

"양보해!"

"단호하게 거절하겠어."

소녀는 나보다 나이가 약간 많은 것일까? 나보다 키가 훨씬 더크다.

아니지. 지금 이 부츠를 사러 왔다면 동갑내기일 것이다. 이 나이에 이렇게까지 성장 속도에 차이가 있다니…….

키가 큰 소녀가 부츠를 들어 올리고, 내가 그것을 붙잡은 채로 매달린다.

그렇게 한동안 쟁탈전에 전념했다.

결국 나와 소녀는 부츠를 두고 싸웠고, 내가 패배하게 되었다.

소녀는 부츠를 들고서 어머니의 곁으로 달려가 버렸다.

"마마! 나, 이 부츠가 좋아!"

"레티나! 혼자서 이리저리 돌아다니지 말라고 했잖니!"

소녀의 어머니는 비명처럼 소리치고 소녀를 혼냈다.

그것도 그럴 것이다. 불과 며칠 전에 유괴되었으니까, 걱정하는 것이 당연하다.

"네~. 그래도 좋은 부츠 찾았어! 이거 봐, 여기. 코르티나 님이랑 같은 고양이가 들어가 있어!"

"그건 좋지만, 그 아이도 부속품이니?"

"그 아이?"

레티나라고 불린 소녀가 손에 든 부츠로 눈길을 주니, 거기에는 질질 끌리듯이 매달려 있는 내가 있었다.

전장에서 무기를 놓치면 목숨이 위험하다. 그런 관계로 내 악력은 나이에 비해 제법 강하다. 그리고 그것을 지탱하는 내 몸은 나이에 비해 무척 가볍다.

그 결과, 나는 레티나에게 질질 끌려가듯이 부츠째로 유괴당한 것이다.

"뭐야, 아직 잡고 있었던 거야?!"

"죽어도, 못 줘. 네놈에게만은."

"네놈이라고 불릴 이유가 없어!"

"어머머. 친구니?"

"마마, 아니야! 이런 이상한 아이랑 친구로 만들지 마."

단호한 결의를 담아, 나를 부정하는 레티나.

아무리 아직 어린아이라고는 해도, 이렇게까지 확실하게 거절당하면 살짝 상처 입는다. 내가 충격받은 표정을 짓고 있는 곳으로, 피니아가 쫓아왔다.

"니콜 님, 또 사라졌나 싶었더니, 이런 데 계세요!"

"'또' 라니, 실례잖아."

"어머. 존칭으로 불리는 걸 보면, 당신도 어딘가 좋은 집안의 아가씨일까?"

"당신 '도' ?"

엘프 소녀의 어머니가, 피니아가 나를 부르는 말을 대화에 끼어들었다. 하지만 그렇다면 레티나라는 소녀도 귀족 자녀라는 의미일까?

이 고집스러움은 확실히 납득이 된다.

"그래. 나는 위네 영지를 다스리는 요위 후작의 아내, 엘리자베트 위네 요위란다. 잘 부탁해. 엘리자 아줌마라고 불러도 된단다."

느긋한 몸짓으로 미소 짓는 어머니. 그 모습에는 조금 전 긴장감이 없다.

어지간히도 레티나를 걱정하는 것이리라.

"그리고 나는 딸인 레티나 위네 요위야!"

두둥~하고 효과음이 들릴 것만 같을 정도로 가슴을 펴고 레티나가 이름을 밝혔다.

상대가 이름을 밝히면 이쪽도 이름을 대는 것이 예의일 것이다.

"나는 니콜이야. 평민이니까 성은 없어."

라이엘이든 마리아든, 고향을 떠날 때까지는 높은 자리에 있었기 때문에 성이 있었다.

하지만 사룡 토벌 때문에 조국을 떠났을 때, 나라와 얽히는 것을 피하기 위해서 성을 버린 것이다. 우리 중에서 성이 있는 사람은 고향으로 돌아온 맥스웰밖에 없다.

"뭐야, 평민이야~?"

"그럼 못써. 레티나. 천박하잖니."

그런 사정을 모르는 레티나는, 내가 한 말을 듣고 조금 얕잡아보는 듯한 표정을 지었다.

곧바로 그것을 타이르는 엘리자 씨. 귀족 제도가 시행되고 있지만, 같은 학원에 다닐 몸이다. 앞으로는 신분 차이가 없는 생활을 하게 된다.

학원에 다니는 학생은 그 신분의 높낮이에 따라 차별해선 안 된다는 원칙이 있다. 이것은 예로부터 정해진 원칙으로, 맥스웰도 이것을 무엇보다도 중시했다.

그런 모녀의 대화를 무시하고, 피니아도 인사했다.

"친절하게 말씀해 주셔서 대단히 감사합니다. 저는 니콜 님을 모시는 피니아라고 합니다."

"어머, 인사를 참 곱게 하네요. 교육을 정말 잘 받았어요."

"황송합니다. 주인도 기뻐하실 겁니다."

엘리자 씨는 별로 신경 쓰는 기색이 아니었지만, 피니아는 레티나의 태도에 울컥한 모양이다. 유난히 정중하게 인사하는 모습에서 살짝 무서움을 느꼈다.

거기로 더욱 혼란을 불러일으키는 존재가 나타났다. 바로 영웅코르티나였다.

"오~ 여기 있었네. 정말 니콜은 말괄량이야. 눈을 떼면 정말로사라져 버리네."

"코, 코르티나 님?!"

갑자기 나타난 전설의 생물에, 아무리 엘리자 씨라도 긴장을 감추지 못하는 모양이다. 등을 곧게 펴고, 표정이 굳어 있다.

마찬가지로 레티나도 굳어 있었다.

"너, 너…… 코르티나 님의 친족분?"

잠긴 목소리로, 간신히 그렇게 물어왔다.

"응? 아니야. 저건 집주인."

"집주인이라니…… 코르티나 님의 집에 사세요?"

이상하게 존댓말이 섞인 말투가 된 레티나. 어지간히 코르티나의 존재가 충격이었을 것이다.

"응. 부모가 친구라서 말이야."

"코르티나 님과 친구분이시라니 대체——."

"라이엘과 마리아야. 내 파파와 마마."

"뭐어?!"

내 충격적인 고백에, 마침내 엘리자 씨가 졸도할 것처럼 휘청거린다. 그것을 피니아가 황급히 받쳐주었다. 내가 하면 밑에 깔리기만 할 뿐이다.

그렇게 속닥속닥 이야기하는 나와 레티나를 교대로 바라보고, 코르티나가 불쑥 물어봤다.

"친구?"

"아니거든."

"맞아요! 방금 친구가 되었답니다!"

"허? 뭐어?!"

코르티나의 착각에, 산뜻할 정도로 화려한 태세 전환을 보여주는 레티나.

아무래도 나는, 라움에서 첫 번째 친구를 얻은…… 모양이다.

"니콜의 친구? 그러면 요다음에 함께 점심이라도 어때?"

"어, 무, 물론 받아들이겠어요!"

"잠깐, 코르티나?!"

레티나의 주장을 그냥 받아들인 코르티나가 점심을 같이 먹자고 제안했다. 여섯 영웅의 팬인 레티나가 이걸 거절할 리가 없다.

우호의 증표로 악수를 청한 코르티나의 손을 양손으로 감싸고 위아래로 흔들어대는 레티나.

대체 뭘까? 당사자인 내 의견을 무시하고, 순식간에 이야기가 진행되어 간다. 어느덧 우리는 조금 떨어진 장소에 있는 카페의 한 자리에 앉아 있었다.

"아, 부츠 사는 거 깜빡했다……."

그제서야 나는 비로소 깨달았다. 내가 찜한 부츠는 정신줄을 놓고 있는 사이에 레티나의 손에 넘어가 버렸다.

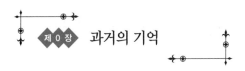

제 0 장 과거의 기억

험한 산맥의 중턱에 난 동굴. 우리는 그곳에 있었다.

통바위라고 해도 좋을 정도로 험준한 암벽. 사룡 코르키스는 거기에 큰 구멍을 뚫어 살고 있다.

녀석은 이 암벽을 그 불꽃의 숨결로 녹이고, 동굴을 파서 둥지로 삼았다.

"준비됐어? 순서는 잘 기억하지? 특히 레이드."

"그, 그래."

"이번 전투, 한 명이라도 빠지면 승산이 없어……. 미안해, 조금 더 제대로 된 책략을 낼 수 있으면 좋았을 텐데."

"무슨 소릴 하는 거야. 코르키스 상대로 승산을 도출한 것만으로도 끝내주잖아."

자신감이 없어 보이는 코르티나의 표정을 보고, 나는 그렇게 말하며 어깨를 토닥여 주었다.

이번 전투에서 내가 할 일은 대단히 많고 복잡하다. 그리고 그 행동 중 뭔가 하나라도 실패하면, 전멸할 가능성마저 있다.

하지만 그것으로 됐다. 사룡을 토벌하는 것이 우리에게 주어진 사명인 것이다. 유리질이 될 때까지 불타 녹았다가 굳은 바위 뒤에서 그렇게 결의했다.

지금부터는 생존을 보장할 수 없다.

그래도 쓰러트리지 않으면…… 수만, 아니 더 많은 인간이 죽을 것이다.

"그러면…… 간다."

코르티나의 지시에 따라, 우리는 동굴 안쪽으로 전진했다.

산 내부에 수십 미터나 되는 공간을 만들고, 사룡은 그 중앙에서 잠들어 있었다.

녀석의 잠은 얕다. 여기서 큰 소리를 내면, 곧바로 우리는 먹잇 감이 될 것이다.

단독으로 먼저 이동해, 둥지를 돌아다니며 함정을 설치한다. 그 것이 내 역할이다.

그리고 한창 작업이 진행되는 중에 갑옷의 금속 소리를 울리며, 라이엘과 다른 동료가 들어왔다.

그 소리에 곧바로 눈을 뜨는 사룡. 이것은 내 안전을 생각해서 한 일이다.

아무리 은밀 기프트가 있다고 해도, 언제까지고 예민한 드래곤 의 눈과 코앞에서 함정을 설치하고 있을 수는 없다.

어느 정도의 단계에서 의도적으로 진입해, 사룡의 주의를 끄는 것이 목적이다.

"그르르르르르르라아아아아아아아아아아아아아!!"

잠을 방해받은 사룡은 성가시다는 듯이 분노의 포효를 터트리며 위협을 시작했다.

미끄러지기 쉬운 벽의 울퉁불퉁한 부분에 몸을 숨기며 돌아다니는 나는 알아채지 못한 느낌이다.

"마리아, 가들스!"

전장에 울려 퍼지는, 코르티나의 목소리.

동시에 가들스가 방패를 들어 라이엘을 보호하고, 마리아가 마법 장벽을 펼친다.

그들의 준비가 끝난 직후, 사룡은 작열하는 브레스를 토하기 시작했다. 바위마저 녹이는 브레스를 가들스의 방패와 마리아의 장벽이 막는다.

가들스의 방패는 신화 시대의 전설급 방패로, 마룡 파프니르의 비늘로 만들었다고 회자되는 일품이다.

게다가 무시무시한 밀도로 마법을 부여해서, 사룡의 브레스도 이것을 돌파할 수는 없다.

하지만 방패는 고작해야 방패다. 지키는 것은 한 명에 지나지 않는다.

한편으로, 마리아도 최상급 방어 마법을 사용하고 있었다.

이것도 사룡의 브레스를 막을 정도의 방어력을 발휘하지만, 그 대신에 안에서 밖을 향한 공격도 차단하고 마는 단점이 있다.

그런 성질이 있어서 정확한 타이밍에 사용해야 한다.

그 빡빡한 타이밍을 담당하는 것이 코르티나다.

브레스가 끝나는 순간을 확인하고, 라이엘이 공격을 시작한다.

녀석이 지닌 성검도 가들스와 마찬가지로, 마룡 파프니르의 뼈에서 깎아냈다고 전해지는데, 녀석의 강한 완력과 합쳐지면 사룡의 비늘도 벨 수가 있다.

하지만 압도적으로 칼의 길이가 부족하다. 라이엘의 검은 사룡의 내장까지 칼날이 닿지 않는 것이다.

그래도 사룡은 자랑하는 비늘이 갈라지는 불쾌함을 느끼고 있는 모양이다. 목표를 라이엘로 좁혀, 발톱과 꼬리를 휘둘러 공격을 날린다.

그 공격도 앞에서 막는 가들스의 방패에 막혀 라이엘에게는 닿지 않는다.

전투를 개시하고 몇 분 뒤. 벌써 싸움은 고착상태를 보이기 시작했다.

고작 몇 분이지만, 목숨을 건 몇 분이기도 하다. 특히 피폐해진 것이 전투의 양상을 홀로 지배하고 있는 코르티나다.

"레이드?!"

짜증을 다분히 머금은 그 목소리가 동굴 안에 크게 울려 퍼진다.

나는 바닥을 통해서 코르티나의 바로 옆까지 실을 보내고, 그것을 진동시켜 내 목소리를 코르티나에게만 전했다.

「아직이야, 아직 조금 남았어.」

"더는 못 버려. 얼마나 걸려?"

「대충 40초.」

"20초에 끝내!"

평소라면 '억지 부리지 마.'라고 대답했겠지만, 지금은 그러는 이유도 이해가 된다.

발톱, 이빨, 꼬리, 브레스. 어느 것을 봐도 한 번이라도 우리를 스치기만 해도 고깃조각으로 바꾸는 위력이 있다.

그것을 코르티나는 완전히 간파해, 방어와 공격의 타이밍을 지배하고 있는 것이다. 정신적 부담은 다른 멤버와 비교할 바가 아니다.

그렇기에 나는 작업 속도에 박차를 가했다. 모든 내벽에 미스릴 실을 감고, 승리를 향한 복선을 짜서, 코르티나에게 알렸다.

"좋아, 할 수 있어!"

"기다렸어! 레이드——해버려!"

기다리고 기다렸던 그 한마디.

가들스와 마리아가 수비 태세에 들어가고, 사룡이 공격 태세에 들어갔다.

그 한순간의 빈틈을 놓치지 않고, 나는 천장 부근에서 진자의 요령으로 덤벼들었다.

내 기척을 탐지하고 고개를 들어 돌아보는 사룡. 하지만 낙하 속도가 실린 내 공격이 더 빠르다.

양손의 열 손가락 끝에서 뻗은 미스릴 실. 그것이 한꺼번에 몰려가 사룡의 비늘을 때렸다.

하지만 낙하 속도를 실었는데도 비늘은 내 공격을 튕겨냈다. 내 완력과 미스릴 실이라는 무기로는 비늘을 관통할 수는 없다.

그대로 사룡의 코끝을 스쳐 지나가, 반대쪽에 착지하는 나. 기습을 날린 나에게 불쾌함을 드러내고 공격을 가하기 위해서 거대한 팔을 치켜드는 사룡.

나는 착지의 기세를 죽이지 않도록 굴러서 바위 뒤로 들어가 몸을 숨겼다.

　그 바위를 통째로 파괴하고자 휘둘리는 발톱── 하지만 그 발톱은 나에게 닿는 일은 없었다.

　갑자기 사룡의 왼쪽 날개가 잘려나가, 땅에 떨어진다. 사룡의 오른쪽에 착지했던 나와는 반대쪽에 달린 날개다.

　물론 이것에는 이유가 있었다.

　내 공격은 어디까지나 눈속임에 지나지 않고, 진짜 목적은 팔과 날개에 실을 감는 일이었다.

　이렇게 하면 오른쪽을 공격할 때, 실이 당겨져서 사룡 자신의 힘으로 날개가 잘려나가게 되는 것이다.

　"캬아아아르르아아아아아아아?!"

　경악과 과거에 느껴본 적이 없는 격통에, 사룡이 몸부림치며 절규를 터트린다. 그리고 그 함정을 설치한 나에게 증오가 어린 시선을 보낸다.

　주위 지형과 함께 몽땅 깨부수겠다는 듯이, 이번에는 꼬리를 치켜들어 내려친다.

　공격을 받은 머리나 팔을 사용하지 않는 점을 봐서, 이 녀석도 머리는 좋다.

　꼬리는 바닥에 깔려 있어서 내 공격을 받지 않았다. 즉, 실이 감겼을 가능성은 없다.

그때 나는 다시 함정 하나를 발동시켰다.

미리 준비한 실을 잡아당겨 천장에서 거미줄 같은 그물을 사룡의 전면에 전개한다. 그리고 그 한쪽 끝을 가까운 바윗덩어리에 감아 고정했다.

개의치 않고 휘둘리는 사룡의 꼬리. 그 위력은 나뿐만이 아니라 바위도 깨부술 위력이 있을 것이다.

하지만 그 일격을, 전개한 그물이 받아낸다.

물론 바위에 고정된 그물이 바위도 깨부수는 일격을 받아낼 수 있을 리도 없다.

그물을 고정하던 바위가 부서지고, 뽑혀서…… 천장과 함께 붕괴되었다.

이 함정도 코르티나가 지시한 것이다.

어디에 설치할지는 나에게 맡겨졌지만, 여기까지는 코르티나의 예측대로 사태가 진행되고 있다.

진행되고는 있지만…… 절대로 안전하지는 않다.

나는 무너져 내리는 바윗덩어리를 간신히 피하고, 마리아의 옆까지 뛰어서 돌아왔다. 여기서 내가 죽을 수는 없다. 나에게는 아직 한 가지 일이 남았기 때문이다.

자신이 휘두른 파괴의 맹위가 자신에게 쏟아져, 사룡은 무너져 내린 바위에 깔려 넘어져 있었다.

그것은 사룡의 급소 중 하나, 심장부가 가장 지면에 가까워진 순간이기도 하다.

"라이엘, 레이드! 지금이야!"

"알았어!"

곧바로 날아드는 코르티나의 지시. 간발의 차이도 없이 돌격을 감행하는 라이엘. 그야말로 그림책에 나오는 영웅의 모습이다.

하지만 그것에 정신이 팔릴 여유는 없다. 나도 곧바로 실을 날린다. 날리는 곳은 라이엘──아니, 녀석이 지닌 성검으로.

라이엘의 움직임을 보고, 사룡은 크게 숨을 들이켰다.

바위가 방해되어 팔다리도 꼬리도 쓸 수 없다고 판단했을 것이다. 브레스로 요격한다, 그 판단은 실로 올바르다.

하지만──코르티나의 손바닥 위에 있다.

"맥스웰, 바람! 마리아도!"

"오냐!"

이어서 날아든 지시에 맥스웰이 응답했다.

강력한 바람을 날리고, 라이엘을 쫓는 가들스가 가속한다. 드워프인 가들스는 뜀박질이 느리다. 그것을 보완하기 위한 조치다.

간발의 차이로 가들스가 라이엘을 앞서, 방패를 들어 방어 태세를 취했다.

거기로 불어닥치는, 작열하는 숨결. 가들스의 방패는 그 열파를 가르며 전진한다.

뒤에 있는 우리도 마리아의 장벽으로 보호받고 있었다.

맥스웰의 바람이 봉인되고 말지만, 이 브레스만 버티면 문제는 없다. 실제로 맥스웰은 다음 마법의 영창을 시작했다.

브레스란 곧 입에서 내뿜는 숨결이다.

즉, 숨을 내뱉는 행위에 따른 부가 효과에 지나지 않는다.

그리고 생물은 숨을 계속 내쉬기만 할 수 없다.

시간으로 치면 30초 정도일까. 드디어 사룡의 브레스가 멈췄다.

그 간극을 타고 다시 돌격하는 라이엘.

"우오오오오오오오오오오오오오오오아아아아아아아아아아아아아아!!"

절규와 함께, 손에 있는 검을 몸과 함께 찔러 넣는다. 예리한 칼끝이 강철보다도 단단한 비늘을 가르고, 살로 파고든다.

하지만 그래도 얕다.

녀석의 검도 칼날은 짧은 편이 아니다. 오히려 칼몸만 1미터가 넘지만, 거대한 몸을 지탱하는 사룡의 뱃살을 관통할 정도의 길이는 아니다.

살을 찢고, 뼈를 깎고, 마침내 칼날이 멈춘다. 치명상과는 거리가 멀다.

하지만 거기로 코르티나의 마지막 지시가 날아들었다.

"맥스웰!"

"이것으로 마무리다——진홍 아홉, 상록 아홉, 감벽 아홉! 선더 스톰!"

평소에는 있을 수 없을 정도로 고위의 마력을 담아, 맥스웰의 전격 마법이 해방된다.

본래 지향성을 부여해 적을 때리는 전격 마법이지만, 이건 위력만 중시해서 주변에 전격에 의한 파괴를 뿌리는 마법이다.

각 마력을 한계까지 주입해, 궁극의 강화를 입혔다. 이 마법에 닿는 것만으로, 사람의 몸은 비눗방울처럼 터지고 말 것이다.

이 마법으로도, 절대적인 방어력을 지닌 사룡의 비늘은 뚫지 못한다──원래라면.

하지만 지금은 녀석의 몸에 라이엘의 성검이 꽂혀 있다.

그리고 그 성검에는 내 실이 감겨 있었다.

순간적으로 실을 놓는 나와 검을 버리고 몸을 낮추는 라이엘.

맥스웰의 전격 마법은 주위로 확산해, 벽에 펼쳐진 내 미스릴 실로 흘러든다.

그리고 실을 타고, 라이엘의 검으로 쇄도해 간다. 비늘을 가르고, 심장 바로 위에 꽂힌 성검으로.

세계 최강의 환수라고는 해도, 생물이라는 점에는 변함이 없다.

그 내장은 전기신호로 움직인다. 거기로 초고압 번개 폭풍이 쇄도하게 되면 어떻게 될까?

"제아무리 사룡이라도──견딜 수 없어."

작게 중얼거리는 코르티나.

그 말대로 생물인 이상, 체내에 직접 전기를 흘려보내고 무사할 수 있을 리가 없다. 온몸을 경직시키고, 바위 밑에서 경련을 일으키는 사룡.

이윽고 펑 하고 낮은 폭발음을 내고, 그 몸이 한 번 부풀어 오른다. 아마도 체내의 가연물이 인화했을 것이다.

그만큼 뜨거운 브레스를 토할 수 있으니까, 나름의 '연료'를 속에 두고 있었을 것이다. 거기로 전기를 흘려보내면 폭발할 만도 하다.

눈과 입에서 화염방사기처럼 불꽃을 토하고, 이윽고 사룡을 그 움직임을 멈추었다.

"이긴, 건가?"

사룡의 곁에서 엎드리고 있던 라이엘이 일어나, 그렇게 중얼거렸다. 아무도 자신들이 이룬 일을 믿지 못하고 있었다.

나라마저 멸망시키는 사룡을, 고작 여섯 명이서 토벌한 것이다.

"이긴 거야?"

작전을 세웠던 코르티나조차, 그 사실을 아직 믿지 못하고 있다. 하지만 눈앞에서 사룡이 쓰러져 있다.

내장이 전부 타고, 날개가 잘려나가고, 바위에 짓눌린 채로——숨이 멎어 있었다.

"하, 하하…… 해냈어…… 해냈다고, 자식아!"

나는 환희를 억누르지 못하고, 주먹을 치켜들었다. 그런 나를 드물게도 코르티나가 껴안았다.

"성공이야! 성공했어 레이드! 우리가, 코르키스를 해치웠어!"

"그래, 성공했어! 잘했어, 티나!"

애칭을 부르고, 우리는 껴안은 채로 서로를 빙빙 돌렸다.

그 와중에 마리아는 라이엘과 가들스의 곁으로 달려가, 상처를 치료했다. 정말 세심한 신관이었다. 역시나 성녀님이다.

이렇게 사룡 코르키스는 토벌되고, 우리는 전설이 되었다.

사룡 코르키스를 쓰러트린 것으로 우리는 평생 놀고먹을 수 있을 정도의 상금과 소재를 손에 넣을 수가 있었다.

하지만 그것은 동시에 왕후 귀족마저 능가하는 명성을 얻었다는 것이기도 하다. 원래부터 왕족이었던 맥스웰을 제외하면, 그런 우리는 특권 계급에게 있어서 방해꾼에 지나지 않는다.

결국 우리는, 세간에서는 권력자들의 음모로 고향을 추방당한 것처럼 보였지만, 사실은 권력 다툼에 휘말리는 것이 싫어서 스스로 북부 3국의 통일과 부흥을 마음먹은 것이다.

다행히 태어난 지 얼마 안 되는 왕실 생존자가 발견되고, 그 아이를 중심으로 여러 나라 중진들이 모여서, 어찌어찌 국가의 체제가 만들어졌다.

우리는 그자들의 요청에 따라 몬스터나 노상강도를 토벌하고 다니는 나날을 보내고 있었다.

그렇게 동분서주하는 나날이 끝난 것은 북부에 와서 1년 정도 지났을 무렵이었을까.

비교적 기후가 안정된 대륙이지만, 그래도 북부는 눈 때문에 통행이 막히는 날이 많다. 그런 상황에서 실내에 갇힌 우리는, 제각기 각자의 방식으로 여가를 즐기고 있었다.

최전선에 서는 라이엘과 그 상처를 치료하는 마리아는 서로 교류하는 일이 많아서 자주 함께 있었다.

그것이 어느새 일상이 되어── 어느 날, 두 사람의 결혼 소식을 듣게 되었다.

물론 나도 눈치가 없는 건 아니라서, 두 사람 사이에 그런 낌새가 있었던 것은 이해하고 있었다.

그리고 코르티나도 그 빠른 눈치로 이해하고 있었다. 정식으로 알게 되었을 때, 누구보다도 두 사람을 축복했던 것은 코르티나였다.

하지만 문제는 그 뒤에 일어났다.

최전선의 어태커인 라이엘과 치유의 핵심 마리아. 두 사람이 신혼 생활을 시작하게 되어 무리해서 모험에 끌고 갈 수도 없었다.

우리도 그렇게까지 몰상식하지 않고, 설령 그런 두 사람을 파티에 넣는다고 해도 아무래도 조심하게 될 수밖에 없다.

결과적으로 우리는 해산하고, 각자 새로운 길을 걷게 되었다.

왕족이었던 맥스웰은 고향 나라에 힘을 빌려주기 위해 고향으로 돌아갔다.

가들스는 후진을 양성하기 위해 모험가를 육성하는 숙박업소를 경영하기 시작했다.

마리아는 근처 마을의 교회를 돕고, 라이엘은 그 마을의 위사로 부임했다.

그런 와중에 나와 코르티나만은 갈 곳을 찾지 못했다.

"나도 슬슬 은퇴할 때가 됐나~."

"뭔 소리를 하는 게냐, 너는. 아직 젊지 않으냐."

"아니, 나이 같은 건 관계없잖아?"

가들스의 숙박업소에서 시간을 보내며, 그렇게 술에 취해 떠들었다.

그야 나는 아직 20대 중반이다.

하지만 요전번에 신입을 인솔해서 따라가 봤지만, 이것이 생각했던 것보다도 잘 풀리지 않았다.

신입 모험가 파티에 들어가 후진 육성을 담당해 달라고 가들스에게 부탁받았지만, 몬스터와의 전투를 포함해, 모든 것을 나 혼자서 정리하고 말았기 때문이다.

"그야 척후를 내보내면 혼자 가서 트롤의 목을 날리고 돌아오니, 신입 교육에 도움이 안 되지 않으냐."

"하지만 걔들에게 트롤은 버거웠는데?"

"그래도 한 번은 맞붙게 해서, 이길 수 없는 상대와 경험을 쌓게 해 줬어야지. 사상자가 나오지 않도록 움직여 주는 것이 가장 좋겠지만."

가들스는 내 잔에 와인을 따르고, 덤으로 잔을 하나 더 꺼내 이쪽에는 위스키를 따랐다.

나는 그 잔으로 손을 뻗으려 했지만, 가들스에게 가드당했다. 역시나 방어의 달인이다.

"이것은 내 몫이다."

"가게 술이잖아."

"가게 술이지. 그리고 가게의 술은 내 술이다."

"뭔가 치사하지 않냐~?

내 불평은 무시하고, 술을 들이키는 가들스. 텅, 힘차게 잔을 내려놓고, 삼백안으로 나를 노려봤다.

"정말 너희는…… 어설프게 실력이 좋은 것도 문제로구나."

"너희——?"

"코르티나도 말이다."

그 녀석도 뭔가 저지른 것인가. 그렇다고는 해도 코르티나는 실력으로는 일류 모험가와 비슷한 정도로, 우리처럼 전설급 기량이 있는 것은 아니다.

그래도 문제를 일으키다니…… 그 녀석답지 않은데.

"뭘 저지른 거야?"

"지시가 말이다……."

"티나의 지시라면, 틀리는 일이 없잖아?"

"끊임없이 아슬아슬한 한계치를 요구하지 않더냐. 그것에 부응할 수 있는 사람은 너와 라이엘 정도밖에 없을 게다."

"아~ 그야, 뭐……."

적의 역량과 이쪽의 한계. 그것을 간파한 상태로 작전을 짜는 코르티나의 지시는 상당히 **빡빡한** 것이 많다.

신입이 코르티나가 요구하는 아슬아슬한 한계치를 충족하는 것은, 확실히 어려울 것이다.

"그 녀석도 잘 풀리지 않은 건가."

"어설프게 실력이 좋으니까, 다른 사람이 잘 따라가지 못하는 것이지."

원래 나는 남에게 무언가를 가르치는 것이 서툴다. 옛날에 코르티나에게 은밀하게 행동하는 기술을 가르치려고 했을 때도, 완전히 실패했다.

그것을 생각하면 역시 나도 지금이 물러날 때일지도 모른다.

다행히 지금 은퇴해도 죽을 때까지 놀고먹을 만큼의 자산은 있다. 반마인족인 내 수명이 얼마나 될지는 모르지만.

돈만이 아니라, 사룡의 비늘도 동료끼리 나눴다. 그것을 처분하면 나라가 휘청거릴 정도의 돈이 손에 들어올 것이다.

사룡의 사체는 말하자면 보물의 산이다. 특히 심장 같은 것은 불로불사의 묘약이라는 이야기도 있다.

하지만 사룡의 몸은 자신의 불로 안에서 전부 불타고 말았다. 남은 것은 가죽과 발톱과 이빨, 비늘 같은 부위뿐이었다.

그것만이라도 터무니없는 보물이다. 우리에게 공출하라고 요구한 높으신 분들도 많다.

사룡은 고작 비늘 하나만 봐도 엄청난 힘을 지니고 있다. 성검을 제외한 모든 공격을 튕겨낸 비늘이다.

이것을 생각 없이 유통시키는 것은, 아무리 그래도 두려웠다.

거기서 우리는 그 소재를 각자 나누고 보관하기로 했다. 이것을 빼앗긴다고 해도, 다른 사람이 그 힘을 사용해 억제할 수 있도록 하기 위해서다.

이 소재로 장비를 만들면 전력을 꽤 증강할 수 있을 것이다.

그것을 가지고 몬스터를 사냥해서 하루하루 벌어먹고 살아도 좋다.

하지만 혼자서 그러는 것도 재미가 없다. 나도 라이엘처럼 누군가 함께해 줄 사람이 있다면…… 거기까지 생각이 이르렀을 때, 어째선지 코르티나의 얼굴이 뇌리를 스쳤다.

누구보다도 나에게 힘든 일을 요구하고, 그러면서 나를 신뢰해 목숨을 맡겨 준 상대다.

라이엘이나 가들스, 맥스웰이라면 자기 힘으로 몸을 지킬 수도 있을 것이다.

하지만 코르티나에게는 그럴 힘이 없다.

아니, 코르티나도 일반인이 본다면 상당히 실력 있는 모험가다.

그래도 우리 수준에 맞는 전장이라면 역부족인 것은 부정할 수 없다. 코르티는 그 지식으로 공헌하고, 자기 몸을 지키는 것조차 어려운 수라장을 헤쳐 왔다.

그것은 우리를…… 아니, 나를 신뢰하고, 목숨을 맡겨 준 증거이기도 하다.

여태까지 코르티나만큼 나를 신뢰해 준 여자가 있었을까──.

"그것도…… 나쁘지 않을지도."

"응, 무슨 일 있는 게냐?"

"아니……."

나는 어떤 결의를 가슴에 품고, 그날은 방에 틀어박혔다.

다음 날, 나는 꽃다발과 반지를 사서 점심 무렵에 가들스의 숙박업소로 돌아왔다.

그렇다. 코르티나에게 청혼하기 위해서다. 그런 일은 빠를수록 좋다.

가들스의 숙박업소는 1층이 식당인 보편적인 형태로, 이 시간대에는 코르티나도 그 식당에서 식사하고 있을 것이다.

숙박업소로 들어가 안을 둘러보니, 예상대로 벽 쪽 테이블에서 파스타를 먹는 코르티나를 발견했다.

복슬복슬한 고양이 귀를 쫑긋 세우고, 고운 얼굴을 다람쥐처럼 부풀리고 식사하는 모습은 어떤 의미로 어린아이 같아 사랑스럽다.

나는 결심이 무뎌지지 않도록, 일부러 성큼성큼 걸어 코르티나의 테이블로 다가갔다.

꽃다발을 들고 평소와 다른 표정으로 코르티나에게 다가가는 나를 보고, 가들스는 경악한 표정을 짓고 있었다. 하긴, 그럴 것이다. 나도 결심한 것은 어제였으니까.

코르티나도 경직한 것처럼 이쪽을 보고 있다.

그녀라면 내가 무슨 목적으로 이것에 온 것인지는, 꽃다발을 본 시점에서 눈치를 챘을 것이다.

나는 코르티나의 앞에 무릎을 꿇고, 꽃다발을 내밀었다.

"티나. 나와 결혼해 줘."

번거로운 작업 멘트는 나답지 않다. 여기서는 오히려 단도직입으로 용건을 풀어놓는 편이 호감도가 높을 것이라고 판단했다.

그런 나를 보고 눈을 크게 뜨는 코르티나.

내 행동에 다른 손님들도 곤혹스러운 표정을 짓고 있었다. 이것이 다른 모험가였다면 휘파람을 불며 놀려댔을 것이다.

하지만 여기서 무릎을 꿇고 있는 것은 나였다. 암살자, 그림자 깃털의 레이드.

어둠 속에서 사뿐하게 내려앉아 치명적인 강사의 비를 뿌리는 최강의 암살자. 그런 상대를 놀리면 어떻게 될지…… 눈치껏 처신해야 할 것이다.

코르티나는 뭔가 말하고 싶은 듯이 손을 좌우로 흔들고 갑자기 가슴팍의 냅킨을 테이블에 내려놓더니 당황한 기색으로 입을 닦았다.

그리고 몇 번인가 감정의 기복을 보인 뒤, 그 얼굴에 떠오른 것은…… 어째선지 분노였다.

"너, 너는——."

부들부들 떨며, 주먹을 쥐었다.

이상한걸. 내 느낌으로는 틀림없이 받아줄 것 같았는데. 코르티나도 나에게 나쁜 감정은 없다고 확신하고 있었는데.

그런 나의 기대를 배반하듯이, 코르티나는 주먹을 치켜들었다.

"너라는 사람은! 조금은 장소의 분위기 같은 걸 파악하라고오오오오!"

그대로 휘두르는 주먹. 나는 순간적으로 그것을 피하지만, 그 정도는 코르티나가 예상한 범주였다.

회피한 곳에 이번에는 발바닥이 날아들었다. 나는 안면에 발차기를 맞고, 덤블링을 해서 바닥을 굴렀다.

"가들스! 돈은 두고 갈게!"

"그, 그래……."

짤랑. 테이블 위에 잔돈을 때리듯이 놓고, 코르티나는 날카로운 발소리를 내면서 숙박업소에서 나갔다.

틀림없이 받아줄 것으로 생각했던 나는 그 뒷모습을 멍하니 바라볼 수밖에 없었다.

"난 미움받고 있었던 건가?"

나지막하게 중얼거리는 내 말에, 어째선지 다른 손님도 가들스도 일제히 고개를 가로저었다.

"문제는 그게 아니다."

연민이 담긴 가들스의 말도, 지금의 내 귀에는 닿지 않았다. 코르티나에게 미움받고 있었다, 그 사실에 정신적 충격을 받고 있었다.

내일부터는 어떻게 얼굴을 볼지 모르겠다.

나는 충격을 받아 휘청거리며, 그대로 방에 틀어박혔다.

그날부터 나는 몹시 침울했다.

낮에는 평소대로 행동하면서도 코르티나와 조금 거리를 두었다. 그런 일이 있은 뒤니까, 내가 거북함을 겉으로 드러내면 코르티나도 곤혹스러울 것이다.

나도 코르티나를 곤란하게 하려고 그런 건 아니다. 여기서 일이 더 꼬여서 코르티나와의 사이가 멀어지는 것은 단호하게 거절하고 싶다. 최대한 평소대로 행동해…… 그냥 농담이었던 것처럼 착각하게 하자.

그리고 밤이 되면 다른 손님이 없는 곳에서 가들스와 홧술을 들이켰다.

"빌어먹을. 이렇게 되니까 라이엘 자식이 미워……."

"그것은 엉뚱한 분풀이로구나."

우락부락한 얼굴을 하고 있는 주제에 사교성이 좋은 가들스는, 이날도 내 술 상대를 해 주고 있다.

그래서 저도 모르게 나도 술이 과하게 들어가고 마는 것이다. 그다지 강한 편이 아닌데도.

"세상의 행복한 사람은 다 죽어야 해."

"네가 그런 소리를 하면 농담으로 안 들리니까, 하지 마라."

"괜찮잖아. 질투하는 정도는 말이야."

"최고로 꼴사납구나."

나는 위스키를 잔을 단숨에 기울이고 그대로 카운터에 엎어졌다. 나는 술이 별로 세지 않아서, 한 잔으로도 충분히 술기운이 돈다.

"밤마다 어울리는 내 생각도 해라. 내일 아침 준비도 있는데."

"미안하긴 한데, 마시지를 않으면 살 수가 없다고~."

"이거 참. 손이 많이 가는 놈들이로군."

"왠지 티나도 서먹서먹한데, 역시 실수한 걸까."

아무리 그래도 코르티나는, 나를 꺼리는 기색을 대놓고 드러낼 정도로 아이는 아니다. 그래도 슬금슬금 내 눈치를 살피고, 은근슬쩍 거리를 벌리는 것은 나라도 느낄 수 있었다.

역시 얼마 전의 일을 신경 쓰는 것이 틀림없다.

"그렇겠지. 그때 그건 좀 아니었지."

확실히 밥 먹을 때 돌격한 것은 나빴을지도 모른다. 하지만 나와 코르티나의 사이다. 입에 밥이 있는 말든 별로 상관없잖아?

그런데 거절당했다는 것은, 역시 가망이 없었다는 뜻이다. 툴툴 대는 나에게 가들스는 한 장의 종이를 내밀었다.

"후우, 진짜…… 자, 이 일이라도 받아라."

"일 같은 걸 할 기분이 아닌데?"

그렇게 말하면서도 나는 그 종이에 눈길을 돌렸다. 거기에는 고아원 시찰이라는 의뢰가 쓰여 있었다.

"고아원 시차알?"

"원래는 초심자용으로 내려고 했던 일이다."

"그딴 건 우리 일이 아니잖아?"

"그것이 그렇지도 않으니 말이다. 이 나라에는 관리가 부족하다. 그에 반비례해서 고아원은 많지."

"사룡의 상흔인가."

"그렇지. 토벌을 위해 군대를 일으키고, 징용된 병사들의 아이가 고아원으로 흘러들어오고 있다. 그 숫자는 관리의 관리 능력을 벗어나 버렸다."

사룡 토벌을 위해 북부 3국 연합군이 결성되었고, 참패했다.

패배와 보복. 사상자는 상상할 수 없을 정도로 많이 발생하고, 국력은 더할 수 없이 피폐해졌다. 간신히 나라는 재건되었지만, 그것 관리해야 할 인력이 부족하다.

그리고 고아원도 보조금이 없으면 제대로 운영할 수 없다.

그런 고아원을 시찰해, 정상적으로 운영되고 있는지 어떤지 체크하고 오는 것이 이 의뢰의 취지였다.

"화해하는 겸, 코르티나와 함께 다녀와라. 아이들과 놀다 보면 기분도 풀리겠지."

"어, 어이?!"

"괜찮다, 그 아이도 너를 싫어하는 건 아니니까."

"그러려나~?"

가들스의 예상이 사실인지 어떤지는 모르겠지만, 코르티나와 함께 일을 할 수 있는 것은…… 나쁘지 않을지도 모른다.

나로서도 어색한 분위기로 있고 싶은 건 아니다.

예전처럼 친구 같은 관계로 돌아갈 수 있다면, 그보다 더 좋을 수는 없었다.

"지인짜! 믿을 수가 없어, 그 녀석!"

이른 아침의 식당.

카운터에서 아침을 욱여넣으며, 코르티나는 분개해서 나이프를 휘둘렀다.

"바보 자식. 위험하니까 날붙이는 휘두르지 마라."

코르티나에게 나이프를 빼앗고 주의를 주는 가들스.

휘두르는 나이프를 간단히 빼앗는 동작은 아무렇지도 않은 움직임이지만, 터무니없을 정도로 매끄러웠다. 드워프의 손재주와 숙달된 경험이 있기에 가능한 움직임이라고 할 수 있다.

"아, 미안해. 하지만 그 타이밍은 아니지 않아? 나 파스타를 입에 물고 있었다고. 한가득."

"그야, 레이드이니 말이다."

전장에서 지내다 모험가로. 매너고 자시고 없는 생활이 이어져, 코르티나도 그 생활이 일상이 되어 있었다.

특히 그들과 파티를 짜고 나서는, 식사 같은 것은 완전히 욱여넣듯이 먹는 영양 보급 행위의 일면이 강해져 있었다. 시간을 들인 식사가 목숨을 위협한 일도 있었기 때문이다. 특히 순간적으로 지시를 내려야만 하는 코르티나에게, 입이 막힌 상태는 최대한 피하고 싶은 것이었다.

그것은 싸움이 끝난 지금도 이어지고 있는 습관이었다.

그런 무드고 뭐고 없는 상태에서 튀어나온 레이드의 프러포즈는, 여자로서 용납할 수 없는 영역이었다.

특히 코르티나는 마리아와 사이가 좋다. 마리아가 프러포즈를 받았을 때의 이야기도 캐물어서 알아냈다.

밤하늘이 아름다운 풍경이 좋은 높은 곳에서, 반지를 내민 성기사 라이엘. 그것과 비교해 레이드는 식당이었다.

이전부터 나쁘지 않게 생각했던 상대였던 만큼, 그 눈치 없는 모습이 용납되지 않았다.

"그런 주제에, 다음 날에는 아무 일도 없었던 것처럼……더 화가 나!"

"그야, 레이드이니 말이다."

그가 밤마다 얼마나 침울한지 아는 가들스는 적당히 맞장구를 칠 수밖에 없다.

그렇다고 해서 그 모습을 자기 입으로 코르티에게 전하는 것은 뭔가 잘못된 느낌이 든다.

레이드는 코르티나를 배려해서 아무 일도 없었던 것처럼 행동하고 있지만, 코르티나에게는 완전히 역효과였다. 코르티나는 다시 합당한 단계를 밟아서 프러포즈해 주기를 바란 것이다.

하지만 자신이 생각하는 것만큼 눈치가 없는 레이드는, 그 생각에 이르지 못한다. 태어나서 처음이라고 할 수 있는 실연에 당황한 탓도 있을 것이다.

가들스도 동료의 행복은 환영하고 싶다.

특히 레이드는 소극적이라고 할지 무뚝뚝한 면도 많아서, 라이엘과 달리 여자에게 인기가 없다…… 고, 본인은 생각하고 있다.

그런 데다 암살자로 이름을 떨치고 말아서, 일반인으로서는 공포심 쪽이 앞선다.

실은 그 냉철한 분위기 덕분에 그런대로 인기가 있는 데다, 노리고 있는 여자도 제법 있다. 그렇게 아무 면식도 없는 여자와 맺어질 정도라면, 코르티나와 맺어지는 편이 가들스로서도 환영할 수 있는 이야기였다.

그럴 때 갑자기 튀어나온 레이드의 청혼은, 가들스로서도 꼭 응원해 주고 싶었다.

하지만 레이드는 코르티나와 소원해지는 것을 두려워해, 억지로 평소대로 행동하고 있었다. 그것은 코르티나를 배려한 행동이기도 하다.

반대로 코르티나는 다음 액션을 기다리고 있었다.

즉, 깔끔하게 엇갈려 버렸다. 이대로 가다간 그대로 헤어지게 될 수가 있다.

"뭐, 그렇게 화내지 마라. 저 벽창호가 행동을 일으킨 것만으로도, 발전이라고 할 수 있지 않으냐."

"그야 그렇지만……."

"거기서 이것이다."

가들스는 한 장의 종잇조각을 카운터 밑에서 꺼내, 코르티나에게 제시했다. 그것은 레이드에게 보여주었던 것과 같은 의뢰표였다.

"뭐야 이거, 고아원 시찰?"

"원래는 신입 대상의 임무지만 말이다. 기분 전환으로 레이드가 맡게 했다. 너도 어떻냐?"

"나도?"

가들스의 제안을 받고, 코르티나는 상상의 나래를 펼친다.

어린아이들과 천진난만하게 놀며 치유받고, 밤에는 밤하늘 아래서 레이드와 단둘이. 진지한 눈으로 자신을 바라보는 그에게, 코르티나는…….

신산귀모와 고속연산이라는 기프트를 지닌 코르티나는 거기까지 단숨에 상상하고, 그다음도 예상하기 시작한다. 조금 천박한 영역까지 상상이 펼쳐져 간다.

"으헤헤, 나쁘지 않네."

"그려나? 나는 기분이 나쁘다."

"나에 대한 건 아무래도 좋아. 그 의뢰, 확실하게 받았어!"

"그러냐. 그럼 아이들도 기뻐하겠지."

"뭐라고?"

"흔한 모험가가 시찰을 오는 것보다, 너희 같은 '영웅'이 와 주는 편이 기쁘지 않겠느냐."

"아~ 그래. 그러고 보니까 그랬지."

코르티나는 여섯 영웅 중에서도 특수한 위치에 있다.

압도적인 방어를 자랑하는 가들스나, 주역이라고 할 수 있는 라이엘, 마리아와도 다르다. 레이드나 맥스웰 같은 탁월한 기술이 있는 것도 아니다.

실력 자체는 일류 중턱에 머물러, 초일류인 그들에게는 미치지 못한다.

그런 코르티나가 책략을 짜고, 달인들을 지휘해, 승리로 이끈다. 범재라고 해도 좋을 영역이지만, 초인들의 중심으로서 자기 자리를 확고히 구축했다. 그것은 힘이 없는 사람들에게 희망이라고도 할 수 있는 활약이었다.

힘이 없어도, 마력이 없어도, 영웅이 될 수 있다.

그 사실을 몸소 보여준 자가 바로 코르티나였다.

그런 코르티나의 위문이라면 아이들이 기뻐하지 않을 리가 없다. 그 결과를 예상하고, 코르티나는 다시금 카운터에 엎어졌다.

"이래서는, 단둘이 되기는 어렵겠네……."

"뭐, 그건 차츰차츰. 지금은 화해만 해 둬라."

"뉴우……."

전장에서만큼 잘 풀리지 않는 사태에, 코르티나는 고양이 같은 소리를 냈다.

고아원을 겸한 교회. 그 앞뜰에서 사람이 좋아 보이는 신부에게 인사하고, 거기서 사는 아이들과 면회하게 되었다.

시찰이라고 해도 실제로는 위문 같은 것이지만, 그래도 아이들의 건강상태 같은 것은 직접 눈으로 보고 확인해야 한다. 호기심과 환희의 눈동자에 노출되고, 경직된 웃음을 짓는 레이드를 보고, 코르티나는 소리 없는 웃음을 지었다.

평소 쿨한 척해서 우스꽝스러운 레이드가 이토록 '불편함'을 드러내는 일은 드물다.

"오늘은 레이드 님과 코르티나 님이, 이 고아원을 시찰하러 와 주셨습니다. 여러분, 버릇없이 굴면 안 됩니다. 그럼 인사를 드리죠."

"네에에에에에에에에!"

귀청을 찢는 듯한 어린아이들의 환성에, 두 사람은 저도 모르게 귀를 막았다. 두 사람이 동시에 그 동작을 취한 것이 재미있었는지, 아이들이 이번에는 유쾌한 듯한 웃음소리를 터트렸다.

"그럼 저는 점심 준비를 하고 올 테니까. 여러분, 폐를 끼치면 안 돼요."

"알겠습니다아아아아아아!"

참을 수 없다는 듯이 좀이 쑤시는 모습을 보이는 아이들.

그 모습에 신부는 쿡쿡 웃으며 그 자리를 떠나려 했다.

"아, 그거라면 저도 돕겠어요."

"기다려, 티나! 나 혼자 여기에 방치할 작정이냐?!"

"괜찮아. 레이드라면 할 수 있어."

"이쪽을 보고 말을 해!"

이대로라면 아이들에게 격렬한 세례를 받는다고 판단해, 그 자리에서 도주를 선택한 코르티나. 제지하는 레이드의 말에는 격려의 말을 던져두었다. 시선을 회피하며.

그것을 비난하는 레이드는, 그때까지의 서먹한 관계를 잊은 것처럼 절박한 목소리를 내고 있었다. 도움을 요청하는 레이드에게, 군사 특유의 냉철함으로 그 구조 요청을 쳐낸다. 그 외침에 시선을 돌리며 손을 흔들고, 자리를 벗어난다.

아직도 구원을 요청하는 레이드에게 맹수처럼 아이들이 덮친 것은, 그 직후였다.

"미안해, 레이드. 시신은 나중에 수습해 줄게."

"두우우고보자아아아아아?!"

원래부터 힘이 센 편이 아닌 레이드는 아이들의 압도적인 물량에 깔린다.

그런 레이드를 보고 두 손을 맞댄 다음, 코르티나는 고아원의 주방으로 향했다. 그리고 그런 그녀에게도 여자아이가 몇 명 따라왔다.

"저, 저기! 저도 도울게요."

"어머? 레이드랑 함께 놀아도 되는데?"

"아니요, 지금 신부님께 요리를 배우는 중이거든요."

"그래, 장하네. 네 이름은 뭐니?"

"퓌, 퓌니아, 예요!"

혀라도 깨문 것이 아닌가 걱정이 될 정도로, 긴장된 표정으로 이름을 밝힌 소녀를 보고, 최근 며칠 동안의 짜증스러운 감정이 녹아 사라지는 느낌이 들었다.

피니아의 머리를 몇 번 쓰다듬은 뒤 손을 잡고, 그대로 주방으로 걸음을 옮겼다. 등 뒤에서는 레이드가 비명을 터뜨리고 있었다.

세간에서는 냉철하고 비정한 암살자로 인식되는 레이드지만, 실은 라이엘을 뛰어넘은 열혈한이기도 하다. 그런 레이드가 아이들에게 무리한 짓을 할 리가 없다.

그리고 활기가 넘쳐나고, 호기심에 이끌린 아이들 앞에서는 아무리 레이드라도 이길 수 없었던 모양이다.

"저, 저기…… 레이드 님, 괜찮으실까요."

"저걸로 죽으면 벌써 몇 번은 죽었을 테니까 걱정 안 해도 돼."

"그, 그런가요?"

주방에서는 신부가 양상추와 달걀 샌드위치를 만들기 위해 한참 고생을 하고 있었다.

그다지 손이 가는 요리가 아니다. 하지만 아이들의 숫자가 많아서 고생하고 있다.

"도와드리러 왔어요."

"저, 저도요!"

"응? 코르티나 님! 이런 장소에…… 게다가 손님께 그런 일을 시킬 수는 없습니다!"

"걱정하지 마세요, 이렇게 보여도 요리는 잘해요, 제가."

"저, 저도요!"

"그것참 든든합니다만……. 아니죠. 자꾸 사양하는 것도 실례겠군요. 그럼 부탁드리겠습니다."

신부는 그렇게 대답하며, 손에 들고 있던 작은 병을 선반에 다시 올려놨다.

코르티나와 피니아는 얼굴을 마주 보고 난 뒤 팔을 걷어붙여, 신부의 지시대로 맹렬하게 양상추를 찢기 시작했다.

결과적으로, 우리는 점심만이 아니라 저녁도 얻어먹게 되었다.

고아원 경영은 상당히 힘들어 보이기는 했지만, 아이들의 활기찬 모습이 좋은 환경이라는 것을 대변해 주고 있다. 식사도 채소 주체의 요리뿐이었지만, 이것은 가까운 농가로 아이들이 도와주러 가서는 심부름 삯 대신 받아서 돌아오는 것이라고 한다.

보조금에만 의지하지 않고 자구적인 노력도 하고 있다. 이것이라면 보조금을 유지해도 문제없을 것이다.

"뭐…… 활력이 넘치는 것이 문제지만 말이야."

나는 그렇게 혼잣말하고 침대 위에서 아무렇게나 드러누웠다.

원래는 저녁 전에 떠나려고 했지만, 나를 따르던 아이들이 울기 시작하며 떼를 쓴 것이었다.

그렇듯 어마어마하게 슬퍼하는 모습에 코르티나마저 정에 넘어가 울음을 터트릴 뻔했을 정도다.

결국, 내키지 않아 하는 나를 코르티나가 설득해, 마당에서 하루 머무르게 해달라고 요청하게 되었다. 아무리 그래도 방을 준비하라고 말할 수는 없다.

하지만 그것은 신부도 마찬가지다. 여섯 영웅이라는 유명인을 마당에서 야영하게 둬서는 세간의 눈이 무섭다.

결국은 방을 받아, 대단히 미안한 기분이 들었다.

거기서 문득, 나는 원래 목적을 떠올렸다.

이곳에는 코르티나에게 다시 프러포즈를 시도하려고 왔을 것이다. 그런데 나는 온종일 아이들에게 시달리기만 했다.

"이게 무슨 일이야. 아무것도 하지 않았잖아!"

다행히 아직 시간은 있다. 아이들은 슬슬 잠이 들 시간이겠지만, 늦게 자는 코르티나라면 아직 깨어 있을 것이다.

나는 일어나 여자아이들이 머무는 방으로 가기로 했다. 불이 꺼진 복도를 걸어, 계단을 내려와 예배당으로 향했다.

남자의 숙박시설은 예배당에서 동쪽, 반대로 여자는 서쪽 건물에서 생활하고 있다. 이렇게 엄밀하게 생활 구역을 나눠서 어린 나이에 잘못이 발생하지 않게 하려는 배려라고 한다.

한밤중의 고아원. 여자아이가 생활하는 숙소로, 기척을 지우고 숨어드는 남자.

옆에서 보면 완전히 수상한 인물이다. 이것을 누군가가 보게 되면, 영웅이라는 칭호도 실추되고 말 수도 있다.

하지만 나는 그런 위험조차 무시하고 나아갔다. 모든 것은 그녀와 만나기 위해.

그 도중에 있는 예배당에서 나는 코르티나와 딱 마주치게 되었다.

"어라, 레이드잖아. 무, 무슨 일이야, 이런 시간에."

"그그그그러는 코르티나야말로, 이런 시간에 예배당에 무슨 볼일이 있는 거야?"

어딘가 거동이 수상쩍은 분위기가 느껴지지만, 그것은 나도 마찬가지다. 어떤 의미로 야밤에 침소에 잠입하려 한 것이나 마찬가지였으니까. 그렇다고 해도 이토록 말을 심하게 더듬은 것은 스스로 생각해도 부끄럽다. 마음의 준비가 되지 않은 상황에서는, 나도 아직 부족하다는 것인가.

단둘이 되게 되어서 지금까지 잊고 있었던, 며칠 전의 지독하게 차였던 사실이 뇌리를 스친다.

아이들의 활발함 덕분에 낮에는 그것을 의식하지 않고 어울릴 수 있었지만, 이렇게 단둘이 있게 되자 아무래도 머릿속에 떠올리게 되고 만다.

하지만 지금은 기회이기도 했다. 모처럼 가들스가 밥상을 차려주었으니까, 다시 한번 시도해 봐야만 한다.

나는 되도록 아무렇지 않은 척하며, 대화의 계기를 찾았다.

"조금 잠이 오지 않아서……."

"그, 그래?"

하지만 실패. 왠지 모르게 서로 말이 나오지 않아, 우리는 입을 다물고 말았다.

어두운 예배당. 창문에서 쏟아지는 별빛. 어딘가 연극의 한 장면 같은 광경. 이 상황을 살리지 못하다니, 돌아가면 가들스에게 혼날 게 뻔하다.

"이, 있잖아, 레이드……."

하지만 코르티나가 먼저 침묵을 깼다. 꼼지락거리는 것이, 항상 결연하게 지시를 내리는 그녀답지 않은 태도다.

결연하게 명령을 내리는 엄숙한 평소의 표정과는 또 다른, 사랑스러운 동작이기도 하다. 나는 그 동작에 넋을 잃고── 그때 다른 소리를 들었다. 작은, 비명 같은 미약한 목소리.

"기다려, 지금 뭔가──."

"어?"

손으로 코르티나를 제지하고, 이번에는 바늘이 떨어지는 소리마저 놓치지 않겠다고 귀를 기울였다.

그러자 정말 미약하게, 억눌린 듯한 비명이 들려왔다.

"──히끅."

"들렸어. 지금 들었어, 티나?!"

"어, 어, 나는 아무것도 안 들렸는데……."

내 모습에서 심상치 않은 사태임을 눈치챈 코르티나는 대화를 잇지 않고 상황을 파악하려고 했다. 코르티나도 전형적인 묘인족인 만큼 신체 능력이 뛰어나 감각기관이 매우 예민하다. 그렇지만 암살자로, 그리고 척후로 단련한 내 감각에는 많이 미치지 못했다.

나는 목소리가 들려온 방향을 조사해 봤다. 조금 전 소리는 이 방 밖에서 들려온 것이다. 하지만 벽 너머라고 할 정도로 멀지는 않은…… 아마도 어딘가 바닥 아래에 숨겨진 방이나 통로가 있을 것이다. 그렇게 예배당을 뒤지기를 몇 분. 나는 연단 아래에서 비밀 통로를 발견했다.

"이런 곳에 비밀 통로가?"

"이 고아원은 문제없다고 생각했는데…… 큰 문제구나, 이건."

비밀 통로가 있다는 것은, 이 너머에 보이고 싶지 않은 무엇인가가 있다는 뜻이다.

고아원이라는 시설은 그 특성상 인신매매 같은 범죄의 온상이 되기 쉽다. 또한 특수한 성적 기호를 지닌 변태들의 소굴도 될 수 있다.

"조사하지 않을 수가 없겠네."

"그래, 내가 앞장서겠어."

고아원 시찰. 그런 명목이라서 나와 코르티나는 최소한의 장비밖에 가져오지 않았다.

사복에 미스릴 실을 넣은 애용하는 갑옷 토시 정도였다.

코르티나도 발동 보조용으로 쓰는 지팡이밖에 가지고 오지 않았다.

그래도 비명이 들린 이상, 앞으로 나가야만 한다. 이곳에는 몸을 지킬 힘이 없는 어린아이들이 많이 있으니까.

만약 그 아이들이 피해를 보고 있다면, 한시라도 빨리 달려가야
만 한다.

비밀 통로는 지하로 이어지고, 한동안 나아가자 설치된 횃불이
보였다.

입구 부근에 설치되지 않았던 것은 불빛이 밖으로 새지 않게끔
머리를 쓴 것이다.

나는 은밀 기프트로 기척을 지우지 않고, 미스릴 실을 언제라도
쓸 수 있도록 꺼내서 전진했다.

기척을 지우지 않은 것은, 코르티나가 함께 있기 때문이다.

이런 행동이 서툰 코르티나가 동행하는 이상, 내가 기척을 지워
도 무의미했다.

통로 끝에는 문이 있었고, 그 문틈에서는 밝은 빛이 흘러나오고
있었다.

그리고 다시금 울려 퍼지는 어린아이의 비명.

"레이드!"

"그래!"

그 목소리에 곧바로 반응한 것은 코르티나였다.

조금 전 비명은 소녀의 목소리. 코르티나는 점심때, 한 소녀와
함께 행동했었다.

그때 그 소녀가 피해를 입었다면? 하는 상상이 뇌리를 스쳤을
것이다.

나도 점심때 나를 잔뜩 괴롭혔던 아이가 비명을 터트리는 사태

에 휘말린다는 것은 생각하고 싶지도 않다.

　잠깐의 여유도 없다고 판단해, 문을 걷어차 열고 실을 들었다.
　거기에는 유열로 가득한 표정을 지은 신부가, 소녀의 시체 앞에
서 있었다.
　"설마── 신부님?"
　코르티나는 경악한 기색으로 물었다.
　그 발밑에는 묶여서 입마개를 물린 소녀와…… 몇몇 아이들의
시체.
　촛불이 비추는 실내의 구석에는, 그 밖에도 아이들이 몇 명 더
보였다. 바닥에 새빨간 도료로 거대한 마법진이 그려져 있어, 살
풍경인 실내에서 그곳만이 이채로웠다.
　그리고 신부의 손에는 새빨간 피로 젖은 한 자루의 창이 들려 있
었다.
　"어라어라, 벌써 냄새를 맡으셨나요. 역시나 영웅님, 실로 눈치
가 빠르군요."
　"아이들이…… 어째서, 이런 짓을──."
　오열을 참으며, 코르티나가 추궁했다.
　눈앞에 있는 신부에게 낮에 봤던 붙임성 좋은 모습은 느낄 수 없
다. 그뿐만이 아니라, 광기마저 풍기고 있었다.
　"산 제물이에요. 보면 알 수 있지 않습니까?"
　"모르니까 묻고 있잖아! 어째서 이런── 이 아이들은, 당신을
그렇게나 따르고 있었는데!"

분개하는 코르티나가 한 발짝 앞으로 나선다. 나는 황급히 어깨를 붙잡았다. 녀석은 창을 들고 있다. 코르티나는 초짜에게 당할 만한 사람이 아니지만, 그래도 위험한 것은 사실이다.

격앙하는 코르티나를 보고, 신부는 연기하는 듯한 몸짓으로 어깨를 으쓱여 보였다. 마치 시간을 끄는 것처럼. 그렇다면——손을 써 두어야한다.

"그렇기에, 좋은 것이죠. 신뢰가 깊으면 깊을수록, 절망도 깊어진다. 그런 영혼에——마신은 끌리는 것입니다!"

"마신——?!"

이 세계에도 신은 있다.

하지만 마신으로 불리는 존재는 그런 신에 속하지 않는다. 이계의 '무언가'를 지칭한다. 그중에는 신조차도 쓰러트릴 수도 있는, 위험한 존재를 불러낼 가능성도 있다.

"어째서, 그런……."

"어째서, 어째서, 어째서. 순 질문밖에 없군요, 코르티나 님! 뭐 좋습니다, 대답해 드리죠."

손을 치켜들고, 창을 내리쳤다.

그것을 발밑에 있던 소녀의 시체를 찔러, 바닥에 꿰었다.

"이 세계에는 세계수라고 불리는 존재가 있다. 이 세계의 모든 것은 세계수에서 태어나고, 살다가 죽어, 영혼은 세계수로 돌아간다. 이것이 이 세계의 섭리, 영혼의 순환."

"그리고 세계수에 의해 영혼은 정화되어, 다시금 이 세상으로 돌아온다."

"그것이야말로 윤회전생입니다. 하지만 아득한 천 년 전, 고대의 신에 의해 세계수는 꺾였다!"

과거에 존재했던 마왕과 신의 다툼. 그것으로 인해 세계수는 중간쯤에서 꺾였고, 현재에 이르렀다.

그리하여 영혼의 순환은 부서졌다. 세계수에서 태어난 영혼은, 죽음과 동시에 세계 밖으로 흘러나가, 근원으로 거슬러 오른다는 이야기다.

그 근원에서 다시금 세계수가 영혼을 빨아들여, 이 세계로 돌아온다. 얼핏 같은 원리로 보이기도 하지만, 근원으로 거슬러 올라오면서 영혼에 불순물이 섞일 가능성이 있었다.

그렇게 섞인 불순물을 품고 태어나는 것이—— 나 같은 반마인이었다.

짧은 뿔을 지닌 혼합물. 마신의 일부를 세계로 갖고 들어온 배교자. 그런 말을 계속 들으며, 차별의 대상으로 멸시당해 왔다.

"당신이라면 아시지 않습니까? 저희가 얼마나 핍박받았는지!"

한마디 외치고, 신부는 자신의 머리칼을 움켜잡아 뽑았다. 아니, 벗겨냈다고 해야 할까.

"가발……?"

신부의 머리는 가발이었다. 그 밑에는 머리털이 없고 작은 뿔이 달린 머리. 거무스름한 피부는 창백한 나와 정반대이지만…… 확연하게 알 수 있는, 이형의 흔적.

"반마인……."

"그래! 나도 그쪽의 그 남자와 마찬가지로 세계에서 핍박 받은 백성이다! 다른 것은 내가 무력했다는 것뿐!"

나는 영웅이라는 지위를 얻고, 일단 사회적인 강자로 자리 잡았다. 하지만 그런 힘이 없는 자들은 여전히 약자로서 차별받고 있다.

지금도 반마인의 지위가 개선되었다고 말하긴 어렵다.

"우리도 이 세계의 일원, 그렇다면 살아갈 자격은 있을 터! 하지만 세계는 그것을 용납하지 않는다! 그렇다면 바꿔야만 한다!"

"하지 마!"

미친 것처럼 푹푹 소녀의 시체를 찌르고, 꿰뚫고, 유린한다. 그것을 보고 코르티나는 비명을 터트리며, 제지의 말을 던졌다.

하지만 멈출 필요도 없이, 바닥에 번진 피웅덩이 안에서 거대한 그림자가 일어났다.

전장이 3미터를 아득히 넘는 거인. 그 머리는 천장에 닿을 정도다.

염소의 머리에 양의 다리가 있다. 그리고 그 손에는 두 자루의 거대한 검을 손에 들고 있었다.

"마신……?!"

"모처럼 맞이한 별의 주기에 여러분의 시찰이 있을 줄은 몰랐습니다. 여러분이 이 마을에 있으면 방해할 가능성이 있죠. 방해하지 않게 재우려고 식사에 약을 타려고 했습니다만, 타이밍 좋게 난입을 당했죠. 그것이 이렇게까지 영향을 주리라곤 미처 생각하지 못했습니다."

그 말에 코르티나는 낮에 있었던 일을 떠올렸다. 주방에서 조리를 돕겠다고 말했을 때, 신부는 작은 병을 선반에 다시 돌려놨다. 그것이 수면약이라고, 지금에야 생각이 미쳤다.

"하지만 이때를 놓칠 수는 없었습니다! 그리고 마침내 성사되었다!"

"그래서 산 제물 공양을 강행한 거냐……. 그건 그렇고, 영창이 필요 없다고?!"

나는 경악하는 목소리를 흘렸다. 마법진을 그리고 산 제물을 바쳤을 뿐.

주문도 외우지 않고, 의식조차 치르지 않았다. 그런데도 마신을 불러낼 정도로 적성이 있었나?

하지만 그 위용에서 실력이 어느 정도인지는 강하게 느낄 수 있었다.

압력을 느껴서 떨리려고 하는 손가락을 강하게 쥐고, 떨리려는 하는 몸을 억지로 고무했다.

"티나——."

내 목소리에 코르티나는 반응하지 않았다.

아주 살짝 시선을 돌려 보니, 코르티는 온몸을 떨고 위축된 상태였다.

"코르티나!"

"히익?!"

내 고함에 코르티나는 간신히 제정신을 찾았다.

하지만 그것으로 사태가 해결된 것이 아니다. 이 정도의 마신이 이 자리에서 해방되면 마을이 괴멸하고 만다. 그렇다고 해서 나 혼자서 어떻게 할 수 있다고도 생각되지 않는다.

"가들스를 부르러 가. 라이엘과 마리아도!"

나는 몰라도, 그 셋이 모이면 쓰러트리지 못할 적이 없다.

하지만 묘인족인 코르티나의 다리는 인간보다 빠르다. 게다가 모험가로서 단련했기 때문에 스태미나도 많다. 전력으로 질주하면 한 시간도 걸리지 않을 것이다.

그러나 코르티나는 그 목소리에 응하려고는 하지 않았다.

"하, 하지만…… 이런 걸 상대로……."

"가! 한 시간 정도라면 나라도 버틸 수 있어!"

"그, 그러면 나도——!"

"네가 안 가면 누가 알리러 가는데!"

"그럼 도망쳐서——."

거기서 코르티나도 알아챘다.

방구석에서 떨고 있는 아이들. 그 전부가 오줌을 지리고, 몸을 떨면서 굳어 있었다. 마신이 내뿜는 위압감을 가까이서 받아, 몸을 움직이지 못하는 상태였다.

이 상황에서 우리가 도망치면, 저 아이들이 희생당한다.

나는 팔을 한 번 휘둘러 미리 방 전체에 숨겨두었던 미스릴 실을 보내고, 아이들의 구속을 절단해 없앴다. 하지만 아무도 일어날 수가 없었다.

마신이 내뿜는 위압감을 맞고 힘이 빠지고 만 것이다. 역전의 코르티나마저 움직이지 못하게 한 위압이다. 어린아이들에게 일어나 보라고 하는 것은 가혹한 일이다.

"빌어먹을, 빨리 가. 어이, 이쪽이야!"

아이들이 움직일 수 없는 이상, 내가 마신을 붙잡아 둬야 한다. 마신을 향해 공격을 날려, 그 의식을 나에게 돌리게 한다.

그런 내 의도를 눈치채고, 신부는 마신에게 명령을 내렸다.

"그럴 수는 없을 겁니다! 마신이여, 한 명도 도망치게 해서는 안 됩니다. 몰살하는 겁니다!"

"그렇게 둘 줄 알아!"

신부의 말이 끝나는 것과 동시에 나는 실을 날렸다. 소환 마법에는 재능이 있어도 접근전에는 재능이 없는지, 내 실을 이용한 참격을 그대로 얻어맞는 신부.

그 목과 팔다리가 제각기 잘려서 날아갔다.

하지만 그 얼굴은 마지막까지 성취의 환희로 물들어 있었다.

"가아아아아앗아아아아아아아아아아아아아아!"

신부가 마지막 순간에 날린 지시는, 확실하게 마신에게 전해진 상태였다.

녀석이 시간을 끌고 있다는 것은 알고 있었기에, 나도 방 전체에 실을 숨겨 함정을 설치한 것이다. 이것은 코르티나의 전술을 흉내 낸 것이다.

"티나, 너도 빨리 가!"

내 일갈에 코르티나도 움직이기 시작했다.

"아아, 진짜! 꼭 살아남아야 해. 금방 모두를 데리고 올 테니까!"

"되도록 빨리 부탁해."

그렇게 말하면서도, 실의 그물을 전개해 마신의 공격을 받아낸다. 그것은 아이들의 주위를 둘러싸듯이 설치했던 것이다.

그것을 확인하고 코르티나도 방에서 뛰쳐나갔다. 내가 함정을 깐 것을 보고, 시간을 끌 수 있다고 판단한 것인가.

미스릴 실은 마신의 검을 받아도, 꿈쩍도 하지 않고 아이들을 지켜냈다.

그것을 누가 한 것인지 마신도 알아챈 모양이다. 녀석들은 말이 통하지 않지만, 머리가 나쁜 것은 아니다.

"미안한데, 그쪽으로는 가게 두지 않아."

"으르르르……."

공격이 닿지 않는 것을 알고 이쪽으로 시선을 날리는 마신.

그 눈에는 확연하게 짜증이 담겨 있었다.

"이리 와. 내가 살아 있는 한, 아이들에게는 손가락 하나 댈 수 없어."

나는 자신을 북돋워 주기 위해, 대담하게 웃어 보였다.

아이들은 이미 실에 의해 보호받고 있다.

그 끝은 돌벽에 연결되어, 탄력을 이용해 위력을 흡수하는 방식으로 짜서 전개했기 때문에, 어지간한 공격으로는 그 방벽이 무너지거나 하지 않을 것이다.

이제는 나와 마신의 사투가 남았을 뿐이다.

"고아아아아아아아아아아!"

포효를 터트리고 검을 휘두르는 마신. 나는 그 검의 아래를 빠져나가, 참사(斬絲)를 날려 반격한다.

마신은 천장이 낮아서 수직으로 휘두르는 공격을 할 수가 없다. 그리고 좁은 실내에서는 나도 위력이 있는 공격을 날릴 수 없다.

좁은 공간이 양자가 선택할 수 있는 공격의 폭을 좁힌다. 하지만 나에게는 그것은 방어하기 쉽다는 것을 의미하고 있었다.

좌우에서 폭풍처럼 덮쳐오는 검을 피하고, 뛰어넘고, 실을 써서 받아넘긴다.

나뭇잎처럼 농락당하면서도 직격을 피하고, 미미한 대미지밖에 주지 못하는 반격을 반복했다.

이미 한 손의 실은 아이들의 방어에 이용하고 있다.

남은 미스릴 실은 한 손에 있는 것이 전부.

가로 방향 공격밖에 할 수 없는 마신은 공격 패턴이 단조로웠다. 한 손만으로도 충분히 대응할 수 있다.

내가 그렇게 판단을 내리려 한 직후, 마신이 포효했다.

"오오오오오오오오오오오오오오오오오!"

절규와 함께, 나를 향해 보이지 않는 힘이 몰아쳤다.

나는 보이지 않는 힘에 밀리고, 벽에 처박혀── 거기로 마신의 추가 공격인 찌르기가 육박한다.

공격 범위에서 벗어나려고 몸을 젖혔지만, 그 타이밍이 순간적으로 어긋났다.

가슴의 근육이 파이고 늑골이 부러지며, 간신히 직격을 피했다. 중요기관의 대미지는 피할 수 있었지만, 더는 제대로 호흡하는 것조차 어렵다.

"커, 커헉?!"

피를 토하고 무릎을 꿇었다. 격통에 정신이 아득해질 것만 같았지만, 여기서 의식을 잃으면 나는 고사하고 아이들도 살아남지 못한다.

살짝 밀리는 느낌의 교착 상태에서, 이길 수 있지 않을까? 하는 방심이 만든 한순간의 빈틈.

시간을 끈다는 목적에서 쓰러트린다는 유혹에 사로잡힌 의식의 흔들림.

그것을 훌륭하게 파고든 형태가 되었다.

가슴의 상처는 치명상이 아니지만, 그래도 움직임에 지장이 생길 만큼은 깊다. 출혈은 행동시간의 단축으로도 이어진다. 이것은 완전히 패배전이다. 그래도 포기할 수는 없다.

내가 살아남는 것이 문제가 아니다. 아이들을 살리기 위해서 시간을 끈다.

하지만 나는 체력을 크게 소모해서, 더는 그럴 수 없게 되었다.

"그렇다면…… 쓰러트릴 수밖에 없나."

더는 시간을 끌 수 없다. 이 상처로는 아마도, 잘 버텨야 십여 분. 그 시간에 코르티나가 동료들을 데리고 돌아올 가능성은──── 없다.

내가 죽으면 아이들도 죽는다. 이 마신이 여기에서 빠져나가면, 마을 인간들도 모조리 죽을 것이다.

그리고 이 정도의 힘을 지닌 마신이 세상에 풀려난다. 그렇게 되면 얼마나 많은 사망자가 나올지 짐작도 가지 않는다.

내 망설임 따위는 무시하고, 다시 참격을 가하는 마신.

떨리는 다리를 채찍질해, 옆으로 몸을 날려 피하는 나. 덤으로 그 검에 실을 감아 움직이지 못하게 붙잡으려고 했지만, 그것은 강제로 벗겨졌다.

"바아아아아아아아아아아아아아아아아아아아악!"

반격으로 충격파를 날리는 마신. 그것은 한 번 맞아 봐서 어렵지 않게 피할 수 있었다.

이쪽에서 쓰는 마법의 섭리와는 전혀 달라서 타이밍을 파악하기 어렵지만, 시선으로 어디로 날아올지를 알 수 있어 아직 피할 여유가 있었다.

이어서 나는 마신의 목에 실을 감았지만, 졸라서 죽이는 정도에는 이르지 못한다.

하지만 이것으로 어찌어찌 준비는 갖추어졌다.

"나머지는 내 각오에 달렸나──."

각오하고── 이동을 멈춘다. 그 틈을, 마신은 놓치지 않았다.

아마도 발밑을 노린 견제용 찌르기를 날린 뒤, 진짜 공격인 가로베기가 날아올 것이다. 이걸 피하면 지금까지와 마찬가지로 지구전이 된다. 하지만 내게 그럴 시간은 없다.

그렇다면 승부를 내기 위해, 나는 회피를 버렸다.

견제용 찌르기에 오른쪽 다리가 부서지면서, 실을 쭉 당긴다.

검에 감긴 실, 목에 감긴 실.

그것을 아이들의 방어에 쓰던 실에 연결한다.

전방으로 휘두른 검과 그것에 연결된 목.

두레박을 당기는 동작처럼 마신 자신의 힘으로 실이 당겨진다.

그 결과──마신의 목은 마신 자신의 힘에 의해 떨어졌다.

하지만 그것으로 검의 기세가 사라진 것은 아니다.

아슬아슬한 타이밍에 실을 연결한 나에게, 그것을 피할 여유는 없다.

쓰러지면서 휘둘린 대검에 왼팔이 부서지고, 몸이 천장에 처박힌다. 그리고 나는 아이들 곁에 떨어졌다.

그 직후에 마신의 위압에 의한 속박이 풀렸다. 그렇다고 해서 금방 움직일 수 있는 것이 아니다.

아이들은 여전히 경직하여, 공포에 떨고 있었다.

하지만 한 소녀가 내 곁으로 달려와, 상처를 막으려 해 주었다.

수많은 전장을 넘어왔던 나는, 이것이 살 수 없는 상처라는 것을 알 수 있었다.

그래도 그 소녀가 걱정하지 않도록, 나는 잠긴 목소리로 달래는 말을 내뱉었다.

"울지…… 마……. 괜……찮아."

더듬더듬 끊기는 목소리, 산산이 부서지는 의식. 이미 시야는 어두워…… 소리만이 고막을 흔든다.

코르티나의 모습은 이미 없다. 하지만 그녀라면 금방 도와줄 사람을 데리고 돌아와 줄 것이다.

"그러니까…… 괜찮, 아……."

코르티나는 발이 빠르다. 하지만 마리아는 그렇지 않다.

나를 구하기에는 압도적으로 시간이 부족하다. 그래도…… 이 아이들은 코르티나가 구해줄 것이다. 나머지는 이 아이의 불안을 제거해 주는 것만으로 충분하다.

"나──는, 죽지…… 않으, 니까……."

그렇게 중얼거리고, 마지막으로── 듣고 싶었던 코르티나의 목소리를, 나는 들었다.

"레이드!"

비통한, 지금껏 들어본 적이 없는, 코르티나의 울음 섞인 목소리가 들린 느낌이 들었다. 아무래도 나는 마지막까지 그녀를 슬프게 만들고 한 모양이다.

후기

처음 뵙는 분은 처음 뵙겠습니다. 다른 회사를 통해 알게 되신 분은 오랜만입니다. 카부라기 하루카라고 합니다.

이번에는 졸작 「영웅의 딸로 환생한 영웅은 다시 영웅을 꿈꾼다」를 집어 주셔서 정말 감사합니다. 제목이 너무 길어서 작가도 정확한 명칭을 까먹고 있는데, 그 부분은 용서를 바랍니다.

이 작품은 KADOKAWA 님이 운영하는 소설 투고 사이트 카쿠요무에서 연재하는 작품으로, 이미 아시는 분도 계시겠지만, 아직 연재 중입니다. 다음 전개가 궁금하다면, 그쪽도 봐 주세요.

자, 후기라는 것은 아무래도 익숙하지가 않아서, 일단 이 작품의 계기라고 할지, 시발점을 이야기해 보고자 합니다.

일이 시작된 것은 인생에서 처음으로 쓴 장편 소설의 완결이 보일 무렵이었습니다.

다음은 무엇을 쓸까 구상을 짜기 시작하고, 무심결에 손에 들었던 한 권의 TRPG 룰북. 후시미 드래곤북의 소드 월드 2.0이 모든 것의 시작이었습니다.

설렁설렁 마법의 효과를 훑어보고 있을 때, 눈에 들어온 마법이

한 가지.

리인카네이션. 잘 아시는 환생 마법입니다. 이 룰북에도 이 마법이 실렸는데, 이때의 제 감상은 어땠는가 하면…… '이 마법, 게임에서 가장 쓸 일이 없는 마법이란 말이지~.' 였습니다.

애착을 갖고 단련한 캐릭터가 사망해 환생한다. 그런 상황은 플레이어에게도 견디기 어려울 겁니다. 그런 탓에 시나리오 진행을 담당하는 게임 마스터도 함부로 사용할 상황으로 몰고 갈 수 없습니다.

그렇기에 있으면 낭만은 있지만, 게임 내에서 사용하는 일이 없는 마법이었던 겁니다.

그런 망상을 하며, 문뜩 떠올린 것이 있었습니다.

이 게임에서는 같은 종족의 갓난아기로 환생한다고 하는데, 여기에 성별 명기가 없었습니다.

이것을 본 저는 하늘의 계시를 받은 느낌이었습니다. 베테랑 모험가가 어린아이로, 게다가 성별이 바뀌어서 어린 소녀가 되면 재미있지 않을까 하고요.

나아가 이것을 주위에 비밀로 삼아야 하는 이유로, 옛 동료의 딸이 되었다…… 등의 설정을 넣은 결과로 만들진 것이 이 작품입니다.

처음에는 소드 월드 2.0의 2차 창작을 생각했는데, 저작권 등의 문제가 불안한 것도 있고 해서, 당시에는 창고로 보내졌습니다.

하지만 그대로 방치하는 것도 아까워서, 언젠가 세상에 내보내고자 틈틈이 사전 준비를 계속하기를 몇 년.

마침내 카쿠요무라는 무대가 준비되고, Web 콘테스트가 개최됐을 때는 제 참을성도 한계에 달하고 말았습니다.

특히 제1회는 다른 출판사의 서적화 작업으로 참가하지 못했기 때문에, 그 욕구는 멈출 줄을 몰랐습니다.

'더는 못 참아, 쓰겠어!' 라며 반쯤 폭주한 느낌으로, 욕구를 주체하지 못하고 시작한 이 작품이 설마 특별상을 수상할 줄은 생각도 못했습니다.

게다가 카도카와 스니커즈 문고. 어렸을 적부터 친숙했던 노포레이블에서.

지금도 현실이 믿기지 않아, 때때로 메일을 보고 확인하며 지냅니다. 덤으로 이 작가 후기를 작성하는 손도 떨리고 있습니다.

이렇게 서적으로 출판하기에 이르러, 번거롭게 해드린 분들에게는 감사의 말도 드리기가 송구스럽습니다.

몇 번이나 실수를 저지르거나 오자나 설정 오류 등의 사고를 치는데도 포기하는 일 없이 보살펴 주신 담당자 여러분. 그리고 연말이 코앞인 시기에 일을 받아주시고, 훌륭한 삽화를 제공해 주신 아키타 히카 님. 기타 많은 분께 각별한 감사를.

특히 아키타 님. 연재 쪽에서 갑자기 미쉘과 코르티나의 출연이 늘어난 것은, 확실하게 삽화 러프를 본 영향이 맞습니다. 멋진 완성도였습니다. 실로 충격적입니다.

그리고 무엇보다도 이 책을 집어 주신 여러분께도 감사를.

저는 글을 쓰는 것을 좋아하지만, 글을 쓰는 것만으로는 작품을 계속할 수 없습니다. 독자가 있기에 이야기를 계속 만들 수 있는 것입니다.

이 작품이 마음에 드셨다면, 부디 카쿠요무에서 하는 연재도 잘 부탁드립니다.

앞으로 니콜은 그 덜렁이 속성을 마음껏 개화하고, 미쉘은 숨겨 왔던 식욕을 해방합니다.

이미 분량이 많이 있으니, 한동안 시간을 보내는 데 도움이 될 것입니다.

그러면 이만. 다시 뵐 기회가 생기면 잘 부탁드리겠습니다.

카부라기 하루카

영웅의 딸로 환생한 영웅은 다시 영웅을 꿈꾼다 1

2022년 07월 25일 제1판 인쇄
2022년 08월 01일 제1판 발행

지음 카부라기 하루카 | **일러스트** 아키타 히카

옮김 이원명

발행 영상출판미디어(주) | **등록번호** 제 2002-000003호
주소 21315 인천광역시 부평구 부평대로 283 A동 702호
전화 032-505-2973(代) | **FAX** 032-505-2982

ISBN 979-11-380-1566-0
ISBN 979-11-319-1565-3 (세트)

EIYU NO MUSUME TOSHITE UMAREKAWATTA EIYU WA FUTATABI EIYU O MEZASU
ⓒHaruka Kaburagi, Hika Akita 2018
First published in Japan in 2018 by KADOKAWA CORPORATION, Tokyo.
Korean translation rights arranged with KADOKAWA CORPORATION, Tokyo.

구매 시 파손된 도서는 구매처에서 교환하실 수 있습니다.
기타 불편사항. 문의사항이 있으신 독자님께서는 노블엔진 홈페이지 [http://novelengine.com] 에서
Q&A 게시판을 이용해 주시기 바랍니다.

 노블엔진(NOVEL ENGINE)은 영상출판미디어(주)의 라이트노벨 및 관련서적 브랜드입니다.